法国大革命物语 2

圣者之战

[日] 佐藤贤一 著　　王俊之 译

上海译文出版社

目录

第四卷　圣者之战

第五卷　议会迷途

主要人物

塔列朗　欧坦主教。　第一等级代表议员

米拉波　普罗旺斯贵族。　第三等级代表议员

罗伯斯庇尔　律师。　第三等级代表议员

德穆兰　记者。　律师

马拉　自称作家、发明家。　本职为医生

丹东　市民活动家。　律师

露西尔·迪普莱西　富豪名门之女。　德穆兰恋人

路易十六　法国国王

玛丽·安托瓦内特　法国王后

拉斐德　由美国返法的开明派贵族。　第二等级代表议员

尚皮翁·德·西塞　波尔多总主教。　掌玺大臣。　第一等级代表议员

拉法尔　南锡主教。　第一等级代表议员

拉博·德·圣艾蒂安　新教牧师。　第三等级代表议员

布瓦热兰　普罗旺斯地区艾克斯总主教。　第一等级代表议员

迪波尔　第二等级代表议员。　三头派草案负责人

拉梅特　第二等级代表议员。　三头派工作负责人

巴纳夫　第三等级代表议员。　三头派辩论负责人

布里索　记者。　巴黎选举人

布耶　东部方面军总司令

第四卷　圣者之战

Comme ecclésiastique,
je fais hommage au clergé
de la sorte de peine que j'éprouve;
mais, comme citoyen,
j'aurai le courage qui convient à la
vérité.

"作为神职人员,

要誓忠于教会,痛而无怨。

但作为市民,

则要有捍卫真相,不惜殉身之勇。"

（欧坦主教塔列朗 1789 年 10 月 10 日　凡尔赛,国

民制宪议会）

1

绝不能急

一把外套放到门厅，塔列朗便加快了脚步。

令他急不可耐的，是万圣节一到便迅即燃起的客厅壁炉的暖炎。

巴黎也已步入酷寒的隆冬。连日来，若要在阴冷的建筑物间往来奔波，那种严寒就更是刺骨。夜幕来得也早了，即便工作时间跟夏季一样，可一到回家时间，外面却已是漆黑一片。

要说，若仅由城岛前往左岸也并不太远。问题是，刚坐马车走到半路，便会无比想念壁炉前那把安乐椅了。啊，实在是等不及了！真恨不能马上暖一下这冻透的双脚啊！

——但这毕竟是奢望，可说实话，真是有些急不可耐了。

脚步虽已加快，却又总感觉迟迟不前，脚步无论如何也跟不上那急切的心情。塔列朗扭着那与生俱来、白净高雅的脸，皱着眉咂了一下嘴。与咂嘴声同时响起的，是右脚上吱嘎作响、毫无风雅可言的夹具。

——嘎吱、嘎吱，真是烦人的家伙！

夹具是两块细长的铁板，由膝下分夹于小腿两侧，下端以螺丝固定，上端则用皮带绑住。尽管有这副夹具，但走起路来拖拖拉拉，右脚还是无法自如。可要是不戴它，那右脚就完全是废脚一只了。要么就只好借助于丁字拐。

塔列朗腿脚不好。至于原因，说法是五花八门，各人有各人的版本。有的说天生如此，也有的说，是出生不久受伤所致，但不管怎样，从他记事起，就拖着右脚走路了。

——真是岂有此理，要不是这只脚，那可真就是白璧无瑕了。

塔列朗对自己的仪表很有自信，除这脚外，自认为已接近于完美。这是事实。修长的身材，小小的头颅，整个身躯透出一种傲人的匀称均衡之美。

当然，鼻梁由前端开始微微上翘，也会给人以傲慢之感。而那左右下拉的嘴角，也被人恶意解释为难伺候。还好，这也破坏不了整体仪表的精妙协调。尽管，就连他端正的五官都有人背地里说坏话，说是冷酷刻薄之相，但塔列朗的自信却丝毫不为之动摇。在他看来，所有的坏话都是反话，不过是对自己无懈可击的美貌倾心不已而发出的赞叹。

——鸡蛋里挑骨头罢了。

事实上，也几乎没有女人不因其美貌而倾心依从。1754 年出生的他，还只有 35 岁，但经历了多少女人，却已是连他自己都数不清了。

当然，从优雅、淫靡的洛可可式世风来看，这本身也没什么好自夸的。但在与塔列朗交往的女人中，却有全法屈指可数的身份矜贵的贵妇们。还有个秘密，这就是，连先王路易十五过去的正室宠妃也在其中。

在这个世界上，还没有哪个女人成不了他的俘虏。啊！镜子里的站姿，真是令自己都迷恋不已。可一往前迈步就全毁了——走起路来，肩膀只能松松垮垮地上摇下摆。如此一来，就会不自觉地在意周围的目光，心想装上夹具就好了，可装上以后，长靴底部的金属片又令煞费苦心的一身装束毁于一旦。

——所以嘛。我是多想坐下来啊。

好不容易走到暖炉边的安乐椅前，塔列朗呼地长出了一口气。终于回到属于自己的地方了！慢慢在心里荡漾开去的安心感，令他几乎把所有的体重都压给了靠背。这么一来，甚至会感觉尘世间的不如意等诸多烦恼也尽皆远去了。

这也是他环视自己住处时所发的感慨。

就在不久前，混乱还支配着一切，一如天地初开。桌子不在桌子的地方，椅子也不在椅子的位置，没一样能用。不只如此，大大小小的行李还到处都是，就那么又脏又乱地放着。这些行李，都是这会儿要换衣服，那会儿要用餐具，或有封信不得不写的时候，因临时要用而中途打开的，终于，搞到无法收拾了，也就成了现在的样子。塔列朗是刚搬来巴黎的。话说回来，如此大动干戈搬家的也并非塔列朗一人。

一七八九年的日历，已经翻到了十一月五日。时间过得真快啊。从国王一家被硬闯凡尔赛的女人们挟持到巴黎算起，已经过去整整一个月了。

国王与王后等人至今被关在杜伊勒里宫，这还看不到放还的迹象呢，国民制宪议会就自作主张，由凡尔赛搬到了巴黎。议会所给的与国王一体的说辞几乎就是笑柄。这且不提，出乎意料的事态发展也波及了自己，搞到突击搬家的地步。能避开就绝不遭这份儿罪，可连个不字都说不了了。

当然，塔列朗在巴黎也有自己的房子。他生于巴黎，学生时代就是在这座中世纪以来的学府之城度过的，算起来，人生的一半左右都耗在这里了。现在的住宅位于学院路与博讷街拐角处，也端坐在自幼熟悉的拉丁区。虽说没必要受下等人那份儿罪，在陌生的大城市惊慌失措地寻找新的住处，可反过来说，这也意味着，自己的处境已是无法一人轻松前行了。

只是从安排给他的凡尔赛宫个人专间大致把行李搬出来，就能装下六辆马车了。就是巴黎这已成空穴的房子，就塞纳河近岸的黄金地段来说也并不局促，但还是被包都没开的行李埋得无处下脚。啊！这可不是开玩笑，是真的迈不了步哟。

　　——还好，基本都收拾好了。

　　终于，塔列朗松松领巾，再一次哎呀一声长出了一口气。

　　话说回来，这也不是他自己收拾的。这么无聊的活儿，他才不想烦劳自己的双手呢。啊！让男佣女佣们做就行了。什么平民大臣内克尔啦，议会头号雄辩家米拉波啦，由美国回来的将军拉斐德啦，就交给这群能干的穷命鬼，让他们给收拾好就行了。塔列朗想着当今的政局，嘴角泛起了目中无人、无所畏惧的微笑。天翻地覆一团糟的，可不只是搬家。想都不用想，一七八九，就是一个动荡之年。

　　——法国大革命……吗？

　　其实，这在几年前就有预兆了。卡洛纳任财务总监的时候，因自己就在身边，塔列朗甚至暗自确信会有一场动荡要来。

　　唉。尽管法国财政破产事态非常严重，可教士也好，贵族也罢，所有的特权等级个个都冥顽不灵。他预感波澜必生，王室必伤，但却万没想到，震动会如此剧烈。

　　——有一支未曾料到的伏兵。

　　这就是第三等级。因其崛起是如此迅疾，不知什么时候，贵族的叛乱已被人民的叛乱取而代之。特权等级一意孤行的全国三级会议，化身成了第三等级慷慨发声的国民议会。刚因议员资格审查问题、投票方式问题引发对立，第三等级就被赶出了会场，可他们又在网球场集会，即便国王亲临，召开御前会议，其仲裁也未被接受。正可谓寸步不让的第三等级，直接把贵族逐出了会场。

　　而最终，不但会议被更名为国民制宪议会，还高调且坚决地宣称，立法权高于一切。眼看连国王的大权都要被剥夺了。

　　——想来还真让人后怕。

　　第三等级也并未向武力屈服。当国王调集军队，议会对此震慑无计可施时，巴黎民众却又果敢地起义了。七月的巴士底，十月的凡尔赛，接连两次。

　　与此同时，世人竟开始高呼如"革命"这样无法无天的口号。弄得连他塔列朗都开始发慌，这股气焰究竟要高涨到什么时候……当舞台转移到巴黎，他才逐渐感觉到，或许，局面已经收拾得差不多了，也就是说，或许，已经告一段落了。

　　——哈，提起那个混乱劲儿，简直就是……

　　横眉立目，怒发冲冠，要么，就是嘴角唾沫横飞，大喊正义，而最终，一旦到了不流血就无以收场的地步，也就实在不合塔列朗的口味了。啊！这样的工作可不适合我！乱局善后？看来，还是得交给男佣女佣这类人干才行。

　　这样反反复复地哼哼，就连自己，多少都有点找借口的感觉了。毕竟，就是他塔列朗，也至今都是国民制宪议会的一名议员，一直占据着全国三级会议与国民议会的议席，与革命一起，共同走到了今天。即便不是如此，那也在凡尔赛呆过吧，最少，这趟巴黎之行，也是为与议会同呼吸、共命运而专程赶来的。

　　可话说回来，此前，也真没为之施展过像样的身手。

　　并不是说，即便自己积极发言也不被理会和采纳。相反，一直以来，他都尽可能地不让自己显山露水，而是煞费苦心，混入占据大多数的无能议员的行列。从事人权宣言的筹划与制订，进而作为宪法制定委员指导相关工作，塔列朗开始发挥自己的能力，那还是极近来的事。

是因为被王国各地招集来的英才包围，刚开始会胆怯？真实原因可没这么一本正经。相反，对自己的才智，塔列朗拥有绝对的自信。但也确有几分怯懦，对此，他有自知之明。当然，这份怯懦也正是他精明的明证，对这一点，他也颇为自负。

啊。万事不能急，诸行莫慌张。

最初，需要你做的就是袖手旁观。由他们折腾，想怎么折腾就怎么折腾，等他们尽兴了，平静下来了，也就轮到我出场了。打从一开始他就是这么想的。等洞悉到差不多是时候了，塔列朗这才迟迟开始活动。

大致有了条理的人权宣言获得通过，废除封建制也已是板上钉钉。也就是说，贵族落败，平民获胜了。

——选优胜方一边站，这才叫聪明。

自由主义也好，民主主义也罢，越来越占优势的今天的政治信念，塔列朗无意为之由衷倾倒。不过，装成一个开明派，呼喊高悬的标语，也无需费什么心力。哈，以此而将天下收入囊中，这才是我想要的哟。

2

大贵族

　　噼的一声，暖炉中的柴薪在炎火中裂开。像似曾相识的口气在指责：见风使舵，毫无信念！尽管如此，他也只是哼笑一声了事，塔列朗并不为此感到惭愧。

　　在自己的愿望中，并没有感觉到野心的存在。若让塔列朗说，这一切，不过是为夺回自己本应有的位置而战。

　　就这一意义而言，甚至可以说，这就是一场圣战。自己的位置，一开始就注定了至高无上——这一藏于内心深处的想法毫无动摇。如此说来，离那些左顾右盼的叛徒等蝼蚁之辈像自己这么远的，还真不多见。

　　夏尔·莫里斯·德·塔列朗-佩里戈尔的父亲，是佩里戈尔伯爵夏尔·达尼尔，母亲则是名扬勃艮第的名门侯爵闺秀——玛莉·维多利亚·埃莉诺·德·多玛·昂蒂尼。

　　该特书一笔的，是其父系家世。实际上，塔列朗-佩里戈尔家族可一直上溯到九世纪，为世家中的世家。"佩里戈尔"至今都是位于法国西南部一州的地名，暗示着古时曾以此为领地的豪族末裔的身份。

　　实际上，佩里戈尔为伯爵领地，而塔列朗的原义，则是"冲锋陷阵"。

　　塔列朗-佩里戈尔这一世家之名非常具有中世之风，意思是"冲入佩里戈尔伯爵阵地，奋勇拼杀的勇士"。这与在地名中加示爵位，滑稽如自报家门般飞黄腾达的新秀贵族相比，最初的命名方式就全然不同。

当然，不只是这一世家的来历和渊源。塔列朗-佩里戈尔家族中的男性，在迄今为止的一千年间，一直都支配着国政与权力的中枢。夏尔·莫里斯一脉本身，体内则流淌着如柯尔贝尔、夏米尔等路易十四朝中名臣的血液。但想到塔列朗-佩里戈尔一门在悠久历史中一直占据的地位，也丝毫不令人意外。

在塔列朗看来，什么自由主义思想，什么民主主义信念，都不过是一时的时髦，昙花一现。跟绵延千年的自身血脉相比，毫无价值。正因如此，他才能仅视其为工具，态度冷淡，看得明，也想得通，有无信念之类的良心责备毫无必要。

不用说，他也从不认为，这些东西可跟自己一较高下。唉，不成其为对手的对手啊，好对付。

——而延续九百年的王朝时代，反而是有些举步维艰了。

即便不发生革命，也注定将寿终正寝。对塔列朗来说，只要他想，大臣之位唾手可得。可如此，就是为皇家效命了。光是这样的想法就已令人怒火中烧，这就是世家气派。

塔列朗-佩里戈尔家族的族徽，是"红色横纹加三头金色幼狮"，并铭以南法古语"唯神是从"。

——唯神是从。王？对不起，根本就没放在眼里。

九世纪家祖是维勒格朗，身兼佩里戈尔伯爵与昂古莱姆伯爵。而法国国王的家祖罗贝尔家族或卡佩家族，当时只是个巴黎伯爵。现如今仍是法兰克王国统治的时代，更何况，就查理大帝、西法兰克王秃头查理等加洛林王朝的家谱而言，佩里戈尔伯爵是其同族，巴黎伯爵家族为其家臣。

依礼法、地位而言，塔列朗-佩里戈尔家族绝不亚于法国王室。在塔列朗的意识里，自己家族不但不亚于法国王室，反而是更胜一筹。他也经常忖度先祖的心思：所谓法国王室之流，实在碍眼到令人讨厌。

事实上也的确如此。佩里戈尔伯爵的祖先们独立不羁，始终未向法兰西王之辈屈服。不但远在中世纪时就曾与英格兰王室联手，令法兰西王室大吃苦头，即便后来为大势所趋而不得不服从法国王室，也并未甘于一等朝臣之位，屡屡策划叛乱。

——纵观今日时局，或许，塔列朗-佩里戈尔的时代终于到来了。

将贵族们打倒在地的平民们，已乘势将国王逼入绝境。该给予平民何种待遇？在所制定的宪法中，又该赋予平民何种地位？面红耳赤的激烈论争可以想见，但有一点可以肯定，当今时代，已是主权在民。这也正是塔列朗作为宪法制定委员着力于人权宣言文案，慎重推敲的原因所在。

该宣言第六条是这样写的。

"在法律面前，所有公民一律平等。故人人都能平等地按其能力担任一切官职、公共职位和职务，除德行和才能上的差别外，不得有其他差别。"换句话说，谁都可以为"王"的时代到来了！

"也就是说，这就是我的天下！"

向着暖炉内燃烧的火炎，塔列朗不自觉地出声说道。啊！我跟那些不过是王室寄生虫的暴发户般的新贵族截然不同。革命，正是终极贵族主义所欢迎的。啊！这匹即将获胜的革命之马正撒蹄而来，没有任何理由不纵身而上。且那驾驭之术我也堪称内行。

——革命一方应该也是欢迎我塔列朗的。

对此，塔列朗也未曾怀疑。原因也是明摆着的，换其他人，究竟又能做些什么呢？直到现在，还不是什么问题都没解决？

一直参与国政的历代先祖的血脉，给了塔列朗一双冷静、审慎的眼睛。法兰西王国的财政赤字并未消除。何止是没有消除，在民众怒火的逼迫下，包括入市税在内的几项间接税又遭废除，进一步加重了王国的财政困难。

——可尽管如此……

这半年来，议员们却只会挥舞代议制这面政治原理大旗，大肆宣扬，除了闹腾叫嚣一无所能。全国三级会议本是为解决目前业已破产的国家财政召集的，可如今，却连这一事实都给忘得一干二净。

——当然，即便想起来也毫无办法，到头来也是一样……

官复原职的财政部长内克尔根本就是个无能鼠辈。拉斐德呢？又除了宣称要做法国的华盛顿以博取人气外，脑子里空洞无物。就算是米拉波，眼里似也没有所谓财政问题的影子。唉！说到底，还是只能由我来办。啊！对我而言，要解决财政困难也是小事一桩。只需一横心即可办到。

十月十日，塔列朗已在凡尔赛向议会动议过。因所有人的目光都被五日的骚乱所吸引，这一大胆动议也意在击穿这场空洞的骚乱。

"应立即没收教士养老金及教会财产。将其收归国有，充缴国库！"

这一动议来得突然，其反响之大也出人意料。虽说动议本身带有冲击性，但却并非于理不通。

天主教会是拥有独立财源的宗教组织。教会一直向居民征收什一税，并以此为资本开展多种经营。不只如此，修道院自身还经营着庄园，一直享用着庞大的年贡收入。不管怎么说，毕竟法兰西王国耕地的五分之一是归教会、修道院所有的。

国家将其没收，随时转售给希望购地的农民即可。只要把所得款项充入国库，重建国家财政就只是个时间问题了。

国库亏空为四十五亿里弗尔，而教会的财产估值则是三十亿里弗尔。尽管还无法一转而为黑字，但只要财政状况有此好转，就能打破国债无以应付的窘况。

对于这一绝佳提案，自身束手无策的议会确实也无法无视。

那个大嗓门米拉波是我的老友。对我来说，他就像个家奴，就权当是个老相识吧。不管怎么说，让他帮忙合作这点事还无需周折。

国有化运动一经引燃，不费吹灰之力，将教会财产置于国民管理之下的法案，便在议会移往巴黎后的十一月二日审议中通过了。而这一国有化措施重建财政的壮举，必将让塔列朗-佩里戈尔的大名成为法国救世主的代名词，越发地熠熠生辉。

"……"

当然，现在下结论还为时尚早。毕竟反对意见也同样强烈。比如在制定人权宣言时，只要发声牢骚说"将天主教为国教明确记入宣言"，天主教会就不可能轻易认同。

他们强词夺理——

"这些土地的所有权虽不归个人，而归教会及修道院组织，但同样是一种私有财产，国家若强行将其没收，就无异于侵害所有权。"

塔列朗如是辩驳——

"此言差矣。所谓天主教会财产，本归所有教徒所有，也就是说，只是委托于教会，以为追随神而行慈善之财源、救民济困之手段。不但不能单纯称之为私有财产，反而是视为公共资产才更合其本意！"

即便如此，还是有人反对称理论归理论，现实问题是，教士也得生活。若养老金被冻结，教会财产又被剥夺，他们的生活将无以为继。倘如此，连弥撒都做不了了。但此反论也被塔列朗轻而易举地击溃。呵呵。纯属杞人忧天。

"从今往后，教士薪俸由国家支付即可。只要教士成为公仆，一切问题都将不复存在。"

3

圣地

议会中大多数议员对此报以热烈掌声。反对派议员虽不开心，但若究其身份，则全是总主教、主教、大修道院院长、修道院院长之类高级教士。

换句话说，即极少部分人独占了整个王国五分之一的辽阔农田，躺在上面奢靡无度，尸位素餐，对人民的穷困报以斜视。唯一的烦恼就是痛风之类，并为之一日三叹。他们就是这样的一群猪。呵呵，让这些膘肥肉厚的胖子们理论，话语再巧妙也不会有说服力。

——退一步说，议会矛头所向差不多也该轮到教士了。

塔列朗的提案，部分也是因为预见到了这一趋势。

此前的众矢之的还只是贵族。在凡尔赛，第二等级被当作成立议会的大敌，而在巴黎，也有"贵族的阴谋"这一说法，并视其为万恶之源。

但在全国三级会议中，教士为第一等级，即教士也是特权阶层，却至今隐身于第二等级背后，并未受到太多的非难。说起来，那些贵族实际上还是些挺讨人喜欢的家伙。就像在土地问题中看到的，较于其他阶层，在悠久历史中一直享有各类特权的教士才是旧制度的真正化身。

——这一点，不可能一直被忽略。

实际上，一边在暖炉边取暖，一边如此冷静地分析时局的塔列朗，本身正是一名教士，且位居欧坦主教之位，其地位在全法也是数一数二。而其议员身份，说起来也是全国三级会议第一等级的代表，即教士等级的代表议员。

无需多言，这一位置得益于他的门族声望。尤其是得益于那位立场代表了法国神职人员的总主教叔父——红衣主教亚历山大·安热莉克·德·塔列朗-佩里戈尔的荣光。换句话说，塔列朗自身就是高级教士的极好例子，领着破格养老金，且只是形式上兼任修道院院长，数处庄园即在其支配之下，生活富足。

——正因如此，反而更易行事。

若是其他等级的议员，即便想到了教会财产国有化之类，也会因忌惮教士而无法发言。要将这一想法大声喊出来，就只能是教士自己了。并且，若是自身位居高位，收入想要多少就有多少的人提案说，为了公共利益弃之可也，这会产生什么样的影响？

"是的。作为神职人员，要誓忠于教会，痛而无怨。但作为市民，则要有捍卫真相，不惜殉身之勇。"

这也是塔列朗在议会发言中的原话。塔列朗确信，如此一来，自己必将作为富有自我牺牲精神的现代教士而受人尊敬，也必会被尊为"非他莫属"的法国领袖而得到热烈拥戴。这让塔列朗的内心振奋莫名，再也无意回头。

"明摆着嘛。如今，民主主义才是时代的潮流。教士之类要成老黄历了。"

哼。说到底，自己并非脱掉教袍就无以立身的下等人。也不是无此身份便生活不下去的穷人。自言自语中，满意的微笑就由嘴角而漾到了脸颊，塔列朗能感觉到，一股熊熊的火焰同时在双目中燃将起来。呵呵，这可不是一直盯着暖炉的缘故，而是想起了令人气愤的那些抱怨。

"非也。这可不是教士能不能活下去的问题。"

就在今天的议会上，身居高位的反对派教士们还激动非常地如此辩争。是的，令我们不得不起而反对的，并非出于保护自身的奢华生活，并非出于不知国民穷困之类的卑鄙动机。

"这是教士的尊严问题。"

无聊教士之言。对此，塔列朗只是报以冷笑，根本不予理会。好上加好的是，这帮家伙竟得意忘形起来。这个……教会财产的国有化之类法理不容。为什么？这是对教士尊严的亵渎，也是对教会这一神圣组织的肆意践踏。这样的行为必将导致亵渎信仰的傲慢！

"再怎么拿祖国说话，都不应将手伸到圣地之内。这是对神的玷污和亵渎行为！到时候，被诅咒的法国绝不会得到神之荣光的祝福。"

这套言辞空洞苍白至极，在会场上的塔列朗强忍才不至捧腹。圣地？神之荣光？用这些神秘的套话玩弄蒙昧无知的人们，这就是利欲熏心的教士们反复絮叨了几百年的旧制度的惯常手段。在启蒙主义势头正劲的现代社会，恬不知耻地如此叫喊，更会让尔等迟早死无葬身之地。

现在想来，这可真是让人怒火中烧啊。哼。或许，即便是在现代社会，只要挥舞一下神之荣光的大旗，被震慑之辈也不在少数。可我塔列朗不一样。只有我塔列朗不一样！什么冒犯圣地，什么亵渎信仰，什么对神的玷污，一派胡言！

——果如此，被圣职玷污的我呢？

夏尔·莫里斯·德·塔列朗-佩里戈尔是家中次子。但因兄长早夭，他也就成了事实上的长子。尽管如此，可因他右腿不好，家门嫡子被指定为三子阿尔南博。就像扔包袱一样，自己被送出了家门，而归宿，就是教士。

——神？一说反而令人心生不快。

在塔列朗眼里，这样的荣光，根本不需要。王室的绝对权威也好，人民的民主主义也罢，都不是塔列朗-佩里戈尔家的问题。加之对我而言，连神都不在圣地之内。要真有圣地，那就是自己。

——只有自己!

塔列朗达观地认为，若是追根究底，无论是谁，所有人尽皆如此。唯一的不同在于，对自己诚实，还是不诚实。从不诚实的人嘴里吐出来的，就是爱啦，慈悲啦，互助啦这类伪善之辞。都不过是并不具备守护自身诚实所需之头脑、肉体及强大心灵的丧家犬的哭诉。

既说到如此决绝，绵延千年的塔列朗-佩里戈尔一门的历史，也正是一部丧家犬史。因为它一直在挥舞所谓"唯神是从"的伪善，因为它一直抱住这个弥天大谎而毫无自信。但是，我，却有能力改写这一宿命。连神我都不会向之屈服，就定能将此一宿命一举击溃!

——正因如此，谋取天下才是我塔列朗的志向所在。

回神时，窗外已是喧闹声一片。是成群的工人正步履匆匆地沿学院路往家赶吧。在持续不景气的巴黎，如此罕有的欢声，或许是缘于好不容易得到了工作吧。

"啊。这世上还真是有好事之徒，竟会出高价买这些破石头。"

"说什么呢？这可不是普通的石头。这是巴士底狱的石头。"

随着米拉波刨下的第一镐，巴士底要塞的拆毁工程开始了。的确有人认为，应保存下来以为纪念，但实际上，因巴士底狱地道一直延伸到城外的万塞讷城堡，有传言说，惯用阴谋的贵族们正计划把巴士底狱夺回去。既如此，就不如直接将其捣毁。

　　捣毁巴士底狱的公共工程带来了意外的工作机会，顺利参与拆毁工程的人们无疑是幸运的。不只是每天都能领到薪水，反正那些砖瓦得运出去，他们还可以随便拿，想拿多少拿多少。巴士底狱的砖瓦，这正是革命的纪念啊！于是，喜而求购的巴黎富翁也是络绎不绝。

　　"这可真是，革命万万岁啊！"

　　拆毁巴士底狱是突击工程，眨眼之间便将其夷为平地。放眼望去，与其说是废墟，不如说是建筑物拆除后的荒地。这也不禁令人暗自嘀咕，革命，已经结束了。国王的军事设施，已在巴黎市民的协商下擅自捣毁，时代确实不同了。话虽如此，但历史的旧账却丝毫未得到清算，问题依旧堆积如山。

　　——首先一点，我塔列朗的革命，这才刚刚开始。

　　塔列朗摸着扶手的雕饰，把身子往安乐椅里欠得更深了一些。右腿很快就能完全获得放松了。要能像这样，忘掉平时的行走不便，慢慢就感觉自己都是全能的神了。啊！大戏开场了！真正的革命，才刚要开始哟。

4

神殿

国民制宪议会一移至巴黎，便匆匆要求将总主教宫作为议会议事厅。

总主教宫位于城岛东南角，檐瓦相连，沿南面的塞纳河岸排将开去。从另一个角度看，就像自成一道坚固的墙壁，坚守着北面的巴黎圣母院。

实际上，也确曾有人提议，借用圣母院作为议会的议事厅，但因部分教士议员的反对而作罢。

——理由是，断不允许冒失鬼进入神殿？

米拉波忍不住报以苦笑。塔列朗这家伙也真干得出来。教会财产国有化？举世公认的高级教士，还真能狠心出此动议啊。

米拉波并不是吃惊。如今，这位主教大人虽是一派的正人君子，但对米拉波而言，他塔列朗，只不过是放荡时代的狐朋狗友而已。

实际上，两个人简直就是玩疯了。离经叛道、伤风败俗，都到了在教会忏悔时说出来都有所忌惮的地步。又是借钱挥霍到无可措其手足，又是玩投机交易，买空卖空……到头来大吵特吵，分道扬镳了事。这些年本已疏远了，却又因为今年——一七八九年双双成为议员而意外重逢。

——一份孽缘吧。

撇开好恶不说，两个人倒也是知根知底。既如此，米拉波也就不吃惊了。与表面的神经质相反，这塔列朗的根性可谓是胆大豪爽。

——只是，可能的话，再慎重些就好了。

不知是胆大豪爽的反作用，还是他那傲慢之极的本性使然，塔列朗多少有点不计他人感受的毛病，不懂如何揣摩对方心理。时不时的，根本意识不到微妙存在的某条线，不经心越过去了。

又来啦！令米拉波哑口无言的是，教会财产国有化这样无法无天的提案，塔列朗竟性急到在凡尔赛就提出来了！拜其所赐，天主教会是彻底警觉起来了。议会移到巴黎，也借不到圣母院了。

——可惜啊……

那哥特式高高搭起的天花板，声音回响极大，嗡嗡的。就算说的话不足为奇，也宛如神灵启示一般四处回荡，最终化为一种灵感，沁入人的心灵深处。对拥有一副傲人男中音的雄辩家而言，真就是舍此无他的顶级设备啊。

但现在用不了了。总主教宫虽提供了大厅，但不可否认，到底是狭窄。即便与凡尔赛网球场公会堂比，演讲的回音也小，我等提案人的辛苦可就非同一般了。

——话虽如此，雄浑的狮吼也用不着选择场所。

调整了一下心情，米拉波开始了演讲。当天，国民制宪议会也为审议财政问题安排了时间。这个……话虽如此，财政重建之策，也非教会财产国有化之一途。其他还有，如我国在美国独立战争之际的对美借款。其利息，也可以以小麦实物兑现，只要尽快支付，就可以立即发行国债。在此基础上，我认为，应马上设立专事国债管理的国家基金。

"之所以这样说，是因为我们实在是无暇袖手旁观了！财政部长内克尔阁下的政策失误，已经是藏也藏不住了。"

声音响亮有力，还不算坏。是因内心全无芥蒂吗？还是因为，这在某

种意义上是自己的真实想法？演讲的昂扬之处就在这里！米拉波乘势继续
说道：

"今天已是十一月六日。即便从内克尔阁下被罢复职的七月算起，也
快四个月了。心想，这回，一定会快刀斩乱麻，漂漂亮亮地大干一场吧！
可大家的期待又一次落空，至今依然是货币贬值，物价高涨，毫无起色！
有金子的视如珍宝，藏之不迭；没有的，则视银行票据如洪水猛兽，避之
不及。乘物价飞涨囤积居奇泛滥成灾，也有的落入投机圈套无力自拔。可
以说，我们正面临着严峻的社会危机。这一切，不正是内克尔阁下持续不
作为的最好证据吗！"

革命舞台由凡尔赛移往巴黎，在政局的大变动之下，世态虽然安静，
但却已然发生了重大变化。而最大的变化，则莫过于内克尔支持率的快速
滑落。

在米拉波看来，这是民众已经拥有自信的表现。内克尔是受万民崇拜
和爱戴的平民大臣，庶民的巨星。之前，除了寄望于他无计可施。但巴士
底、凡尔赛接连两次成功举事，民众自身的力量觉醒了，再没必要寄望
于谁。

这时再看内克尔，看到的就只有他的无能了。一直那么地支持他，可
这位财政部长阁下却什么都没做。革命成功了，但生活却没有丝毫改善。
当人们不满地发出这样的牢骚时，也再用不着客气什么了。

——痛打落水狗是理所当然的。

话虽如此，可也并非易事。没有相应的权力和手段啊。部长任免权在
国王手里。议会既不能任命也不能罢免，就连人事变动批准权——以间接
方式介入任免的权力都没得到。

就说这内克尔的七月复职，那也不过是内克尔被免激怒民众，在武装

起义的震慑下，国王被迫作出的让步而已。可大部分议员却至今都没意识到这一制度缺陷。

米拉波继续自己的演讲。"这个国家所面临的困难局面，换句话说，就是现政府的信用危机。的确，这也毫不奇怪。毕竟，提起国王的政府内阁，至今仍与议会不睦，不是吗？"

比如，若某位阁僚出席了议会，或参与到议事当中，会不会在议会与政府间引发纷争呢？

吞吞吐吐，欲言又止，故意撩起会场的兴趣，这才是米拉波拿财政问题说事的真正意图。

他咳嗽一声，终于给出了最后一击。

"归根结底，若立法权与执法权相互敌视，连讨论公共事务都会心生厌烦，那任何公权都无以成立！再加财政重建等，哪怕有再好的灵丹妙药，但要谈治愈，那就成了一醒成空的春秋大梦！"

要让国王承认革命。要让国王支持议会。并且，要让国王主动这么做。这，就是米拉波的使命。

国王的真实想法，很可能也是抱住实力派议员，将议会引往有利于己的方向，进而拔掉革命这根鱼刺。但我米拉波，至多是想成为沟通国王与议会的一道桥梁。

这也是基于一种政治信念。立法权、执法权不是此强彼弱，而应地位平等、相互协作。

——但这并不顺利。

一听到召唤，米拉波便在议会之外，开始了与王室方面的接触。议会由凡尔赛移往巴黎，虽有些忙乱，但米拉波与几位阁僚的数度畅谈，也并非是在忙乱之余。可要说到感触，那就不好了。

这帮人，无一不对议会满怀敌视。虽为情势所迫，无法气急败坏地直接声称要将革命一举击溃，但也全无协作的意向，甚至连让步、妥协之类现实点的想法都没有。非但如此，在他们的内心深处，反而能隐隐窥到某种决心——视情况，不惜还击！

——要这样，那我米拉波就无法为王室效力。

周围全是如此反动之辈，路易十六根本就不可能承认革命。啊！倘如此，那就不可能取得任何进展了。米拉波在激愤中行动起来了——不用说，是作为议会首屈一指的雄辩家。小子们既不听忠言，那就只能让议会动起来了！

米拉波环视会场。对面迎来的，是一双又一双注视着自己的眼睛，无数的眼睛。议员们全都竖起了耳朵，静候米拉波的下文。没看到一位在打瞌睡。对他的演讲，所有人都抱着极大的兴趣，紧盯着不放。

是啊。就连一时过激的革命，走到这一步也逐渐沉静了下来。部分也是因为前途不明，所有人都不安起来了。尽管每个人的主义、主张各不相同，但说实话，无休止的激烈斗争，也是时候收手了。

"不管怎样，总该想想办法吧。该为议会与王室间那鸿沟越来越深的不和画上句号了。这个，我个人认为，让国王的大臣们出席议会，也是一个办法。就像现在英国的议会。"

米拉波往前推进了一步。倘如此，如果议员们就大臣欲推行的政策，或想通过的法案提出质询，就能让大臣们在议会中当场答复了。而若大臣们对议员，也即对国民有非分企图，甚至就连暧昧不清之处，代表们也有权当场予以果敢纠正，而不是疏忽放过。即由各位一起，共问国政。

"当然，我们是对事不对人，问的是国政，可并非针对大臣本人哦。"

针对大臣本人，这是司法的职责。不等会场中的笑声落下，米拉波便继续说了下去。当然，不得不问责大臣的事态也有可能发生。背叛国民的行为，还是要控制在发展成犯罪行为之前，换句话说，即将其扼杀在摇篮之中，方为上策。

"当然，也可能相反。若议会有邪恶企图，阁僚们也会当即纠弹吧。这不也是我们所希望的吗？我们要在给国民制造麻烦之前，谦虚地接受批评指正。"

不管怎样，还是要把国王陛下的大臣们召入议会。至少在宪法条文全部完成之前，大家要坐到一起，通过彼此间的质询与被质询，让审议真正开花结果。米拉波虽将提议推进到了这一步，但要说会场的反应，那透露出来的，却是多少有些迟疑不决的气息。

5

大臣之位

——这也难怪。

米拉波想。毕竟,介入政府才是议会方的愿望所在。但反过来,若是阁僚一方无条件介入议会,那对议员们来说,可不是什么开心的事情。

毕竟五月以来风风雨雨,猜疑也在情理之中。对待不听命的第三等级,他们夺取了议会,将议员们逐至雨中的野外。而解散国民议会的命令遭拒后,又出动了军队……当抱定内克尔,希望他能在廷议中奋力一搏时,最终又是好梦成空。

——那些大臣会为议会着想?谁信!

急了直接将议会铲除都说不定。对议会来说,保持目前的敌对关系反而更好一些。眼下,各位阁僚尚未洗心革面,保持这一警惕也是议会存留的要害所在。唉。这也难怪。这都是理所当然的啊。

——那帮混账阁僚,我米拉波算第一个受够了。

议会的反应,并非米拉波没有早一步料到。或者不如说,他的演讲,打开始就有意挑起暂时的反感。呵呵,一切都在依计划进行。米拉波既如此窃笑,那旁边为话题的转折做铺垫的人也就正当其时。

乱哄哄的会场中,有人高声嚷道:

"反过来,从议员中选任大臣也好嘛!"

　　这话就像导火索一般，整个会场立即被低语声淹没了。啊，对啊。议员都是打开始就出席议会的自己人！嗯，要是从议员中选任大臣，就算让大臣出席议会，也不会带来任何麻烦。不是被动接受政府决定，而是相反，是议会向政府提出要求。

　　"啊！是啊！从议员中选任大臣！送进政府！"

　　赶走在其位不谋其政的内克尔，由议会选出的大臣接任，让他成为立法权与执法权之间的桥梁！会场中议论纷纷，声音越来越大。米拉波听之任之，此情此景颇令他满意。

　　这正是他想要的。阁僚必须换血。只要他们个个不改旧态，政府与议会间的所谓协作根本就没有可能。

　　说实话，即便议员们心胸宽广，邀阁僚进入议会，恐怕，那帮傲慢的家伙也不会搭理这一邀请。在他们看来，根本用不着讨好议会。握有任免权的是国王，只为国王着想就万事大吉了。

　　——这可就难办了。

　　今后，也必须让阁僚们为议会着想。不然，我们议会也只考虑自己的事情，再不为国王打算。倘如此，不只是对立无法化解，对国王来说也并非好事。

　　——再难，也要让他们明白这个道理。

　　从议员中选任大臣的提议，不可避免地会涉及到任免权问题。也就是说，今后将由议会任命大臣。至少是选任部分大臣，并保留对另一部分的批准权。

　　米拉波甚至将其法制化也纳入了自己的视野。为什么呢？只要将任免权交与议会，阁僚们只考虑国王就行不通了。而若大臣能为议会着想，这边的议员也自然会为国王考虑。

会场里越来越热闹了。啊！对啊！这才是真正的法国新政。君主立宪就是这个意思。无论如何，都要建立这一制度。得立即参谋人选了。

"既如此，让米拉波伯爵本人入阁不就行了！"

嘈杂中，格外洪亮的声音再次响起。赞同之声也是不绝于耳。的确，既要将议员送入政府，则非议会的一号雄辩家莫属。是啊，只要是伯爵这样的人物，即便被那些居高临下的大臣们围攻，也绝不退缩，毫不足虑。

"对！革命的狮子，是时候到陛下面前咆哮一番了！"

使不得使不得。米拉波摆着手逃一样地从演讲台上走下来。他猫着腰，要偷偷摸摸躲到议员中去的样子，就像在说这样的玩笑可开不得。不，真的，你们饶了我吧。我米拉波这样的，是大臣的料吗？这可真是糟糕透顶……当然，他心里可不是这么想的。

——就算你们不说，我也是这么打算的。

米拉波心里继续说道：唉！抛开我米拉波，哪一个还能当得了大臣！

正因有此一自负和自知，他才不想弄巧成拙，让人将自己的抱负视同为野心。让人们的期待情绪高涨也好，想从议员中选任大臣却不开门见山地直接提议，而是故意绕圈子也罢，都是缘于这一顾虑。

实际上，早在凡尔赛时米拉波就有此计划。与王室，特别是与一个个的阁僚接触，那可不是聊闲天。会谈伊始，他的首要要求就不是别的，而正是大臣之位。

要让我为王室效力，那就要有相应的位置。不与其他议员平起平坐，而是要高出一头，议会的工作也好做。现如今，议长是轮流制，那就非兼任大臣不可。

在当前的困难局面下，应该容忍某种程度的集权。国政若不委于雄才伟略、信念超群之人，法国就将陷入无休止的争论、纠纷、混乱与骚乱之中，一步都前进不得。

议员的身份并不妨碍入阁。

——只要国王任命，再怎么着也当得了大臣。

现在，身为议员的教士如尚皮翁·德·西塞、勒弗朗·德·蓬皮尼昂等，就是应路易十六之御召入阁的。既如此，我米拉波也是运动的发起人。可那帮家伙，却个个儿没有好脸色。

——断不允许行为不端的人进入神殿吗？

那帮先一步入阁的教士议员们，对塔列朗一党或许也是厌恶之极。但让米拉波感受更为强烈的，却是仿佛要将自己冻僵的冰冷目光。哼，声名狼藉的放荡贵族之流，不想以同僚相称？要是插足内阁，一尘不染的大臣座椅都给坐脏了？

阁僚们个个儿只谈钱的事，实际上就像是说，一个负债累累的人，该知足了。是之前出的数儿不够吗？那你到底想要多少？阁僚们只抓着这一点不放，一提到职位，他们就说，那就让你当大使好了。威胁不言自明啊。要是贪心太重，那就把你一脚踢到国外！

自己是为信念而谋求大臣之位的。米拉波暂且按捺住内心的急躁，耐心交涉，但最终也是毫无结果。至多是个非财务、非内务，也非外务的，无部无署的特命大臣。

——我算看明白了，这帮兔崽子小看了我米拉波！

米拉波果断终止了磋商。哈哈，少开国际玩笑！我可是国王陛下亲自请来帮忙的。被托付王室命运的人才，除我米拉波再找不到第二个！换句话说，你们这些兔崽子阁僚就是一群废物！要是昏聩无能的大臣们误以为，我这头革命的狮子可以当棋子使唤，那可就大错特错了！

——哼！难得别人想稳稳妥妥地料理此一乱局！

既如此，那就骑驴看唱本儿，走着瞧！米拉波就这样返回了议会。只要回了议会，大臣之位就唾手可得。再怎么说，也是议会中首屈一指的人物。一旦登上演讲台，那出众的雄辩口才，就能发挥出巨大无比的力量。

而实际上，这一法案也眼看就要通过了。

"要让阁僚出席议会！阁僚中至少要有一部分，得从议员中选任！"

议员克莱蒙·托内尔主动迈前一步，大加赞赏。为确保国政顺利运转，这一方案可谓出色之极。

十一月六日，议会把财政问题放到一边，拿出时间对这一方案进行了审议。布朗、诺瓦耶等持反对意见的议员也是层出不穷。毕竟，这种英式政治有议会、内阁勾结之忧。若议员与大臣间的政议流于形式，就很可能成为政治腐败的温床。当天的议会就在这一忧虑中结束了。

从议会的整体气氛来看，给人的感觉也是一定会通过。

风云突变起于次日，即十一月七日的议会审议。审议继前一天继续进行，第一个提出反对意见的是议员蒙洛西埃伯爵。但这不成问题。他强调的是，大臣并非国民代表，不宜进入议会。会场氛围并未为之一变。这只是讨论高度政治举措时的原理原则。

第二位是议员朗瑞奈，既是布列塔尼选区议员，那就是布列塔尼人俱乐部的热血人物。

依据本人所在选区选举人请愿书，我参加全国三级会议以来，连与大臣说话都是被禁止的，即便依据国民制宪议会的运作原则，也应禁止议员与阁僚亲近，分权才是我们的本愿，等等，等等。

这也不过是罗列原则，会场气氛依然是不为所动。出人意料的嘈杂，起于如下的发言。这个……倘如此，就只是大臣们将权力再次夺回。立法权与执法权再次集中于一处，后果不堪设想。"不只如此，此等大权，若成野心家的玩物，这可不是什么好事！"

　　米拉波知道，所有的视线都集中到了自己身上。但米拉波并不慌张。自己确有入阁之愿，也希望议会能在不经意的提示下，推选自己为大臣。但这一愿望他却从未明言。非但如此，他绕了一圈又一圈，连从议员中选任大臣的话都没说过。

　　至少就现阶段来说，所谓野心云云，不过是臆测而已。可朗瑞奈继续朗声说道：

　　"是的。这类野心家，一定就在这会场之中！"

　　演讲台上的朗瑞奈，把目光睃向了米拉波。这就等同于是指名道姓了。而这边的米拉波也目不斜视，直睃着朗瑞奈。还真有胆量。看来，满怀理想的热血汉子一旦动怒，还真会越过那条不可饶恕的底线！

　　——这样可笑的寻衅找碴，绝不可等闲视之。

　　无言中，狮子的目光已向对方传达出了十二分的恫吓。但朗瑞奈不为所动。非但如此，还再三叮问。

　　"各位议员，还没明白？那位天才雄辩家，一心想按一己之意图操控诸位！换句话说，就是想成为诸位的支配者！还不过是个微不足道的议员时，他就是如此危险的人物了！倘大臣之权职握到他的手里，诸位试想，我们究竟会是什么下场！"

　　这下，就连他米拉波都张口结舌了。居然会在大庭广众之下，露骨到这个份儿上……

6

破坏

——到底是怎么回事。

不用问，米拉波的耳目也一直在打探消息。五分钟不到，秘书康普就走近身来耳语道："伯爵，问题出在昨天夜里。尚皮翁·德·西塞似乎有所行动。"

听罢，米拉波环视议席。但没看到那个身着教袍的肥胖身影。也就是说，今天，这位神父大人在杜伊勒里宫公干喽？

无需多言，尚皮翁·德·西塞，这位波尔多总主教既是教士代表的议员，又是内阁成员——掌玺大臣。虽经多次交涉，仍坚拒米拉波入阁的一应人众之中，他算一个。

"还不过是个微不足道的议员时，他就是如此危险的人物了！倘大臣之权职握到他的手里，诸位试想，我们究竟会是什么下场！"

明白了。米拉波心里点头道。朗瑞奈厚颜无耻的如簧巧舌，若当作道貌岸然的主教大人的真心话来听，也就能理解了。

——有可能，这也是军装凛然的另一人士的心里话。

据米拉波洞察，令事态风云突变，于昨夜紧急策划的破坏行动，那位国民自卫军总司令拉斐德也掺了一脚。

这位，才是米拉波的有力对手。由美国返法的拉斐德，被称为"两个世界的英雄"，作为议员虽为平庸之辈，但仍在大众的拥戴下崛起了。这一拥戴，在命其统率资产阶级民兵，即任命其为国民自卫军总司令的提拔中，已经体现得再清楚不过。不止如此，凡尔赛事件仅几天之后，国王路易十六似乎还亲自请他帮过忙。

他可不只与米拉波齐名，合称议会活动的两块招牌，拉斐德还不断显示出与王朝内阁实为一体的一面。其本人虽未出任大臣之职，但其言行举动却宛如法国版的华盛顿，拥有总理大臣般的实际影响力。

没错。将拉斐德任命为巴黎方面军总司令，就是路易十六对其重用有加的明证。现在，他能调动的不只是民兵，连正规军都在他的指挥之下。那帮阁僚应该与拉斐德走得很近。万一有事，可以求他动用武力嘛。既有如此强有力的伙伴，那与议会对立又何妨？

"……"

米拉波紧咬牙关，有心向他们发问。啊！你们这样抱作一团没关系，也尽可按自己所好凑堆儿，可你们这帮家伙，为国王想过吗？法国的前途，你们又真心想过吗？

台上的朗瑞奈继续着自己的演讲。正因有此忧虑，我倒有个提议。无论是哪位议员，在议会会期内一律不得入阁！能否立即依此原则，以国民制宪议会的名义予以法制化？

"混蛋！"

米拉波低声骂道，"一群混蛋！"将计就计，玩弄迂腐的正义感？我米拉波成他们玩弄于股掌之间的棋子了？除了拉拢谁、疏远谁的小见识，脑子里空空如也的那帮家伙的棋子？

即便到得总主教宫外，米拉波还是憋得难受。近旁就是巴黎圣母院，其双子钟楼竞相耸立，巨大的阴影将周围涂成了一片漆黑。

即便没有这巨大的阴影，城岛也是市中心的市中心。无论往哪个方向走，都是一幢又一幢挤到密不透风，几无缝隙的房屋、建筑，且称之为路的路又狭窄非常。

简直就是个迷魂阵啊，真有人迷路也毫不意外。并且，开露天店的拉着货车，卖水的双肩横挑着水桶扁担，而那些结伴出行，有可能买花的女性，则是卖花人四处寻找的对象……人流从四面八方拥来，络绎不绝，令你举步维艰，简直就像有意使坏一样。

可能，没有巴黎生活经验的那些议员也是左右莫辨，不知如何是好吧。或者说，现在，正在咂摸乡巴佬那寝食难安的滋味儿也说不定。之前，凡尔赛的街市本身就小，且规划有序，路还非常好认。

当然，米拉波用不着担心迷路。他已命马车在新桥等他。

沿圣克里斯多夫大道、柯兰道尔大道西出城岛，到巴黎古监狱右拐，就能看到其附属的大钟了。在那里左拐，来到塞纳河岸，道路也多少宽广了一些。若继续前行至新桥一带，就是上个世纪亨利四世决意大规模整顿的地方，相当宽敞。

——这得一直步行到那里了。

突然，感觉身后有人在喊自己的名字。不是感觉，确实有人在喊伯爵，甚至还听到了越来越近的脚步声。但米拉波未加理睬，继续往前走。走出难辨东西的胡同，米拉波真想把后面的人甩掉。现在，他不想跟任何人说话。

可脚步声却是紧追不放，似乎，那人对巴黎也很熟悉。没办法，米拉波回身望去，看到的，是一个比孩子要大一些的身影。

——不是比孩子大，而是个小个子成年人。

为赶上这长腿阔步，只好一路小跑跟来的吧。罗伯斯庇尔把手撑在两

34

个膝盖上，两只肩膀一上一下，大口喘着粗气。正合身的法袍像用糨糊糊到身上一样，那又小又平的背，看上去还真有几分新鲜感。

实际上，两个人有日子没见了。虽有移居巴黎的忙乱，但还在凡尔赛时，就感觉有些疏远了。这边忙于与王室当局会面，而那边却似已先行拉开了距离。

"真遗憾啊！"

罗伯斯庇尔先开腔了。是说今天的表决结果吧。

要求阁僚出席议会，而阁僚中的至少一部分成员要从议员中选任，这动议，甚至都没到投票表决的份儿上。以多数赞成通过的，是刚才提出的那个法案，即无论哪一位议员，在议会会期内不得入阁。

米拉波不卑不亢地答道：

"啊。是挺遗憾。"

"是个人野心招人讨厌吗？"

对罗伯斯庇尔这话，米拉波报以苦笑。哼。真是直截了当啊。

想想也是，这小个子也是布列塔尼人俱乐部的一员。理想家式热血男儿。代表大家登台演讲的虽是朗瑞奈，但在昨夜的集会上，高喊绝不允许野心家独断专行的人里，或许也有他罗伯斯庇尔。

——不错。要说是野心也确实是野心。

事到如今，他也无心自我美化。话虽如此，但米拉波内心也并不平静。

"我们需要伯爵的力量。但有时会不知所以。作为我们来说，若将国民幸福置于首位，那无论如何，都望能将伯爵引为同志……"

听罗伯斯庇尔如此说，米拉波反倒更觉得话里有话了。

是啊。有可能，野心确实招人厌恶吧。想到这儿，米拉波反问道，

"那你们就不讨厌明哲保身？"

"嗯？什么？明哲保身？"

"对。明哲保身。我肯定野心，但明哲保身也并不唾弃。可从你们的信念来看，应该也讨厌明哲保身才对。"

"如，如果这明哲保身损害国民利益，那当然是不容许的。但是……"

"没人坏到这个份儿上。你是想说这话吧。"

米拉波单方终止了交谈，继续往前走。要说内心不平静，是指名道姓阻止他入阁的露骨法案居然通过了。多数赞成，表决爽快。这让他无论如何都接受不了。

尚皮翁·德·西塞、拉斐德等阁僚一方，很可能在暗中捣鬼了。而布列塔尼人俱乐部的热血男儿们被其巧妙的煽动所惑，为其充当马前卒也毋庸置疑。

——可即便如此，整个议会就都能成其马前之卒了？

阁僚不用说了，就是布列塔尼人俱乐部，也并非议会的多数派啊。即便加上将米拉波视为那可憎恶的叛徒塔列朗的盟友而心怀忌恨的部分教士议员，也仍不到半数。不用说，多数派不动，什么法案都无法通过。

"我说……罗伯斯庇尔先生，我们就此分道扬镳吧……"

"分道扬镳？我可没这意思啊……只想请伯爵再……"

"不。这样也好。走不一样的路本身没什么。只是，有一点，希望你好好想一想。你真正的敌人，是我米拉波吗？"

这回，罗伯斯庇尔真呆住了。

啊！似乎又一座神殿正在修建之中。这神殿度量狭小、妄自尊大到了不许他人入内的地步……

抛开呆若木鸡的小个子，米拉波径自向迎接自己的马车快步走去。

7

雅各宾俱乐部

对罗伯斯庇尔而言，巴黎是度过学生时代的一座青春之城。

离开阿拉斯乡下时间不短了，而在阔别已久的巴黎，也并未因它是大城市而心生怯意。非但如此，处处勾起回忆的怀念之情，倒颇有些令人开心，甚至会生出重返学生时代的错觉。

——应该说，是当时的感觉苏醒了吧。

在路易大帝中学就读的五年时光真未必坏。不，回头想来，有时甚至会想，迄今为止，这是人生中最为灿烂的一段时光。

罗伯斯庇尔学业优异。学习成绩出类拔萃不说，一旦加入讨论，也从未输给过任何人，真就是学校里的头等秀才，甚至征服过几个信徒。连教师都对他刮目相看，不出意外，将来一定会成为有用之才。

真是一段任由自尊一意飞扬的美好时光啊。

——那时候真年轻啊。

不，那时候……真是个孩子啊。罗伯斯庇尔想。也不是。实际上，直到最近，他都想借由这些回忆整理一下学生时代的荣耀，尽管有些勉强。

一旦工作，踏入了社会，就不能再像学生时代的讨论一样了。作为一名律师，处理好眼前的工作，为日用花销奔波已然是筋疲力尽，就连知识分子的自负，也只能靠在入夜后仅有的一点时间里读点书、写点文章来打发，满足感虽小但也知足了。

这中间，除在当地知识分子的沙龙里兴高采烈地谈论一番，也无心特意跟谁一辩高下。不如说，他已经几乎不作任何思考了。取而代之的，只是自然具备的既方便又实用的辨别能力。罗伯斯庇尔已然接受了这样的生活。他也曾一度认为，这说明自己已是个成年人了。

——可是，我这个成年人究竟又干成了什么呢？

为社会做出什么贡献了？让这个社会不断向好了？不用问，回答是否定的。何止是全无贡献，当双脚踏入令人怀念的巴黎，势将自己压倒的拷问便扑面而来——

马克西米连，你不过是一直在逃避，不是吗？

既非踏入社会，也非已然成年，实际上，只是越舒服越好地随波逐流而已，不是吗？以如此用词，将此前一直加以肯定的司法界生活视为迎合社会、令人生厌的日子全盘否定，一心重返学生时代的纯真初衷，这恐怕，已不只是巴黎所勾起的怀念之情在作祟了。

——争论过分投入的结果……

是两颊火烧般地发烫。罗伯斯庇尔再次重温了冷风拂面时的惬意。呼地大出一口气，像突然意识到丢了什么东西一样，一回身，眼前"端坐"的，就是那座悬山屋顶式修道院。

修道院在圣奥诺雷路边，院内设有庭园，园内铺满草坪。那四面围起的围墙颇有巴黎之风。修道院小之又小，檐瓦相连的院宇间，只有植于门前的柏木树梢和钟楼顶的十字架勉强探出头来。

"那同样小之又小的图书馆，就是我们'宪法之友社'集会的地方了。"

罗伯斯庇尔自语道。

宪法之友社的前身，就是那个布列塔尼人俱乐部——在全国三级会议的战斗中，由第三等级的有志之士成立的。

在凡尔赛取得的最大战果，就是制定宪法的决议。之所以将布列塔尼人俱乐部更名，就是源于一种确信，即宪法才是此后国政之支柱。撇开这一由来不说，比起含义重大的命名，世人反而更喜欢近于单纯记号、易于熟识的名字。

集会地点设于巴黎刚一个月，宪法之友社就早早有了别名："雅各宾俱乐部"。

在这一带，因借用的图书馆一直被称为"雅各宾修道院"，这群人又是在这里集会，于是就有了这一名字。

——算了。就集会的实际情形而言，也只能叫俱乐部了。

对这一名称，罗伯斯庇尔也有心让步了。无他，只因经历了双颊火烧般的争论。同席者中，有非如此激烈就不肯作罢的论辩对手。

雅各宾俱乐部的成员，并没有能以宪法或其他什么高屋建瓴的理念相维系的共同信念。既有迪波尔、拉梅特、巴纳夫等爱国派，也能看到格雷戈瓦牧师等教士议员的面孔，登记名册中甚至还有米拉波、拉斐德等具有保皇倾向的徒有形式的会员。

如此看来，雅各宾俱乐部就是一盘散沙。争论、纠纷实在是正常。

——可在议会中，自己这样的也能发言吗？

罗伯斯庇尔想。

最近，他突然痛切地感受到，议员也并非人人平等。不，议员资格是平等的，都是在选举中由国民推选的，且只要本人有意就可在议会中发言，但说到发言的分量，可就因人而异了。

当然，议员的能力有高下，年龄有高低，学识也有多寡。再说到个人的经历，就更是千差万别了。既有生活殷实的资本家，也有高等法院的高级官僚，还有以神学学位自豪的教士……

相应的，各个议员的人脉也就互不相同。还有在进入议会前就已大名鼎鼎的。议员中，通过发行报纸或小册子操纵社会舆论的也不在少数。

勿需多言，即便登上同一个演讲台，其发言的分量也会因是否拥有雄辩之才，是否具备领袖魅力而截然不同。

——像我这样的，明显缺乏影响力……

罗伯斯庇尔有自知之明。不承认也没办法。三十一岁，是议员中的年轻小辈。身为律师，虽有相应的学识，但即便以曾是路易大帝中学的佼佼者自诩，也没人认为有什么了不起。没有令世人瞠目的非凡业绩，说白了，就不过是一个无名议员而已。既如此，那就鼓起勇气登台演讲！可即便如此，声音小，个儿又不高，听众也不会满意。

——唉！还差得远啊！

不得不承认这一点，是在与米拉波分道扬镳之后。不，没有分道扬镳那么决绝，可随着心里的疑问越来越多，逐渐与米拉波拉开了距离，却也是事实。如此说来，在议会中所持的立场也已是全然不同了。

——真没想到，竟会冷淡、不理不睬到这个程度……

罗伯斯庇尔明白了。原来，我一直没想通啊。在凡尔赛，之所以像个装模作样的够格议员，全因有米拉波的庇护啊。我那演讲实与小狗的狂吠无异，大家之所以听一耳朵，也只因身后有一头眼看就要怒吼咆哮的狮子……

——与其说是狗，不如说是……

他还曾被称为米拉波的猴子。不用说，罗伯斯庇尔是不甘心的。我要自立门户！但说真心话，下此决心，也是因为他已无心继续依靠米拉波了。

不不，做伯爵的手下？还是免了。即便继续做下去，但若无法苟同之处太多，内心还是会再次动摇。转而又会垂头丧气地想，不不不，不管对自己的正义感多有信心，实现不了也毫无意义。

罗伯斯庇尔并未摆脱内心的犹疑。但对米拉波慧眼独具这一点，他还是完全相信的。每当如此确信时，密布于内心的愁云也总是会一扫而空。

"你真正的敌人，是我米拉波吗？"

他明白米拉波此番发问的意思。实际上，即便米拉波有痴迷于要做大臣的野心，但就这事本身而言，米拉波也不是敌人。原因也很简单，对议会而言，野心毫无影响力。更别说布列塔尼人俱乐部，即现在雅各宾俱乐部的义愤了，不可能有什么影响力。尚皮翁·德·西塞等阁僚的意见也不例外，同样无力。

——能让议会动起来的唯一力量，就是数量。

既无值得一提的野心，又缺乏正义感，也不擅于权术，但只要占据议会的多数席位，成为多数派，就是议会中的强势。

——这就是那群稳健派资本家议员。

革命舞台刚由凡尔赛搬到巴黎，这股势力就突然露出了反动嘴脸。

不，若用"反动"之类恶意措辞，将他们混同于以阿图瓦伯爵为首的流亡贵族，那就欠妥了。

实际上，那些资本家并不想重返旧制度。但也无志于继续前行，进一步变革。他们交头接耳，说什么革命已经非常成功，我们已经非常满意，是时候画个句号了。一句话，这帮家伙踏步不前了。

"选举法才是要害所在！"

罗伯斯庇尔自语道，一念至此，他的脚步也不由加快了。时间紧迫，已容不得人悠哉游哉了！

越想这话，罗伯斯庇尔就越是如坐针毡。

8

马克银币法

十月二十九日的审议，表决通过了新的选举法。

一次会议选出选举人，二次会议再由他们选举议员。相较于全国三级会议，这一程序并无大的变化。不同的，只是废除了等级身份限制。但却相应新设了财产限制。

——人们称之为马克银币法。

这一俗名，源于该法对被选举权的规定：只有年纳税 1 马克，即相当于 50 里弗尔的人，才有权成为选举人或议员候选人。也就是说，事实上只有地主、企业家能成为选举人或议员，再不济也得是法律界人士或商店主。

若进一步说到选举权，那么，即便"二十五岁以上男性，且在选举区内定居 1 年以上"这一限定条件没问题，但真正能享有投票权的，也只有纳税额相当于三天劳动所得的人。农村地区的贫农就不用说了，即便是城市地区，那些承接下游加工业务的手工业者、挣工资的劳动者等，同样无缘于国政。

——不知不觉间，这样的法律就……

罗伯斯庇尔对此深感震惊，内心极不平静，以至于大脑当场一片空白，等终于怒火中烧地回过神来，法案也已表决通过了。

——是可忍，孰不可忍！

只有有钱人能当议员？普通市民与贫困阶层呢？不要说成为议员候选人了，连给中意的候选人投票都不可能。哈！明白了！今后，要让社会以有钱人为中心运转，这就是选举新法的真正意图。

——可如此一来，《人权宣言》不就是一纸谎言了？

《人权宣言》第一条就宣称，"在权利方面，人们生来是而且始终是自由平等的。"可与新选举法相伴而生的，却是积极公民、消极公民这类奇词怪语。

前者是指享有选举权的有产市民，后者则是指没有选举权的无产市民。这一污辱性词汇的创造者，正是曾以那句名言"第三等级是什么？是一切！"给大家带来巨大勇气的那位西哀士牧师，这可真叫人目瞪口呆了！

——啊！没这么拿国民当傻子耍的道理！

革命所取得的成果，不是所有人与生俱来、平等享有的人权吗？要划出积极公民、消极公民，不是新的等级制度又是什么？

同样是《人权宣言》第一条，还有如下的保留语句："社会差别只能建立在事关公共利益的基础上。"穷人参与国政就损害公共利益了？真是岂有此理！

抛开这一点不说，第六条还如此宣示："在法律面前，所有公民一律平等。故人人都能平等地按其能力担任一切官职、公共职位和职务，除德行和才能上的差别外，不得有其他差别。"即便德、才、能可以严加区分，但却从未允许以钱财之外物来划分人啊！

"不不不，没你说得那么夸张。"

他们如此温婉地将反驳推到一边，当然，同时也从各个角度进行了估算。有人认为，如此限制，每七位国民中就只有一人能投票了；也有人认为，应该有八成以上的国民能参加选举。他们宣称，这实质上与普通选举并无不同。但即便是最乐观的估算，罗伯斯庇尔也无意支持。

说极端了，有钱人没选举权也并无大碍，他们有自力更生、奋发图强的能力。真正需要选举权的，反而是被财产限制挡在国政大门之外的穷人。

不用说，此等选举法选出的议员，只会制定出有利于有钱人的法律。救济穷人的法律，他们压根儿想都不会想。说白了，这就是归有钱人所有、由有钱人运转、为有钱人运转的政治。

——这"命"，到底是为谁"革"的？倘如此，这根本就不叫革命！罗伯斯庇尔愤慨了。革命一词的本义是"天翻地覆"，不令乾坤调个儿就不是革命！

就像在全国三级会议中看到的，法国此前的旧制度，由教士、贵族、平民这三大等级序列构成。说到权力那就是特权，只属于前两个等级。认为如此社会不合理的，就是一系列启蒙思想，特别是卢梭。若真被启蒙，并最终发动了革命，那就必须让延续至今的等级社会来个一百八十度的大转弯。既然将人权这一新的权利平等赋予了全民，就必须构建一个教士、贵族与平民平起平坐的社会。

——可这次的选举法却意味着……

不过是有钱人成了新的贵族。等级社会并未改变，不过是赶走高高在上的那帮人后，此前屈居下方的一部分人乘机上位，取而代之。如此而已。

——人人平等的美好社会云云，不过是诱饵！是烟雾弹！……

卑劣无耻！罗伯斯庇尔忿忿地想。但是，那群卑劣的资本家势力强大。他们是议会多数派，要将自身意志横加于社会轻而易举。

回头想米拉波，葬送其野心的中坚力量，也是这群毫无正义感的多数派。尚皮翁·德·西塞之流的阁僚再怎么阴谋策划，以朗瑞奈为代表的热血议员再怎么义愤高呼，只要这群多数派不点头，根本就不可能形成决议。

稳健派资本家议员们个个阻止米拉波入阁，这一动向之所以出现，恐怕是基于如下判断：一旦米拉波入阁，定会妨碍归有钱人所有、由有钱人运转、为有钱人运转的政治。明白了。若让米拉波这样的干才把持政局，好不容易到手的天下，很可能会再次受到威胁。嗯。这到手的权力，我们可不想跟任何其他人分享。

——可是，如此为所欲为，可以被容许吗？

或许，米拉波同样是因激愤而言。想来想去，罗伯斯庇尔的头脑彻底清醒了。

新选举法的制定与那位雄辩家的意外受挫，实为一枚硬币的两面。我和他，不同的只是战场，但应与之一战的，却是共同的敌人。

——既如此，米拉波的战斗，我也要尊重。

不守护国王大权，国政就无法运转。此前，米拉波的这一主张，罗伯斯庇尔并未完全理解。但今天想来，他是想以此掣肘那群有钱资本家的肆意妄为。如要打造所谓国家安全阀，就未必能否定这一见解。是的。不能否定米拉波。要尊重他的战斗。

——但这不是我的战斗。

罗伯斯庇尔的自我认识也越来越深入了。不应将国民划分为有产的积极公民和无产的消极公民，而应确保所有人的人权。这一想法绝对是正确的。不只如此，这才是革命的真正目的。

——我有我的任务，为实现这一目标，我要勇往直前。

一念至此，罗伯斯庇尔感叹中不由再次回身，望着背后的雅各宾修道院。

正义，只坚信是不行的。男人，必须为实现正义采取行动。这也是米拉波的教导之一。但我也无意完全沿袭米拉波的作风，即便有心沿袭，恐怕也只会流于拙劣的模仿。

——我有我自己的路，也一定会有自己的办法。

罗伯斯庇尔再次审视自己。我没有雄辩的口才，也没有引人入胜的写作能力，没有打造一张人脉大网的社交才能，没有开展背后工作的强劲行动力，没有胜败在此一举、一决雌雄的胆魄，这些，我都没有。啊！米拉波这样的政治才能，我根本就不可能具备。

——但是，我有纯真的热情。

罗伯斯庇尔开始相信，这股热情一定会感染人们。是啊，只要我坚持，一定会得到人们的理解。只要我有毅力，坚持不懈地阐明自己的主张，一定会得到众多有志之士的支持。雅各宾俱乐部里的同志越来越多，这不就是最好的证明吗？尽管缓慢，但同伴，忘掉时间、坦陈政见、信念与思想，互相切磋进步，最终如百年老友般彼此信任的同伴，的确是越来越多了不是吗？

——是的。我要以雅各宾俱乐部为大本营，一步一个脚印，积蓄力量。

悲鸣般刺耳的吱嘎声中，罗伯斯庇尔推开了眼前的铁门。圣奥诺雷路上，诺瓦耶子爵的府邸投下了一片巨大的阴影。不走出圣洛克教堂的那个拐角，就走不出那片阴暗。

——得花点时间吧。

迈开脚步，罗伯斯庇尔禁不住苦笑。这种方式，连自己都认为太笨了。在雅各宾俱乐部讨论、推敲的政见，收获再大也是徒劳。一拿到议会上审议，还不是被轻而易举地打翻？

——但即便如此，我也绝不放弃。

一有这种情况，就将反驳意见带回俱乐部，重新讨论后，再向议会审议提出质问。不，我的对象不只是议员。只要缴纳会费，作家、记者、商人、手工业者，人人都可以加入雅各宾俱乐部。嗯！既如此，那就踏踏实实地营造舆论。只要切切实实地投入时间、精力，将人民悉数卷入其中就可以了。

——看来，以后我得在议会与雅各宾修道院之间往来奔波了。

一分钟不到，罗伯斯庇尔就到了圣洛克教堂的拐角，并沿十字路口往右拐去。沿圣文森路一直走，就能看到前方有一道铁栅门。推门进去，右手还有一道铁栅门，推开这道门往前走，就会走到一片空无一物，只有细沙铺垫的细长空地。

这就是杜伊勒里宫练马场。沿沙场西进，尽头处是一幢外形同样细长的建筑，看上去像管子上了栓一样。

里面的大厅也附属于练马场。这就是新的议会会场了。议会由凡尔赛移至巴黎后，先是临时借用总主教宫，直到十一月九日才终于安顿下来。

这里，距圣奥诺雷路的雅各宾修道院仅一步之遥，步行五分钟都用不了。可路途虽短，委实难行啊。

在已做好精神准备的自语中，罗伯斯庇尔脚步轻快，一步不停。此刻的他，内心清晰而又明朗。啊！巴黎真是个好地方。到底是我的青春之城啊。

——不，青春并未结束。

不遂胸中大志，永无结束之时。又一次抓住金属门环，罗伯斯庇尔吱呀呀推开了那道铁栅门。刹那间，冬季的凛冽寒风穿场而过，练马场内乱沙飞舞。风沙袭来，一时头昏眼花，那也是在所难免。

9

通缉犯

　　唰、唰、唰，由远及近，传来了整齐的军靴行进声。而这边嗒、嗒、嗒轻击地面的，应该是马蹄声吧。从窗户中探眼观瞧，原来是三个国民自卫军中队，外加两个轻骑兵中队。

　　"怎么又来了！没完啦？"躲回墙根儿的阴影中，卡米尔·德穆兰叹道。

　　一年过去了，到了一七九〇年一月二十二日。一七八九年七月攻占巴士底狱，十月凡尔赛大游行，应该说，与要以武力说话的国王政府的战斗，已经以人民的胜利而告终。可军队还是现身街头了。且这一次，还是革命中心人物——拉斐德将军的部队。

　　兵团沿多菲内街行进，行至圣日耳曼大道十字路口，便流畅漂亮地分兵布岗，又将直至南边法兰西喜剧院的所有道路全部封锁。

　　"有五百人呢。硬往外闯怕是不成啊，马拉。"

　　德穆兰压低声音向房间内通报，语调谨慎却又不容置疑。情势紧迫，尽管屋内那位正忙着写东西，有点感觉错位，但也不禁回问道，

　　"有大炮吗？"

　　"大炮？……等会儿。啊！有！忽忽隆隆拉来了三门呢！"

　　"炮口指向哪里？"

"指向哪里？嗯？炮筒朝上……怎么，怎么对着比房子还高的地方啊……"

噗嗤一声，马拉差点没忍住。呵呵，这群笨蛋！呵呵，看来，美国归来的什么"两个世界的英雄"，真把我那文章当真了。不管怎么说，我还是个著名发明家嘛。气球飞行试验终于成功，什么时候都能从空中逃走之类，不过是信笔写来挑逗他们，看来是当真啦。那家伙干劲十足啊，是想一旦我从屋顶上飞出去，那就当即击落，于是连炮兵都搬来了。

"为嘲弄他们，我还真在屋顶上系了个气球呢。大概，听拉瓦锡先生周围那帮人说，'很难说这只是虚张声势'，就是他大将军也惊慌失措了吧。"

话里提到的安托万-洛朗·德·拉瓦锡，是国民制宪议会的议员，因承接征税工作聚敛了巨额财富，既是一位大富翁，又是法国屈指可数的化学家。空气燃烧实验还是什么的，搞不太清楚，但总之，以划时代的重大发现闻名遐迩。

"话虽如此，可您马拉先生也慌一点好不好？"

尽管德穆兰话中带讽，可马拉那笑容仍是一派的无畏。可能是因慢性皮肤病而针扎似的作痛，马拉的手正忙着挠喉头那块儿呢，说到把书写用具装进旅行包，那可是慢慢腾腾依然故我。哈哈，就这点动静，你让我怎么慌啊？

"真说起来，这不过是家常便饭嘛。"

听完这话，德穆兰也只好叹气了。逮捕令今天一早就发出来了，马拉成通缉犯了。但这事儿，的确又并非始于今日。

让-保罗·马拉是一名医生，还是一位科学家，更是一位文笔辛辣的作家。第一张逮捕令发出，是在去年的八月十三日。标题为《揭发想让人民沉睡之罪恶行径》的檄文激怒了当局。十二月终于获释后，他也并未搁笔，《告发内克尔》《内克尔经济学之罪》又连珠炮般相继发表。以阁僚为代表，文中以辛辣的语言，接二连三点名抨击了巴伊市长、拉斐德将军及政界的实力派人物。

结果，释放后仅一个月，这逮捕令就又发出来了。就为抓捕一个人，当局竟要求出动军队，这也足以证明，这位不惧挑战的评论家，就是个十足的屡教不改的惯犯。

或者说，当局已经到了容忍的极限。

"这是违反新秩序！"

让革命伟业化为泡影！

那些了不起的人物们嚷着，怒发冲冠了。

——可这怎么说呢？

德穆兰内心无法释然。世人反感马拉也没什么。说他写的东西不过是恶意中伤，毫不足信，无视他，批驳他，都行。但当局出面封禁？这合适吗？

因为不喜欢就封口，这种做法能容忍吗？倘如此，不完全成旧制度了？这与国王政府的行径有何分别？最重要的是，《人权宣言》不是保障言论自由吗？

——归根到底，革命，革命，这"命"究竟是为谁"革"的？

无尽的疑问涌上心头，可又没时间清清楚楚地表达出来！

德穆兰站起身来！

不管三七二十一，赶紧逃吧！

"这边！马拉！"

德穆兰说着，抓起了事先备好的梯子。连轰带赶，把不急不躁的马拉撵到了背向大路的窗户边，这窗户平时都难得有人瞅上一眼。这是巴黎，是大城市，窗外咫尺之遥便是后邻那堵高墙，瞅它干什么。

推开窗户，探头稍往下一瞧，邻居家的窗户早就打开了。

事先已经跟邻居打好招呼了。德穆兰搭好梯子，迅速向邻居家的窗口移动。这可是上层，一不小心掉下去，虽不致殒命，骨折那是跑不了的。

"我说，马拉！你可千万千万注意脚下！"

先一步上梯的德穆兰冲身后说。可马拉却仍是一副事不关己的腔调。嚯，嚯，这简直就是杂技演员嘛。走钢丝不拿旅行包的，要拿平衡棒的对吧，呵呵呵。

"可我也一样，粉身碎骨还是免啦。就现在这会儿，连想挠痒儿的手都给管住了。"

到了邻居家窗口，安然无恙地跳下梯子，马拉那一嘴俏皮话就更没现实感了。

"啊呀，这不是夫人嘛，早上好啊？"

"妆还没化好，礼数不周了。"

"不不。夫人已经非常漂亮啦！不化妆都漂亮！"

"行了马拉！"

德穆兰推着马拉的背就往外走。赶紧逃啦！还有空儿耍贫嘴！又是连轰带赶，这回，把马拉撵到了两边是房屋夹持的阴暗胡同。

顺胡同望去，能看到大路光亮的前方，镶着一道铁栅栏。这里平时无人通行，只有老鼠，冲着两边居民扔弃的垃圾蹿去。

真是奇臭无比。虽不比夏天，但还是臭。捏着鼻子等在这儿的三个人，都是一身长摆教袍。其真实身份是拉丁区的学生，他们为马拉才智倾倒，平日里往来频繁。

"请先生乔装打扮一下。"

刚跑到近前，一个学生就把衣服递过来了，还是长摆教袍。嗯。我们就装成对议会主导的教会改革绝望已极，想返乡回家的修士。再戴上兜帽儿，就是上了大路，应该也没人认得出马拉先生。

"现在的巴黎，想离城返乡的僧侣数不胜数嘛。"

"全是无懈可击、完美到令人生憎的演出啊。这结果呢？我也不得不去政治避难了。"

此话一出，德穆兰的心头像被针扎了一下，随即确认道，马拉，什么政治避难？

"我打算逃往伦敦了。"

"怎么是英国啊……"

"我也不是傻瓜。唉。卡米尔，你也明白，这回是真糟了。"

也没什么。伦敦可是我的老窝儿。长期在那边留学，地形也熟悉。嗯。没什么好担心的。

听完马拉接下来这番话，刚才还不知如何是好的德穆兰，也只好让自己平静下来。真是毫无道理啊。马拉这样的人物，不该在英国百无聊赖，对影空叹。当前形势紧迫，法国正是需要先生的时候。可居然要亡命海外……跟那些反动贵族一样……

"您不在的这些日子里，您的房间会保持原样的。"

把这位交情深厚的评论家交给学生们，德穆兰说了最后一句话。

马拉四人出了铁栅栏，走到大街上之后，也没看到拦截盘问、大兵赶来的任何迹象。

10

新秩序

德穆兰快步如飞，赶回了法兰西喜剧院附近。

雪花纷纷扬扬，飞舞而下。那一尘不染的洁白，似要把这一带的一派鼠灰清洗一新。

满街封路士兵的景象依旧，但已不再满脸唯我独尊、盛气凌人地四散布岗了。

士兵们荷枪实弹，所有枪口瞄向空中。但却并未瞄准气球，不像是要将之一举击落，而是尽量枪口下压，可又随时能够上抬。这架式，反而传达出了一种无言的震慑：就是不瞄准，你马拉也插翅难飞！

德穆兰回来后，还听到了闹哄哄的吵嚷声，很有些嘈杂。很多人都从家里出来了。附近居民没有把逮捕马拉看作事不关己，全都拥到街上来了。

尤其是一个大个子，叉开圆木般的大脚，死钉在地上，摆出了坚拒军队入内的架式。

从后面观瞧，更能感觉到那股逼人的怒气。大个子头没戴帽，钢发直立，头几乎能顶到楼上的窗户。要是伸开两臂，那左右手的指尖都能碰到两边房屋的墙壁。真是位少见的彪形大汉。

"丹东？"

德穆兰自语道。乔治·雅克·丹东是律师同行，年龄也相近。跟马拉一样，平时交情深厚，不用转到正面看就知道是他。

丹东这么叉开双腿在前阻拦，就连那些士兵也会胆怯吧。国民自卫军的名号是响亮，但实际上，全都是最近训练的新兵。不，就算是被派来的那些从属正规军的轻骑兵也绝不敢轻易出手。当然，他们也不会后退。

"请丹东先生让开！"

一人命令道，看样子是指挥官。要说命令，声音就有点小了。离稍远些的德穆兰只能隐约听到。

这也难怪。那可是国民自卫军的将校，也就是说，是个大资本家。说到资本家，近来国民自卫军的方针是仅限积极公民入伍，不只是指挥官，而是官兵一体，全是典雅、有品味的有钱人。

我们才是这新时代的主角！我们才是这世界运转的中心！虽说个个财大气粗，但要驱动肉体干这些粗活，这自负就得打点折扣了。

指挥官继续说道，丹东老弟，你也是个有良知的小律师吧。并非话都说不通的无知之徒。

"就是我们，也并不想事态恶化，发展到动武的地步。"

"呵呵。要有能动的武，那就动动试试呗。"

虽非特意，但丹东的大嗓门儿，已经让人听出了挑衅和恫吓。丹东上唇有一道裂痕，据说是儿时被公牛所踏，鼻子都毁了。这样那样的因素综合在一起，那张脸就有些可怕了，会让人想到凶悍的野猪。这张脸，本身就是一种威胁。

但也正因如此，德穆兰的心，更是不由提到了嗓子眼儿。

士兵们再软弱那也是荷枪实弹啊。眼看就要压低枪口，把寒气中阴冷逼人的无数刀枪对准大汉了。而这边的丹东却是手无寸铁，赤手空拳。

——不是说缺了武器，而是说，哪怕有杆枪扛肩上也好啊……

不对。德穆兰转念一想，不，应该说，赤手空拳，正是他丹东的武器。

"哈哈，臭小子们，动武试试啊！有本事，那就动武！"

丹东吼道。与此同时，圆木般的右脚瞬间便踢了出去。速度之快，都让人来不及眨眼。

"啊！"的一声都没来得及喊，便传来了一声悲鸣。丹东那铁一般的小腿击碎的，是国民自卫军最前列一名士兵那全无防备的大腿，准确地说，是左膝上部。

没等这士兵蜷缩倒地，丹东又冲另一名士兵挥出了左拳。因右脚跨出，腰部力量悉数爆发，"砰！"的一声就是一记猛烈、结实的重拳。士兵哀嚎声起，身体离地约三十厘米，随即又掉落下来，脚边污泥四溅，并传来当啷啷的头盔滚落的声音。

丹东眨眼放倒的，正是分立指挥官左右的那两个士兵。即便没有大雪纷飞的严寒，就剩自己一个，那命令声也不禁颤抖起来。

"丹、丹丹、丹东老弟，你这、这、这么做……"

"动武。这不你说的吗？"

"可、可是……"

"少啰嗦，你也来比划比划吧！"

"不不，这个……"

"行了！你就动手吧！"

"……"

"动手！"

哇！啊啊！指挥官悲鸣般地喊着，拳头可就挥过来了。见此情景，德穆兰反倒吃了一惊。丹东确实是拿"动手！"这话挑衅他了，可为什么是自己挥拳而上，而不是命令部下开枪呢？

这一费解举动，应是丹东那逼人气势所致。这且不说，他挥过来的，可毕竟是成年人的拳头。丹东全无防备，这一拳，就结结实实命中了他的下颚。

德穆兰当即呻吟一声，像自己吃了一拳一样，脸都歪了。可被打的丹东本人呢？却依然是稳如泰山，一声没吭，纹丝未动！

——这也难怪，丹东那脑袋，个儿太大了。

本就生得健壮，再加后天勤于锻炼……要迅速结束激烈的争论，最好就是直接将无意退让的对手打翻在地！丹东就是放此豪言，无所忌惮的主儿。

后来，他还给自己那套拳法取名"法式拳击"，不遗余力地锻炼身体及拳技。这一命名，来自以英式为对手的拳法设计。不同之处是不只用拳，而是拳脚相加。因打击力绝非一个档次，为防备对手反击，就必须切实加强头颈力量。

"不这样的话可是会被打昏的哦。"

意识都没了，还争论什么了。被迫沉默，"法式"可谓名至实归。这就是丹东的理论。

——真是豪杰啊！

德穆兰苦笑这会儿，丹东"啪"地吐了一口唾沫。

唾星淡红。就是他丹东，吃指挥官这一拳也会唇破血出吧。虽是个令人生畏的大汉，但也并非怪物，依旧是肉身凡胎的人啊。刚想到这儿，也马上就能想到，被打的疼痛，必令其怒火倍加蹿升。

惊慌失措的指挥官，早就吓得眼泪都出来了。我早、早、早说过，我们，啊，我们，并不想动武。

"只想逮捕让-保罗·马拉。仅此而已。丹、丹丹、丹东老弟或许认为，逮捕他毫无道理，想为自己朋友辩护……"

"谁说想辩护了？"

"嗯？"

"老子无法容忍的，不是这个！"

"那、那是什么？"

"这儿，是哪儿啊？"

"嗯？什么？哪儿？科德利埃区啊，怎么了……"

"科德利埃区，就是说，这是老子的地盘！"

丹东高声宣称道。哈！老子我，是这科德利埃区的治安委员。明白了？这一带，未经老子许可，任何人不得胡来！

"就这规矩！"

"规矩？……可我们是奉皇家沙特莱裁判所之命，前来逮捕……"

这里说的沙特莱裁判所，自古便是为法国王室代理公务的部门之一。兑换桥由城岛跨往右岸，在这右岸的桥边，耸立着一座城堡，即世人所说的沙特莱塔，警、法部门至今在此办理公务。

眼下，该系统的要职均被拉斐德将军党羽占据，是其事实上的驻外机构。正因如此，丹东才大吐唾沫以示招待。

"哼！就这个？谁认啊？什么沙特莱，早就被国民制宪议会的行政改革给废了！"

"话是这么说。可丹东先生，出兵也是应巴黎市政厅的要求……"

"什么市政厅的要求，什么巴伊市长的命令，要说这个，那就更是狗屎不如！"

丹东这说辞是一厢情愿的。不，应该说，若是基于此前的常识，听起来像是一厢情愿。因为革命的切实推进，丹东这话，如今已是公正无误的辩辞了。

"即便如此，队长先生，那也请您回答我一个问题。巴黎市政厅所依仗的，到底是什么东西？是法国国王呢？还是贵族啊？"

"这话，你问我我也……"

"不是吧。巴黎市政厅现今依仗的，应该是这些街区才对吧。"

巴伊市长的市政厅，权威尚未确立起来。

刚刚攻占巴士底狱便建立起来的自治体制，无他，本就是革命的产物。既如此，就无法顶着国王权威这把大伞，搞什么自上而下。新市政的正统性只能基于自下而上的支持，在支持末端的街区，居民意见的民主集中也就无视不得。

"这才是我们的新秩序吧。"

国民自卫军指挥官无语了，但好像并不完全认同。我们并非是与街区作对，反而是受到了大部分街区的支持。指挥官揉了揉上下嘴唇，像是要作如此反驳，但到底也没能说出来。可能他压根儿就明白，只要丹东一句"这是我们科德利埃区的自治方式"，就能驳回来，结果还是一样。不甘心，但也只得闭嘴吧。

利用这一空当儿，德穆兰跑了过来。听到脚步声，丹东一回头，德穆兰点头示意。啊！马拉已经安然脱身了！没必要再争取什么时间了！

"我说，你倒是给个明白话儿呀？！"

丹东面向国民自卫军，继续说道。弄得你们一脸不服，老子也没了好心情。又是沙特莱裁判所，又是巴黎市政厅，这样子威胁自治，是对是错，我们去咨问国民制宪议会，让议会给个明断吧。

"大家伙，走！我们去杜伊勒里宫！"

丹东大手一挥，科德利埃区居民一呼百应，忽隆隆全跟上来了。闪开！闪开！你们这群民主主义的敌人！怎么啦怎么啦？看那大炮！轰我们？要炮轰革命吗？喂！有本事，你轰一个试试！连同这蓝白红三色旗，把我们的心脏一起轰穿吗？面对着喊声四起的市民队伍，本就胆怯的士兵们，只好闪开了一条道路。

11

稿件

德穆兰望向窗边。

沿窗外檐瓦相接，连成一片的屋顶望去，寒冬中，能看到卢森堡公园内那片已成枯木的密林的树梢。

——要说，是不是该戴棉帽子了。

雪，一连下了三天。早晨起来，从房间里往下一看，法兰西喜剧院已是银装素裹，白茫茫一片。这一天寒气渐缓，暖雨不断。到傍晚时分，积雪已然化水而逝，石色毕现了。

依旧白茫茫的，只有家家户户烟囱中那袅然升起的炊烟。

——又是一成不变的一天吗?

马拉出逃的惊悚剧、丹东出拳的英雄传……三天过去，科德利埃区的怒吼业已收声，居民们也重归了往日的平静。要把悬着的心放回肚子里，重新回到原来的生活，那德穆兰就要无日无休，走笔疾书了。

"好吧。"德穆兰回头，看了看尚未收尾的稿子。不得不写的事件数不胜数，就连一月二十三日，为逮捕马拉一人竟至于出动军队这样的大事都无暇置评。话题之多，真是堆积如山了。

——快速变化的社会动向，令人眼花缭乱。

革命正以可怕的磅礴之势，推动着法兰西的国家改造。这个国家的原有形态已被毫不留情地摧毁，又眼睖着被新的形态取代。

这一变化的极端表现，便是司法行政辖区改革。

革新，始于去年十一月三日杜尔议员的一份议案。

"法兰西王国应按八十个等面积正方形分划为省，并以此为新的辖区。"

这一提案引发了很多不同意见，如数学式等分忽略了人口因素，不，还有必要进一步加入历史学、地理学因素，等等。但对将支撑旧制度的繁杂框架——如普罗旺斯大区、北部巴伊辖区、南部塞纳辖区等——清理一新，却几无异议。

十一月十一日，议会就新设行省顺利形成决议，次日十二日，便又接到提案，应于省下设区、区下设市或镇。巴黎虽与省同级，但其下一级辖区设为街区，实与区同级。就这样，经过十二月十四日至二十三日的集中审议，便迅速确定了法兰西王国的全新形态。

——一切进展顺利，畅通无阻。

十二月十日，议会确定了行政区划方针，新设行政辖区即日运作，原有大区最高领导及代职人员即刻革职，剥夺其权力及职务。果断抗议此决议的是雷恩高等法院，但旧制度的高官们的这一冒失举动随即遭到大肆批驳，连积极公民权也惨遭剥夺。

此前，高等法院所在地大区、三级会议所在地大区特权在握，今后都将悉数废除。既然只有贵族享有的特权已被废除，所有人一律平等的人权得到认可，那么，只有特定大区设有最高法院或代议机构，就有违平等原则。

"如此，就在一月十五日这一天，法兰西王国八十三个等分行省诞生了。"

说实话，德穆兰对此，内心颇有些不知所措。但也并非反对，反倒是非常欢迎。甚至很有一种"这才叫革命壮举"的豪迈之感。但是，这一感觉仅基于理性思考。

此前所熟识的一切，突然就以某天为界，名字全都换了……这既令人困惑，又有些格格不入，还有一丝难以名状的不安。不管怎么说，令人怀念的生身故乡，包括吉斯街一带，已由皮卡第大区吉斯辖区一夜而成微不足道的埃纳省了。

——很快就会习惯的吧。可……

在内心深处，未来将会怎样的那缕不安，也是无法否认的。正因如此，国民制宪议会那无所畏惧、不断将改革推向纵深的自信，才会不时令德穆兰感到恐惧。

——尤其是塔列朗，这人当真了不得啊。

这位欧坦主教是议会中的教士代表，去年夏天一被议会选为宪法委员，便迅速脱颖而出，头角毕现。不用说，令其一夜名满天下的，便是于去年秋天十月十日提交的教会财产国有化提案。

十一月二日正式形成决议后，七日便做出决定，将教会财产委托地方行政部门管理；十三日又决定，向法国境内所有教士宣布，其一切动产、不动产不再归其个人，而归教会财管部门所有。具体操作随之稳步跟进。

这一切，虽是为重建法兰西王国的国家财政，可十二月十七日，先由教会财产中转让四亿里弗尔，继之，十九日，便以这四亿里弗尔为担保，开售指券。

指券是国债，以教会财产作担保，利息五分，主要用于土地出售，并在售地过程中渐次收回，最后废弃。为加以管理和运作，又形成决议，创设了特别折扣金库。但这可不是单纯的财政问题啊。

十九日，指券发售当天，巴黎也是一片混乱。主教们瞎喊着中世纪的陈规旧俗大加威胁：如有冒失鬼胆敢购买指券，当即开除教籍！不只如此，他们甚至还发出警告，好似宗教战争已近在眼前，一触即发：谁知道购买指券的都是什么人？天主教会的神圣财产，很可能就此成为新教徒、犹太教徒的盘中美餐！

但这也不过是徒劳，国民制宪议会不只把手伸向了教会财产，还乘势直接伸向了教会。教士将行的一切圣礼均被叫停，教会收入也被没收，由国家运作的薪俸制度取而代之。并且，包括拆除修道院在内的改革方案，也已公开讨论……

同时公开讨论的，还有宗教信仰自由。信仰的归信仰，政治的归政治，政教分离。所以，新教徒也好，犹太教徒也罢，包括流浪民族艺人等非天主教徒，其市民权都应得到认可，并争取其选举权、平等就业权等。

但教士们坚信，天主教才是法国的主流，现在更应将天主教定为"国教"，并不断向议会提出要求，通过"国教"宣言。在他们眼里，这场革命就是基督徒的一场大难，堪比古罗马帝国的大迫害。他们还难抑心头怒火，恶语相加，大骂那个欧坦主教，说他就是那个反基督的假基督，是背叛基督的犹大……

——可塔列朗呢？却是毫不为意，依然沉着、冷静地继续推进改革。

这人还真是了不得啊！德穆兰心头，再次生出了难抑的感叹与畏惧之情。但具体到自己，既无值得一提的坚定信仰，教士中也少有亲友，所以又感觉，这事儿多少有些事不关己。

德穆兰也曾想到，基督纪元既已到了一七九〇年，那正在法国这块土地上发生的，就是悠久历史被彻底颠覆的严重事态。但与行政区划改革所带来的不安——虽然只是改变名称、重新划线——相比，天主教会的激烈动荡就有些遥远了，没什么真实感了。

说到底，他也没空儿想这些。这会儿的德穆兰，心在别处。

"啊！糟啦！"

德穆兰刚咂了一下舌头，没来得及叹气，便已把手伸向了桌上的稿纸。五指刚一用力，一声嗔怪便插了进来："别揉成一团呀，卡米尔。"

"不是说过，稿子不满意要先划线的吗？有修改，只要写到空白地方就行，我会誊清的嘛。"

清冷的冬日阳光由窗边射入屋内，照亮了一头看上去有些柔软的卷发。不用问，是露西尔·迪普莱西。

那天，最心爱的恋人绽开的，仍是那一脸的明朗。虽话不容情，语带嗔斥，可那两枚瞳仁中却无丝毫怒色。又好像训斥男人让她很开心，或者说是一种享受。

之前，她就一直想成为德穆兰的帮手，最近一段时间更是频频到访，简直就像私人助手或是秘书了。她占着旁边那张桌子，很开心地为德穆兰的写作添柴送炭。

这里面也有另一层意思，即两个人的交往已不再被阻挠了。听说，露西尔的父亲迪普莱西先生坚决反对这桩婚事，两人只是见个面都神经紧张，但近来，他的态度似乎有了微妙的变化。

可他也并未允诺这门亲事。不同以往的是，当女儿说起男友的事，他能听进去了。顽固不化的强硬姿态明显缓和。每当向德穆兰报告这一消息，露西尔也总是难抑好到不能再好的心情。

——看来，就算是令尊，态度也会变化啊。

革命已经成功。不惜将爱情归宿孤注一掷的革命，最终因女性们的凡尔赛大游行取得了决定性胜利。这种成就感，也是让露西尔容光焕发的原因之一。这且不谈，王侯贵族挥着大手腆胸叠肚的旧制度，是一去不复返了。

伴随着革命的胜利，这位无名律师卡米尔·德穆兰，既非马上就要高声散布危险思想的暴徒，也非徒有革命领袖之名却总也翻不了身的倒霉蛋——

是啊，我已是报纸发行人了。

12

时代明星

一七八九年十一月二十八日。德穆兰终于实现了宿愿，刚刚刊发的第一期报纸，名为《法兰西与布拉班特革命报》，由伽纽利印刷公司刊印发行。

报纸共四十八页，每份六里弗尔十五苏，目前预定为三个月一期。不只是法国革命，同时刊登布拉班特——即比利时——革命的原因在于，这片低洼地与故乡吉斯近在咫尺，那里的人民正在反抗奥地利皇帝约瑟夫二世，探索独立之路。对此，德穆兰无法无动于衷。既想一并声援这一运动，又想机会合适时也在那边发行报纸。

内容共三部分。第一部分为法国，第二部分为布拉班特，第三部分为杂讯，刊登一些不太生硬的话题。桌子上，既有英国大诗人弥尔顿的代表作，也有无名新人如圣茹斯特的《奥尔冈》——有人希望推出新人新作，特意送来的。还有几本书。刊登些书评，有利于吸引读者。

——啊！真希望有个好销路啊！

实际上，第一期的销路并不坏——颇具讽刺意味的文风很受欢迎。至少收入高了。不再像以前，靠发行小册子挣个十二路易、三十路易的小钱了。

当然，目前还是支出的部分更多，纸张费、印刷费、发行费、预约订购的营业费等。报纸是借债周转，要赢利还远着呢。但将来会赢利的。就在这样的乐观中，这会儿德穆兰正忙忙碌碌，夜以继日地准备第二期报纸。

一边争分夺秒地赶稿，一边还梦想着，即便不能像发行五万份的大报《巴黎革命报》，能发行五千份也好啊。倘如此，不管走到哪里，不管面对谁，就都不会矮人三分。

——嗯，不可能做不到，这是报纸的时代！

德穆兰的神色并不暗淡。

在巴黎，各类报纸争先恐后，相继创刊。在一七八八年还不过十几家，但到一七八九年，一年之内便已增至两百多家！可谓增势强劲！

并且，这些报纸也不像以前，不是为政府宣传或轻描淡写地报道点时事，现在的报纸，一边报道剧烈动荡的革命形势，一边解说革命过程中的各类事件，批判阁僚、告发议员，为改造法兰西献计献策，等等。执笔者自费发表各类言论的新式报纸，登上了法国的报业舞台。

这不单是抗议、批判的人越来越多了，也是在满足社会的需求。

即便被告知革命爆发了，拥有天赋人权了，人民大众也未必明了其真正的含义。

而对革命，对人权，也不见得他们就漠不关心——

毕竟，这些事不再是事不关己了。

政治，不再是高高在上的王侯贵族们乌烟瘴气的扭打与纷争。今后的政治，将是人民的政治。要用自己的双手让国政运转下去，这样的时代到来了！每当觉察到又一波席卷法兰西的空前热浪袭来，进一步了解详细情况的大众欲求，就会越发高涨。

——报纸已是必不可少。

　　在全国三级会议开幕的去年五月，米拉波的《全国三级会议》先更名为《米拉波伯爵致声援诸君信札》，再更名为《普罗旺斯邮报》。很快，布里索的《法兰西爱国者报》、加拉与孔多塞的《巴黎日报》便相继创刊。

　　此后，这股创办新报的热潮依然是热度不减，仅举主要的几例，便有巴拉尔的《今日论点》，普吕多姆、卢斯塔罗和图尔农的《巴黎革命》，戈尔萨斯的《凡尔赛邮报》，拉博·德·圣艾蒂安的《巴黎通讯》等，不胜枚举。就连路易大帝中学时代的恩师伊万艾牧师都印发了《国王之友》，当然，政见多少有些不同……正可谓百花齐放，百家争鸣。

　　——报纸，无疑就是这个时代的明星!

　　而在街头巷尾，那些执笔者也成了整个巴黎的话题中心。装模作样了不起的，只有巴黎皇家宫殿? 这已无异于井底之蛙。这样的时代一去不返了。今天，能解读乱世的人，甚至会被视为当代预言家顶礼膜拜。大胆的建议建言被议会采纳，这才是真正的救世主……虽不至于如此夸张，但再也不是纸上谈兵，空议清谈了。

　　——报纸，可以制造并引导舆论了。

　　它可以推动议会，推动政府，制造有形无形的压力。有时候，甚至会凌驾于议员与阁僚之上。就像巴士底狱及凡尔赛业已证明的，力量之大莫过于民众。而引导民众的报纸，也就顺理成章成了时代的明星。

　　在这明星阵容中，虽排位靠后，卡米尔·德穆兰的名字也赫然在内。露西尔的父亲大人迪普莱西先生，也会暗吃一惊吧。

　　——总之，应该说还算顺利吧。

　　法国的革命如此。我的人生也一样。德穆兰微笑着，刚回到桌上的稿纸前，一个疑问便再次涌了上来——这革命，到底是为了谁革命?

露西尔的父亲大人是巴黎的大资本家，心情自然是好得不得了。当前的革命，一直向着归有钱人所有、由有钱人运作、为有钱人运作的政治不断迈进。但这并非自己的理想，也不是自己想写的。正因有明确的答案，德穆兰才不得不追问：

"谁，才是真正的积极公民？"

看着桌上的稿纸，跃然其上的，就是这样的煽动性句子。根据人权宣言，大家都是相互平等的公民才对，却又被划成了积极公民与消极公民这两大等级。而划分标准就是财富。不只是依纳税额度而定的选举权变味儿了，视情况，甚至连投票权都会被剥夺。刚刚通过决议的新选举法，即人们通称为"马克银币法"的选举法，让德穆兰吃惊非小。

不只是吃惊，继之涌上心头的，是难以遏止的愤怒。真能把人给气哭了啊。可要揭发这一有违正义的文章呢？却只有一个华丽的标题！接下来的内容可就闪烁其词，暧昧不清了。谁，才是真正的积极公民？不是那些采取实际行动的人吗？比如攻陷巴士底狱的人们，比如在田间挥汗如雨的人们，真正的积极公民不就是他们吗？那些躺在宫廷与教会里，四体不勤、五谷不分的懒鬼，拥有再多领地也不过是个摆设，不是吗？

——写到这儿，还不至于指名道姓到资产阶级头上。

声讨贵族与教士跟大骂地主无异，并不包括资产阶级。可……

不得不就此沉默，也正是德穆兰想把稿子扔进纸篓的原因，同时，又是最终没能扔掉，而是交给"主动请缨"的露西尔誊清的原因。

——露西尔读了会怎么想呢？

这一点他并不担心。她对德穆兰坚信不疑。在她眼里，深爱的这个男人的理想就是一切，就是绝对价值。

——那迪普莱西先生呢？他又会怎么想？

这一点，德穆兰多少就有些在意了。一个有教养的资本家，若有人对其阶级抱有明显敌意，首先一点，他不可能置之不理。即便是不经意的暗示，也一定会敏感地觉察到，并为之懊恼。但从另一个角度来说，他还是个成人，通达人情世故，大大方方付之一笑也说不定——要是单纯的理想问题，大不了就是写写文章嘛，虽不至于像记者那样子写，采用檄文的文风也是情非得已……

——话虽如此，可我要像马拉一样，成了被四处缉拿的通缉犯，可就全完了。

这，才是令德穆兰恐惧的。用不着看马拉的悲惨命运也知道，很明显，政府的言论管控突然严厉起来了。令人难以置信的是，那位可谓为言论斗士的西哀士牧师，居然会在一月二十日的议会上提案，说什么报道自由也应适可而止，良知是非应交由陪审制度裁决。

断不能容！德穆兰又一次愤慨了。同时，又因马拉被通缉的境遇很可能会轮到自己头上而脊背发凉。不是怕官府衙门，而是怕迪普莱西先生的眼睛。无论捧给女儿的爱情何等忠诚，若是被当局通缉的男人，那作为父亲，是不会把心爱的孩子嫁给他的。无论作为一名新锐记者享有的社会赞誉多高，逃犯的含义与革命前的暴徒无异。

——既如此，行文还是缓和些吧。

从此自保为上，学习那位索然无味的庞库克先生，办那种《箴言报》吗？中规中矩地报道时事，稍加点若即若离、无伤大雅的评论，反而会成为一张立场稳健的报纸。那就……就这样煞费苦心地，去赢取资产阶级读者吗？

德穆兰想象着……啊！这也不是坏事。倘如此，报社的经营也就进入轨道了。读者是有钱人，定期购读也有指望。何止是还清债务，说不定还会赢利。

政治评论立场作些微妙调整，露西尔根本不会在意。说到迪普莱西先生，即便表面上苦笑，但内心里管保是大力欢迎。青年人如此稳重，没问题！而应允这桩婚事的日子也就不远了。只要这一多年的夙愿成真，到时候，我就是巴黎大资本家的亲戚了。用给我和妻子的嫁妆作资本，自己也会成为有钱人。

——我德穆兰也成资本家了。

用我擅长的笔，为资产阶级革命鼓与呼，只要以有钱人为中心的政治得以确立，我个人的幸福也就尽收囊中了。毫无疑问，露西尔一定会幸福。啊！是啊，这也并无不可。

"……"

要能如此单纯地开心生活，那心里该是多么地轻松啊！对德穆兰来说，一次又一次地如此想象，最后又以这一长叹作结，都已是家常便饭了。

——根本不可能。

为了自己的幸福而牺牲贫苦大众，我做不到。首先一点，若抛弃了理想，我德穆兰就是行尸走肉了。不，比行尸走肉还糟。与在巴士底狱共同战斗、英勇牺牲的同伴们相比，这样活着，本身就是肮脏且卑劣的。尽管德穆兰的认识非常明确，但也无力从苦闷中自拔：

从另一个角度袭来的自问，让他无法轻易脱身……

——既如此，那就只能放弃露西尔了吗？

她是可憎的资本家的女儿，只是跟她在一起都会被不洁的思想毒害……可这样想，就能与这个可爱的女孩子分手吗？这一问，回答同样明确，也是否定的。

——我到底该……

正在他又一次这样问自己时，德穆兰"啊！"地一声回过身来。房间内回响的，是一阵砰砰山响的敲门声。

13

科德利埃区

"我可进去啦！卡米尔！"

闪身进屋的是丹东。真真不得了，科德利埃区"首长"驾到，有失远迎啊。玩笑相迎时，德穆兰心里轻松了很多。啊，是丹东。我跟这丹东一样，都是科德利埃区的居民。

——科德利埃区，就是无所畏惧的一方圣地的名字。

巴黎南部，塞纳河左岸，自古便是以拉丁区而为人熟知的学生区。其中，端坐在卢森堡公园外围的边缘，眼看要被沃吉拉路占去的一带，便是可从高台上放眼鸟瞰革命之都的，我们的科德利埃区。

这一命名，来自区内科德利埃教派的修道院。不只是修道院，因坐拥法兰西喜剧院，在巴黎，该区还以放松身心的喜剧区闻名。但自一七八九年七月十四日起，又作为巴黎最具活力、最为民主的街区而威名远扬。

巴黎街区计有六十个之多，共同支撑着巴黎市政厅，街区与市政厅之间不一定会有摩擦。原因也很简单，既是巴黎，大部分街区就都在资产阶级控制之下。科德利埃区也不例外，只是，在这个区内燃烧的理想，可就全然不同了。

即便自己是资本家，那也并不认为只要资本家受益就万事大吉。该区本就以书香文化与青春活力自诩，既如此，无论是什么样的观念，就非求个洗练与纯净不可。无论是现代民主制的斯巴达，还是现代共和制的罗马，绝不会认可基于有钱人需要的所谓革命。在与沙特莱监狱、巴黎市政厅不时会起的冲突中，为实现民主政治，为实现毫不妥协的居民自治，不辞劳苦，日夜活动的，就是我们科德利埃区。

——气势、言论，都活跃起来了。

在科德利埃区，说话时谁都不会顾忌什么。实际上，在这种空气的推动下，不少新报都是在这个区创刊发行的。德穆兰之所以决心办报，也是因为感觉到，在这一带办报，并不像梦一样遥不可及。

而这科德利埃区的首领，就是马拉和丹东。马拉以鲜活的擅于讽刺的形象，只在言论领域大放异彩。而这位丹东呢？他那不知疲倦的强健体魄，那豪爽磊落的社交天分，再加富有人情味儿的豪侠之气，给人的印象，便是现实社会中的行动派了。

——那今天，这是又四方奔走了一番？

最后，闯我这儿来了？但见丹东一脸惯常的兴奋。鼻子"地基"尽毁，却又是鼻孔大张。今天的他，不只是体型，就连那张脸都能让人想到野猪了。

可能正兴奋着吧，丹东心情不坏。再一看露西尔在，这就以打趣开场了。

"哎呀呀，我们美丽的大公主也在啊！"

"啊，好你个丹东先生。说什么大公主，这可就旧制度啦。"

"再怎么旧制度，男人嘛，一沾上美丽的贵妇，那充其量也不过是个卑微的奴隶。"

"既如此说，想必对自己的夫人，丹东先生也是相当宝贝喽。"

"这个……这回，算你赢了！"

哇哈哈哈。丹东的笑声中也同样透着一股豪爽。就连一脸谨慎，一直保持沉默的德穆兰也忍不住苦笑起来。

说是律师，但这本职工作已被丹东丢到一边，天天泡在街区活动、政治活动里。不然就呼朋引伴，开一次暴饮暴食的大宴会。说到费用，那就全靠新婚妻子的娘家人了，他们在更靠近塞纳河的地方经营着一家咖啡店。

既是咖啡店老板，那大半会是个资本家，了不起的积极公民。丹东一边享受着这等有产阶层的生活照顾，一边高喊绝不容许有钱人肆意妄为，一定要保护穷人的权利，公民还分什么积极、消极吗？可以说，他这处身之道充满了矛盾。

可这种事，他丹东却毫不为意。小声补充一句，除了明媒正娶的丹东夫人，好像这丹东还有交往过密的其他女人。不合常情到如此地步，那与其说丹东的生活信念充满矛盾，就不如说任性胡来更为准确了。但说到政治信念，丹东却又像完全换了一个人，又或者说，只有政治信念，丹东是首尾一致，贯穿始终的。

——至少，不会像我一样，为那些事烦恼。

德穆兰有时会感觉，比起丹东，自己太过细腻，并因此而讨厌自己。也会感觉这样迟疑不决、举棋不定地烦恼，纯粹是浪费时间，毫无意义。现在，哪有时间纠缠这些个无聊事情啊！

"我说丹东，今天来有什么事儿啊？"

德穆兰想探听的，是丹东的好心情从何而来。啊，知道了！不会是马拉有联系了吧？莫非……先生已经抵达伦敦？

"这才三天呢，卡米尔。"

丹东笑嗔道。这么短时间不可能到达英国，更别说联系了。

"所以说啊，到底是怎么了？"

"没事儿，就不兴来看看你啊。啊，明白了！不是干什么'不雅'的事情了吧。正跟迪普莱西小姐亲热呢，老子这，确实是碍事啊……"

"好你个丹东先生！大白天的，怎么可能啊！"

"噢？那晚上就不一样喽？"

这一来，露西尔像也感觉忘形过头，悔不该说了。看着她紧闭双唇，腾一下面红耳赤的样子，丹东又一次豪爽地大笑起来，算是替她圆场了。笑声方落，丹东便一脸认真地说，

"实际上，我刚到议会去了。"

"议会？又跟巴黎市政厅争执了？"

"不是。马拉的事早就了了。今天是去旁听议事。"

"这么说，是有值得关注的动议，还是……"

"有。不如说，是有个家伙。简直是不得了哇！"

丹东斩钉截铁，话音未落，便啪的一声狠狠将右拳砸向了左掌。说起那个混蛋，简直、简直是不得了！

"要没记错，那议员好像是叫罗伯斯庇尔还是什么。"

"你是说，罗伯斯庇尔先生？"

一听到故交的名字，露西尔也不由提高了的声音。也可能，她把这当成了一个好机会，为摆脱方才的窘态，露西尔连珠炮般说了下去。你说的罗伯斯庇尔先生，是阿图瓦选区议员马克西米连·德·罗伯斯庇尔先生吗？小个子，感觉有点神经质，怎么说呢，周身打扮也让人感觉像有洁癖……

"对。就是他！你们认识吗？迪普莱西小姐？"

"要说认识……他是卡米尔的朋友啊。"

"真的吗!"

被丹东这么一问,德穆兰感觉丹东是找茬打架来了。事实上,他也确实被突然近身的大汉一下儿抱住了。安排我们见一面,卡米尔!让俺丹东会会他罗伯斯庇尔!

"这、这都什么呀,这么突然。"

"我不说了嘛。让俺会一会罗伯斯庇尔!我有话要跟那家伙说。"

14

沮丧

与罗伯斯庇尔的会面，约定在了兑换桥边。由那里一直往前，横穿城岛，过圣米歇尔桥，便到了塞纳河的左岸。刚下桥，便传来一浪又一浪的街头说法之声。

但既不像丹东一样高喊"坚守民主自治"，也不像马拉一样，一边冷笑，一边大肆批判内克尔、巴伊、拉斐德这类大人物。就是字面所说的"说法"，扯开嗓门儿在那儿喊的，是一些教士。

喊的内容，无非是圣地不得玷污啦，要当心神的惩罚啦，等等。听起来，像是中世纪的陈年旧事。叵在今天，这就是政治话题了。

为约罗伯斯庇尔见面，德穆兰去了趟议会，可对罗伯斯庇尔来说，还是礼拜天比较好。这天议会休息。

礼拜天，这是信徒们做弥撒的日子。要在往常，他们会前往遍布巴黎各个角落带有钟楼的教堂。可现在，巴黎市民已然失去了参与的热情。谁还会去布什么施啊！由塔列朗主教主导的教会改革，经由各类报纸轮番报道，市民们对教士的反感也突然强烈起来了。

"可我们说的，不是一回事！"

神父们呼喊着，眼都红了。不，退一万步说，即便将教会财产国有化，即便以此为担保发售指券，包括将修道院庄园售让于民，我们都没有异议。是的，国策是国策，并非无论如何都难以接受。

"但神的教诲却是另一回事。因为国策而废弃信仰，这一点，我们断不能容！"

教士们这声嘶力竭的呼号，多数人报以冷眼。说一千道一万，就是想博取同情嘛。

"什么废弃信仰。什么神的教诲。只会趁丈夫不在往人家老婆被窝儿里钻，就这个，那真是孜孜不倦，日夜无休啊。你们到底都干了些什么好事？"

"哼。要说抛弃信仰，还不是因为你们将慈善之心抛到九霄云外，连片面包都不施舍？"

就这样，巴黎市民的态度越来越强硬了。但在乡下，教士们的呼喊似乎还有人听，也得到了一定程度的支持。

"实际情况到底如何，马克西姆？"

走在圣雅克路的坡道上，德穆兰先开口了。议会在不容分辩地推进教会改革，可一落到实处，进展却是出人意料的困难，不是吗？

"是啊。一直独吞财富的高级教士反对，这在预料之中。但连不少下级教士都难以掩饰对改革的反感，说实话，这就很让人吃惊了。"

听罗伯斯庇尔这一说，在巴黎街头说法的，还真都是各教区的僧侣或修道院的修士。确实看不到什么豪华的主教帽，或是镶以宝石的主教杖之类。

原来如此。这就有点奇怪了。被没收了教会财产会度日如年的，不是那些主教、修道院长吗？这跟本就清贫的下级教士几乎毫无关系啊。见德穆兰一脸不解，罗伯斯庇尔补充道：

"据我观察，总感觉好像是他们的自尊心受到了伤害。"

"自尊心？"

"在教士们的意识里，圣界是高于俗界的嘛。但议会的改革方案，却把圣界置于国家的管理之下，即屈居于俗界之下了。在这些人眼里，神为上、人为下的圣俗之序完全反过来了，成了人为上、神为下了。"

且不管实际情形如何，但至少在形式上，所谓天主教会，本就并不从属于法国这一国家，而是以罗马教廷为最高机构，超越于国家之上的宗教组织。罗伯斯庇尔轻描淡写地说着，这口气总让人感觉不像他罗伯斯庇尔。这种无所谓的态度，就更让人感到陌生，不对头了。

"嗜，不过，慢慢地，他们会接受的吧。据推测，政府支付给下级教士的薪俸，会比之前的教会高一些嘛。"

我们说的不是这个吧……德穆兰心想。可他也无心追究。因为，眼前的罗伯斯庇尔明显有些异样。

就像泄了气的皮球，又像是霸气尽失。虽然意识到的时候有点晚，但向来直视对方眼睛，充满自信的优等生，这会儿却有点垂头丧气，萎靡不振。总之，这个马克西米连·德·罗伯斯庇尔，到底是怎么了呀？

德穆兰决定换个话题。尽量轻松一些的。

"对了马克西姆，你说住处定了右岸？哪块儿啊？"

"玛黑区。"

"噢？优雅之地啊！"

"哪里。几步就到圣安东尼街，再走就到城外去了。"

"就是那个……连巴黎人都想住进去的，拥往巴士底狱的那帮粗鲁家伙住的街区？"

"啊。巴士底狱……真令人怀念啊。那时候的巴黎，真是处处热火朝天啊。"

"你、你先打住，马克西姆。怀念？从七月十四日那天到现在，这还不到半年呢。"

"是吗。还不到半年吗？总感觉是老早以前的事了。"

"说话别像个老头儿似的好不好。"

"……"

"怎么了这是？你到底怎么了呀？"

"最近不太顺啊。"

刚弱弱地冒出这话，罗伯斯庇尔便立即扬起脸来——到底是绝不服输的优等生！不，本来就无意示弱，也无意放弃。呵呵，随随便便就能成功，这么天真的想法压根儿就从未有过。我早就下定决心，无论遇到什么样的挫折和打击，在哪里跌倒，就在哪里爬起来。卡米尔，可即便如此……

"万没想到，这一跤会摔得这么结实。毕竟，那次演讲我是孤注一掷，豁出去了。"

"你是说二月二十五日那天的议会？"

罗伯斯庇尔点点头。关于那天的动议，德穆兰也听说了。当天的议会，预定就全国统一的新税制改革投票表决。要说与此有关也有点关系，但这位昔日秀才强插进去的，却是一番晴天霹雳般的唐突发言。

怎么回事呢？在罗伯斯庇尔的家乡阿图瓦，施行的是间接税。那里没有针对个人的直接税，课税只针对不动产，而这不动产，又几乎全归修道院所有。也就是说，在阿图瓦，能享有选举权的阶层，或能成为议员候选人的阶层非常有限。基于直接税的选举权与被选举权，并无实际意义。正因如此，他才想尽快向议会提案。

"无论金额多寡，只要缴纳了某种税，就应认可其选举权。至少在王国全境施行统一新税之前，应特例予以认可。"

所有人都看得很明白，与税制讨论扯上关系的这番动议，是另有所图。若与纳税多寡无关，那积极公民和消极公民的区别也将自动消失。一句话，他罗伯斯庇尔，这是在光天化日之下向"马克银币法"下战书了！

"原来如此。确实是孤注一掷的演讲啊。"

就罗伯斯庇尔本人而言，可能连搭上作为议员的生命都在所不惜了，可那胜败在此一举的劲头儿换来的，却是兜头一盆冷水。

议会会场内一片死寂。事到如今，你这炒的哪门子冷饭？这可是早就生效的法律。前矛后盾的动议最好是省省。悬而未决、需要彻底讨论的议案这都堆成山了。议事厅内的一片沉默，像是如此回应都显多余，自始至终，连个反驳的声音都没有。

后来，只是塔尔热议长机智地打破了会场内的难堪。

"接下来，让我们结合宪法制定的进展情况，继续审议吧。那就有请下一位发言……"

这样的结果，要说理所当然那也是理所当然。要是马克西姆相信，突然向议会抛出此一动议，议会会有所行动，或哪位议员会嚷嚷起来，那他的感觉就有问题了。像是觉察到了德穆兰的这一想法，罗伯斯庇尔继续说道：

"议会的无视，我也并非没有料到。"

像我这样的，在议会里不过是年轻后生。位卑言轻，貌不出众，也天生没有演讲才能。尽管如此……罗伯斯庇尔转过头来，德穆兰这才留意到，他的两眼布满了血丝。

"原以为，事先已在雅各宾俱乐部进行过反复讨论……"

即便不承认这是泄气话，那也明显是牢骚了。啊！是的！我确信得到了一定的共鸣。当然，雅各宾俱乐部里也并非没有反对意见，但在时间允许的情况下，经过彻底讨论，最后，也得到了他们的赞同。即便是讨论场所换成议会，也应该会有几个议员会表示赞成……

老朋友越往下说，德穆兰的心情也越是复杂。

一方面，这一结局是理所当然的。德穆兰连对之报以冷眼的心都有。具有理想家气质的秀才会畅通无阻？社会可没那么天真。听说，雅各宾俱乐部是以资产阶级为主的组织。身为律师的罗伯斯庇尔呢？却是寄宿于玛黑区这种地方的小资产阶级。也就是说，该组织虽不是贵族名流云集的沙龙，多少也是世人眼里的"高档次"俱乐部。入会费十二里弗尔，年费二十四里弗尔，这可不是平民百姓随便就能掏出来的。

——在这种地方谈无产市民的利害得失……

发自内心的共鸣？根本不可能！即便是作为理想给予认同，但要以大公无私的气概去实现这一所谓理想，就根本没人会考虑了。不，就罗伯斯庇尔而言，或许是对热情讨论抱有过大的期许，并相信，一定能通过讨论改变其他人的认识。但德穆兰对此，同样持怀疑态度。

——或者不如说这简直就是徒劳。

跟资产阶级谈实属枉然。因为即便他们视你为陌路，也会在口头上表示赞成，但这不过是一种绅士姿态，绅士们不喜欢无谓的争执。

——马克西姆太天真了。

这不是在乳臭未干的学校。对这位固执的老朋友，德穆兰既在嗤笑中生出了扳回一局的快感，但也感觉到了一种由衷的羡慕。啊！虽说我长于处世，可也从未被谁夸过。即便讨好奉承，巴结上了资产阶级，可也毫无愉快可言。甚至相反，心中只有漫天密布的愁云。狼狈的罗伯斯庇尔反倒是令人羡慕。

——为什么呢？因为他真实。

罗伯斯庇尔把自己坚信不疑的话语原封不动地喊了出来，所以他的心中没有郁结。虽免不了承受被人打击的疼痛，但也没有愧对自己的痛苦。一旦承认了这一点，德穆兰扪心自问的话锋，也就越发犀利了。

——莫非我一直都在逃避痛苦吗？

无法放弃露西尔。绝不能让她承受不幸。我德穆兰，不过是一直以这样的托辞让自己站在远处，去遥望自己都难以否认的危险，不是吗？不过是没有男子汉应有的勇气和气概，无法用理想、正义与信念去直面、去拷问这个社会，不是吗？

15

引荐

雪，又下起来了。无意间四下一瞧，都走到路易大帝中学附近了。"在这种地方叨叨个不停，也改变不了什么。"

罗伯斯庇尔终止了交谈。不好意思，卡米尔，对不起。让你听我发牢骚。或许，都老相识了就没了顾忌，不知不觉都成撒娇的孩子了。

"不，我从没想过马上就能有结果。相反，就绝不言弃、坚持不懈的毅力来说，我也自认为不会输给任何人。平时我就经常对自己说，最重要的，是不屈的精神。"

"是啊，是的。马克西姆，根本用不着灰心。"

"灰心什么的，不可能的。"

"或许吧。就是今天这事儿，也不要勉强啊。"

德穆兰话锋一转。说到两人的约定，不用问，是应丹东"让我们见一面"那威胁性要求安排的。啊，要没搞错，你说的那人还在等我们吧。

"可是，要是没心情，改天也没关系。我会跟他讲清楚的。"

"谢谢你，卡米尔。不过对我来说，见他一面真没什么关系。"

"可是，我们要去的可是科德利埃区啊。"

"什么意思？"

"是说不同于玛黑区好呢，还是……跟圣奥诺雷路也不一样，那儿的人可不像雅各宾俱乐部的会员一样个个都是绅士……"

罗伯斯庇尔面露惊讶。德穆兰自己也感觉，这话说得不对味儿。不是，我是说，不是不想让你们见面。只是总有点担心。你想想看，可全是一讨论就没了顾忌的家伙啊。

"怎么说呢。马克西姆，我担心，那些人可能跟你不对路。"

"我的性格也一样，一旦投入讨论，也不会顾虑什么。对面是内克尔也好，是米拉波也罢，该说的那就非说不可。实际上我也一直是这么做的。"

"你、你可真厉害！"

"不是的。说实话，刚开始那会儿，我也胆怯得很。不过，已经习惯了。想必，是一直从事议会活动练出来了吧。"

"嗯，是啊。可能吧。"

表面上应和着罗伯斯庇尔，可德穆兰这心里早就叹作一团了。是反应迟钝呢，还是不知道什么叫怕，说到底，马克西姆真就是个秀才。是对自己满怀信心吧。以前就这样，不管对方是高年级学长还是教师，真就是一个劲儿往前冲，寸步不让。

——就这小个子……

沉浸在回忆里的德穆兰突然一拍大腿，对啊！马克西姆对自己的体力，那可是毫无自信可言。

德穆兰接着说道，啊，是啊。或许，即便对方是大人物，你也不会夹尾巴逃跑。可过会儿要引荐的，不是什么大人物。相反，不知该说是庸俗呢，还是粗野。

"争论急了、乱了，有可能打架的！"

"就是打架，也不会真的捋胳膊挽袖子，又打又踹吧。"

"这……真的是又打又踹。"

"你不是说，那人也是律师吗？"

"律师倒是律师，可……"

"既如此，我们不就是同行吗？不会话都说不通。"

罗伯斯庇尔已经不往这边看了。抬头看着眼前的建筑，确认就是这里后，德穆兰也只好把手伸向大门。

都已经到了。老喜剧院街十三号，普罗可布咖啡馆。没错儿，约好的会面地点就是这里。

上层是公寓，下层是咖啡馆，包括镶满玻璃的外观，怎么看都是一家普通的店面。但这普罗可布可并不寻常，圈内人可谓无人不知。它不但是巴黎最古老的咖啡馆，孟德斯鸠、伏尔泰，甚至连美国人富兰克林也是这里的常客，委实是大有来头。

现在，这咖啡馆已是科德利埃区那帮人的聚会之所。

"这个……都齐了吧。"

那天也一样，看着一张张熟悉的面孔，这算倾巢出动，都跑来了。德穆兰呢，那就得进入角色，不先介绍一番是不行的。

"嗯。这位，是我路易大帝中学时代的学兄，马克西米连·德·罗伯斯庇尔先生，现在是国民制宪议会阿图瓦选区的议员。接下来……"

这位是弗雷龙先生，旁边这位是罗斯塔洛先生，那边是埃贝尔先生，噢，这位是剧作家法布尔·德·埃格朗蒂纳先生，这位呢是蒙摩洛先生，出版印刷行业的多面手。正一帆风顺介绍到半道儿，德穆兰突然眉头一皱。

"嗯？丹东呢？"

"解手去啦。"

"解手?"

"从白天开始，那心情可真叫个好啊，喝大发啦。"

顺罗斯塔洛手指的方向一看，只见桌子上摆的，并非谦谦君子的咖啡杯。不巧赶上粮食歉收，菜肴确实是寒酸了点，唯有葡萄赶上了丰年。承蒙老天这几年来的奇妙关照，几只沾红带黑的玻璃瓶子全给喝空了。

"嘿嘿。那小子小弟弟不小，想不到也装不了多少嘛，这个混球。丹东是贵客啊，这儿一个女人，那儿一个女人，忙得那叫一个不可开交，原来是这么回事啊，这个混球。"

不经常拿出来四处转转，这混蛋就难受得受不了啊。埃贝尔正开着下流玩笑解释这会儿，猛听得一阵地板都摇晃起来的脚步声。啊，这下儿爽了。嗯? 怎么了这是? 一个个儿，没个吭声儿的! 哎? 莫不是……

"啊。刚回来这位是……"

德穆兰想接着介绍。可一看罗伯斯庇尔，正大张着嘴仰望屋梁呢。再一看，仰望的不是屋梁，而是眼看能顶到屋梁的大汉。这会儿的罗伯斯庇尔，像是已惊慌失措，难以自持了。丹东再以怒吼般的大嗓门儿先一开口，罗伯斯庇尔的狼狈，那可就更为不堪了。

"噢，噢，来了啊你这臭小子! "

丹东嘟嘟哝哝径直冲了过来。

只能说，这也怪不得罗伯斯庇尔。他那小身躯已然僵直，像根针一样了。

丹东却是全然不顾，一下子就把他手给抓住了。与罗伯斯庇尔握起了手。先跟咱握个手!

"哎呀! 罗伯斯庇尔先生! 您让俺丹东大受感动啊! "

"哎? 什、什么? 感动? "

"先生的议会演讲啊！就是一月二十五日那次。哎呀！这可真是，反响强烈啊！"

接着便是数秒间的沉默……是在回味这一事件吧。而罗伯斯庇尔最想的，却是能否把那只被强行握手夺去的手抽回来。

"这到底……开的什么玩笑？"

"玩笑？你才是呢，你这叫什么话呀？"

"我是问，你说的反响强烈，到底开的什么玩笑。一月二十五日的动议惨遭议会无视，弃之不理。说这是反响强烈，就是要讽刺我，是不是也太辛辣了。这可绝不是什么夸奖吧。"

"既不是玩笑，也不是讽刺哦。"

丹东转过庞大的身躯。大手像硬夺一样，从杯盘狼藉的桌子上一把抓过一个深红色封皮的纸夹子。那封皮颜色，就像又来一瓶那刚进肚的液体，让人联想到葡萄酒。丹东边打开纸夹子边说，你看，我说得没错儿吧。罗伯斯庇尔先生，各大报纸都登了。

"你看，这是《迪凯努瓦报》。这是《国家报》《文雅信使》。还有，虽只是校样，这是下一期《今日论点》要刊发的消息。右边也一样，是《巴黎自治》与《巴黎日报》的校样。"

丹东递一张，罗伯斯庇尔接一张。可他并没看，只是抱着这摞纸，呆立在那里。丹东看不过去，再次提醒道，没事吧？没事的话，俺可要念啦！

"首先，被无视什么的，没这回事。连议会都没无视。这篇消息，标题是《审判》。嗯……'在鸦雀无声的议会会场内，罗伯斯庇尔议员的提案，虽只起于某一角落，但对一部分人来说，却成了百谈不厌的话题。在他们看来，尽管法案已经形成决议，但他却从不言弃，屡败屡战，气势逼人。'听到没？是这样儿的呀。不是你想的那样儿。"

"可在议会的会场里，我确实是被无视了……"

"自认为如此而已嘛。感觉被无视啦什么的就垂头丧气，连周围什么反应都没好好看一看吧。"

"也许吧……"

"至少，报纸可没无视。相反，还跟我们站在一起呢。不但《法国通讯》给予高度评价，称：'这一讨论，对不满于马克银币法的人民群众来说，翘首以待已长达三个月之久。'就是《国民议会报》这样的报纸，居然也是赞不绝口啊，说：'罗伯斯庇尔先生战术精妙，这就是向那部恶法发起的冲锋。换言之，就是以其无尽的热情，夸示举世罕有的勇气——我，就要是逆势而为！'"

"这可真……"

"没骗你吧，罗伯斯庇尔先生……"

"别叫我先生。你我都是律师，年龄也差不了多少。叫我马克西米连好了，不，叫马克西姆就行了。"

"可以吗？既是这样儿，那……马克西姆，俺丹东也试着写了一篇呢。"

丹东说着，把最后一页纸递给了罗伯斯庇尔。这还只是手写的草稿，并且，就算是奉承也没法儿说写得漂亮。可即便如此，罗伯斯庇尔还是聚精会神，逐字看了下去。嗯。乔治·雅克·丹东著，论考，想基于以马克银币为计算单位的纳税，以及一定天数的工资为计算单位的纳税，对市民权的行使加以分类的议会决议，怎么说都应视为无效，其理由如下。

"这是……"

罗伯斯庇尔仰起脸，表情呆滞，完全不像个高材生。丹东把纸折起来。嗯。马克西姆，俺丹东决定了，支持你!

直到这会儿都不敢相信似的，罗伯斯庇尔向德穆兰探问道：

"卡米尔，这个人……"

"嗯，是的! 丹东被你的议会演讲感动了。感动之余，就想助你的议会活动一臂之力。"

说到这儿，德穆兰感觉，也像是在给自己找理由。不，当然不只是丹东，还有我。我也支持你。啊! 马克西姆。关于你的演讲，我也一直想登到自己的报上。

16

复活

一七九〇年二月十三日，这一天，国民制宪议会继续对教会改革进行审议。

特别是关于修道院改革，审议一直由十一日持续到了今天。争论主要集中于三点，一是各修道院是否该废止，二是不想留在修道院的修道士该如何对待，三是想留在修道院的修道士又该如何对待。

修道士中，有的由神父行过圣礼，兼有神的牧羊人角色，但若严格界定其身份，又确非教士。正如"修道士"这三个字，其志只在修神之道，换句话说，就是只希望自己得到救赎。

虽没为社会做出贡献，但此前，却被赐予大片的庄园，坐拥丰厚资产，生活随心所欲。可现在，所有教会财产已悉数没收，国有化了。若是教士，因其对信徒负有教导义务，薪俸可转由国家支付，但那些没有任何贡献的利己主义者，就没有理由以繁重的税金养活他们了。而修道院改革的讨论，也正是由此发端。

德穆兰在旁听席中占了一个座位。为参观全国三级会议，他也曾去过凡尔赛网球场公会堂，但作为议会的议事厅，这个附属于杜伊勒里宫练马场的大厅，才给他留下了"理想"的印象。

"剧场型建构嘛。"

大厅正面是演讲台、议长席与书记席，议席则在其对面。并且，议席呈梯形排列，越往后越高，再上层，就是旁听席了。无论是从议席还是从旁听席，都能看到演讲人的脸，便于每一个人参与议事。

这要在网球场公会堂，演讲台在正中，被设于周围的议席团团围住。演讲人也不知该面向谁讲才好。旁听席虽在上层，但对后排的议员来说，因议席与演讲台处于同一平面，不要说演讲人的脸，坐演讲人背面的，就连不得不面对的屁股都瞻仰不到。

——应该说，来到巴黎，才终于有个议会的样子了吧。

德穆兰想。一直有人认为，这个加急赶造的议事厅仿造自英国，但眨眼间便呈现出独特面貌这一点，应该说，法兰西精神到底是别具一格吧。

像是要填补演讲人轮换的缝隙，有位议员突然举手。看上去像是教士，但姓甚名谁，是何来历，哪一选区，那就一无所知了。知道的，是他在议席的右侧。

"保守派啊。"

这一点，德穆兰还是能猜到的。

恐怕，是意见相同的人很自然地凑到了一块儿。如保皇派、教会改革反对派等，这些议员无法掩饰对过激革命的反感，都坐到了右面。这也导致最近一段时间，新闻界开始以右方、右派、右翼来称呼保守派了。

"我是南锡主教拉法尔。"

即便从这高级教士的身份来看，果然就是一位右方议员。这个……突然发言，很抱歉。我有个提案，要提交给议长阁下。在继续审议修道院改革前，想烦请各位投票表决。即便是为顺利推进教会改革，也要基于一个前提，因此，烦请以国民制宪议会名义，对这一前提加以确认。

"这就是，天主教才是法国国教的宣言，应先以明确的形式确定下来。"

　　拉法尔的陈述可谓旗帜鲜明。不只是教会。不只是教会财产。今天的法国，连所有人的信仰之心都已动摇。宗教的形态、场所、给养的法理依据虽遭革新，但天主教的教诲本身却永世不变，不先确认其法国国教之地位，教会改革本身，也不可能一帆风顺。

　　掌声响了起来，但到底也只在议事厅的右侧。自二月三日起担任议长的比罗·杜普伊接话了。

　　"关于天主教为国教的宣言，是否应予以审议，哪位议员有意见要陈述？"

　　这一次，手从左侧举了起来。可能是连与保守派呼吸同一片空气都会心生厌恶吧，革新派像避瘟疫一样离他们远远的，结果就坐到了会场的左侧。同理，在报业，只提左方、左派、左翼，所有人也都能心领神会了。

　　不用说，被左右两侧夹在正中的，就是稳健而无定见、成为议会多数派的议员们了，也就是人们所说的平原派或沼泽派。

　　若回头说左方，那也并非所有人都持相同政见。拾级而上，议席越往上，革新思想就越是鲜明、激烈，而举手的那位所坐的，正是位置最高的一排。

　　"罗伯斯庇尔议员。"

　　杜普伊议长点名了。罗伯斯庇尔应声走向演讲台，可能是个子小吧，走起路来给人感觉很是干净利索。

　　"我明确反对。天主教虽为事实上的国教，但若赋予其法律地位，就可能损害思想、信念及信仰自由这一人权之大原则。"

　　站在罗伯斯庇尔的立场来看，这话是理所当然，既不令人吃惊，也没有值得特书一笔的内容。尽管如此，旁听席上还是立时炸开了锅。

"说得好！说得好啊！伟大的罗伯斯庇尔先生！"

"替咱们说出了心里话！你就是咱们的代言人啊！"

"也替咱们说出了难以启齿的话！我们彻底被你的勇气给征服啦！"

议事厅内气氛陡变，而最为剧烈的，或许就是旁听席了。刚从凡尔赛来到巴黎，这旁听席便立时成了稍显下等的平民专席。要钱没钱，要时间没时间，就算这样也爱看个热闹儿，这就是巴黎人。这样的巴黎人一到可随意进入议会的杜伊勒里宫，就一窝蜂全拥进去，把旁听席塞了个满满当当。

而正是他们，给议会带来了一种新的压力。对旁听席，议会绝不能无视。攻陷巴士底狱，并将王室老小拉出凡尔赛宫的，就是他们。

"说得好，马克西姆，那些废话就别再说下去了吧。"

高声将喝倒彩声压下去的不是别人，正是丹东。我兑现诺言来啦。说支持你，那可不是虚言。哈哈，你小子的理想，咱给撒到了整个巴黎。支持者猛增啊。这，就是证据。

"对！丹东先生说得没错儿！我们是城郊圣安东尼街的代表。"

我们以街区名义，提请国民制宪议会。我们希望，务必将马克银币法作废。我们希望，废除基于纳税额度的选举权规定。倘如此，只要最先赶到巴士底狱的街区率先行动，就像七月十四日那天，必将引燃整个巴黎，一举燎原。

宣布支持罗伯斯庇尔，反对马克银币法的街区，共计有二十个。

"谢谢，谢谢大家！"

罗伯斯庇尔挥手走下了演讲台。在议会中受到惨重打击，不争气的无用秀才，一个月不到便复活重生了。不只如此，现在的他，已是民众心目中的英雄。而这一切，是从与丹东结识那天开始的。这可是我牵的线，也有我一份功劳。德穆兰自鸣得意地想着，可不知为什么，又不由难掩隐忧，在心里咂了一个响舌。

17

孽缘

"就这样，这个罗伯斯庇尔，就成了雅各宾俱乐部代表了。"

塔列朗"汇报"着，一脸夸张的惊讶。啊！真是石破天惊的人事安排哦。凡尔赛那会儿，还不过是阿图瓦选区的区区议员，无名小卒嘛。

"曜。"

只这一声，米拉波就结束了不痛不痒的回应。无聊。没兴趣。虽有心撂出这话，可那位，却是白生一张雅致脸庞，反应迟钝到无以复加的角色。

不出所料，啜饮着温在掌心里的极品白兰地，塔列朗是轻易停不下来的。要说……现在这法国的形势，到底会发生什么，又会往哪里走，还真是难说啊。就说这罗伯斯庇尔，异军突起，因由虽令人不快，但毕竟也是议会的发言啊。还被善意解释为，毅然反抗马克银币法，勇往直前的英雄之举。现在，来自平民的狂热支持是越来越多了。

"他能一举崛起，全赖当今议员的真正后盾不是别人，正是攻陷巴士底狱的民众，这是一种政治压力嘛。"

罗伯斯庇尔的崛起是真的。当然，在资本家占多数的议会，他还远不能随心所欲。但在雅各宾俱乐部内，却已被视为崭露头角、年轻有为的可畏后生。而在此前三月三十一日的干部会议上又被推选为俱乐部代表，也是事实。

"哎呀……真是搞不明白。前些日子有人牵线，我也终于见了他本人一面。结果一看，就是个寻常小年轻嘛。"

"罗伯斯庇尔可不是小年轻了。"

不过是身材矮小，看上去年轻而已。实际年龄，应该跟你塔列朗差不了多少。

不知不觉一搭上话，米拉波就后悔了，"真失败啊！"这是给精明到滴水不漏的塔列朗以可乘之机，好让他钻空子啊。

果然，塔列朗咬上来了。

"你们认识吧，米拉波。"

"一点点吧。"

"他是个什么样的人？"

"不是说过了嘛。就是那样的人。"

"野心家？"

"这……能说是野心家吗？视情况，可能比野心家还糟。"

"总之，你是说，这罗伯斯庇尔，是一块出人意料的大器。明白了。毕竟，雅各宾俱乐部是目前最大的结社组织，而他，又被选为该组织的代表了嘛。当然，实权可能握在并不透露姓名的那些人手里……"

"塔列朗，你想从我米拉波这儿打听些什么呢？"

真是越来越啰嗦了，米拉波干脆把这一问甩了过去。

事实上，罗伯斯庇尔的崛起也并非没有内情。罗伯斯庇尔的确已被视为一支潜力股。可就像让塔列朗感到吃惊的，从常识考虑，目前，他又远非这样的大人物，足以胜任雅各宾俱乐部代表职务。但之所以被拥立，是在连他本人都不知情的情况下，米拉波已与三头派——迪波尔、拉梅特及巴纳夫这三位实力派议员——达成了协议。

很遗憾，彼此道路不同。可尽管如此，还是希望罗伯斯庇尔能大干一场。不。从挑战资产阶级利己主义的意义上来说，现在还是同志，很想给他一个更利于战斗的位置。要说米拉波被一股侠气所驱动，那也绝非假话。不然，也不会提到罗伯斯庇尔的名字。但又并非仅只如此。

觇舰俱乐部代表之位的另有其人。那张令人生疑的笑脸，必须不动声色地排除掉。

——拉斐德，你不要得意忘形。

国民自卫军司令兼巴黎方面军司令，最后再以雅各宾俱乐部代表的身份操控议会，那他几乎就成独裁者了。若能拯救法国于危难，或许也应接受独裁者，但拉斐德所拥有的，却只有野心和声望，除此便是空壳一具。这也是米拉波与三头派的共识。

这就是决定将其剪除，并拥立罗伯斯庇尔取而代之的缘由。

"不。没想打听什么。"

塔列朗答道。只是，感觉有个人很有趣，就多少生出了一点好奇而已。

"哼哼。鬼话。"

米拉波毫不客气。塔列朗是一起度过青春时代的老友了。不，不如说，是孽缘难了的狐朋狗友。塔列朗早就把人这种生物给看透了。至于罗伯斯庇尔，那也是一眼看穿，根本不会有丝毫的好奇。

——不如说，塔列朗这混蛋只关心他自己。

若是对他人报以关心，也只会是是否对自己有利、是否有利用价值一类。既如此，他所关心的，就不会是罗伯斯庇尔了。

——是我吗？打从一开始？

米拉波对此毫不怀疑。他塔列朗之所以提起罗伯斯庇尔，原因也在这里。醉翁之意不在酒啊！一听说我米拉波也与那个小个子有过亲密交往，自然会立即对相关事实进行核实……

这就让米拉波越发地坐立不安了。

“我说，你到底想怎么样啊塔列朗！”

“我不说过了嘛。没想怎么样。只是好奇而已嘛。”

呼地吐出一口气，米拉波咕哝道，啊！无聊！事到如今，还跟我卖关子？要真在意谁，你塔列朗就不会扯那些没用的，早就立即动身去见他了。就说今晚的沙龙，约的也不会是我，而是罗伯斯庇尔。

那边的晚宴仍在继续，热闹非常，完全不理会在墙边嘀咕的两位。这厢传来一阵大笑，那厢又响起了乐器的鸣奏，而在某一角落，一群人正皱着眉头，颇有些认真地讨论着什么。

天花板上的枝形灯，令那无数的蜡烛显得几无必要。温馨的光影摇曳中，全无紧张逼塞的气息。是啊，聚会于此的人们，那是吃得饱，也喝得足了。

去年的粮荒，差点把人们逼入饥馑的绝境。现在，虽有所缓和，但法国的平民百姓却仍在忍饥挨饿。可要说这房间内的餐桌之上，却简直像鲜花怒放了一般。

不只是食材丰富。呈上餐桌的盘中佳肴，也全都经过上乘的精烹细做。宫廷料理特有的奢华点缀真让人感觉就是凡尔赛宫的晚宴也不过如此。啊！明白了！

王室移往巴黎，凡尔赛宫为之一空，很多人随之失业。尤其是此前一直为世界上最挑剔的人们提供美食的厨师等，现在，多数人没了去处，连到郊区饭馆做份儿饭的差事都没有。

——这些有钱人雇用的，正是他们……

晚宴好像是一位富豪举办的，名字叫奥苏夫还是什么。戴着颇显招摇、完全不合适的粉色假发，正忙着四处招呼的那位，可能就是这晚宴的主人。而那位浓妆艳抹，欣赏了名角儿塔尔马的舞台表演，忙于大赞《查理九世》堪称杰作的，可能就是他夫人了。但这对富豪夫妇，米拉波一位都不认识，只是塔列朗强人所难，说什么"很多会有帮助的人都会参加"，迫于无奈，这才只好心不甘情不愿地来了。

"要说，也确实没有多大好奇。"

塔列朗让步道。嗯。对我来说，这罗伯斯庇尔，也并不是非说不可，不说就憋得慌。

"只是……米拉波，感觉有些事，可能你想知道。"

一听这话，米拉波差点没笑喷。哼，果然是调查过了。这就等于是坦白了，可塔列朗倒是并无半点的窘态和忾意。米拉波心里憋气，干脆装起了糊涂。哼。我想知道？关于罗伯斯庇尔吗？

"为什么？"

"感觉……就连你米拉波先生，也已是不解世情喽。"

"我怎么就不解世情了。"

"这段时间，议会你没出席吧。"

"啊。"

米拉波承认道。是啊，确实是没去。身体有点不舒服。没去议会是事实。生病也是事实，就是现在，也难说已经痊愈了。可另一方面，正在这儿饮酒，也是事实。

米拉波的身体还没糟到毫无办法的地步。既然有精神头儿在这样的宴会中站着说话，至少，还不至于连议会都无法出席。

——实际上，议会那边，已经是顾不上了。

奥地利大使最近接触米拉波的次数是越发频繁了。此前的代理曾是拉马克伯爵。不管怎么说吧，总之密会多了起来。

——法国王室，越来越离不开这位米拉波伯爵了。

为确保国王的大权，路易十六似是煞费苦心。直到目前，拥有最高执法权的仍是国王，但这一权力职能的哪些部分将被砍掉，哪些部分将予以保留，或者说，王权将会受到怎样的限制，要说不在意，那当然不可能。

作为王室来说，自然想最大限度保留原有的权力职能。可阁僚们却个个都是废物，而王室所依靠的拉斐德侯爵，优点又只在为人的爽快。他在大众中有人望，可相应的，看上去虽非常诚实，但做起事来又非常不谨慎，让人无法信任。相应的，政治能力也并无超群之处。

——但米拉波伯爵不同，尽管有放荡不羁的恶名……

政治能力无话可说，且其为人又意外的忠义。留意到这一点，国王就越发倾向于让他来做自己的代理，并寄予厚望了。

而对米拉波来说，这当然不坏。开开心心接下差事，既卖力又勤恳，与国王使节的磋商也倾注了足够的热忱。议会那边，真的是无心顾及了。

——塔列朗是在责难这事吗?

只对自己的事感兴趣的人，若在意我的缺席，那就是这缺席对他塔列朗不利。一句话，我的处境很困难，为什么不来帮我? 这就是他塔列朗的责难。

米拉波一脸不高兴，继续保持沉默。这话，由我米拉波深入下去毫无道理。要无论如何都想找我商量，这事，就该你塔列朗主动来谈。不，说什么有无道理、该当如何之前，你小子就会等得不耐烦，而先开金口。啊，米拉波，我很羡慕你啊。要是可以，就是我，也不想出席议会。

"可是，办不到啊。我是什一税委员会的会员嘛。"

正题终于浮出水面了。由国民制宪议会推进的教会改革，也进入了什一税的相关审议。所谓什一税，就是收入的十分之一归神所有。这是教会的自主财源，长期以来，一直是由教会向信徒征收。但是，作为国民制宪议会来说，这终究是旧制度的产物，改革的大方向是予以废除。

——你是说，进展并不顺利?

米拉波对此有些生疑。真正来说，这一议程没有理由不顺利。废止什一税，这本身早就定下来了呀。在始于去年夏天八月四日夜的兴奋状态中，议会的决定也是干脆利落，连同贵族的各类封建权利一起，教会自主课税也被一并废除。

"今后，转由国家奉养。"

剩下的问题是，为废止什一税，要准备做出何种补偿。即从今往后，教士若由国家奉养，又该代之以何种税收为其财源。顶多就是这些事啊?

怎么看，都没什么因素能让审议陷入困境。既如此，为什么靠他塔列朗一己之力又收拾不了呢?

米拉波突然留意到，从刚才开始，塔列朗就一直晃着玻璃杯里的米黄色白兰地，站在那里。修长的身材，那站姿甚至可以用优美来形容。可再一看，那副"威风凛凛"的夹具就实在是有煞风景了。

没有刺耳的喀嚓声，因为他把脚跟悬起来了。换句话说，塔列朗是用一只脚站着，所有的体重倾于左脚，竟也是纹丝不动。还真是厉害。感佩之余再一想，前前后后这都站了足有一个小时! 从塔列朗这站姿中，米拉波很自然地感受到了一种坚强。

"不关我事"的无情决定，也随即裂开了一道缝隙。不知不觉，就又把手伸过去了。所以说，这就是孽缘啊。这话由我深入下去毫无道理，米

拉波一边这样想着，可还是忍不住问道，

　　"议会里，出了什么事件，还是……"

　　塔列朗点了点头。有一个南锡的主教，叫拉法尔的。这人真是胡搅蛮缠到无以复加啊。

　　"跟个黏人的孩子没什么两样儿。"

　　"都搞什么名堂了？"

　　据塔列朗说，事件就发生在今天，四月十一日，议会的审议现场。

18

胡搅蛮缠

一开始，议事进程平淡无奇。先是什一税委员沙斯发言，就替代财源的必要性提请讨论。格雷戈瓦牧师继之提议，是否可以附着于司祭俸禄的不动产为原始资金设立基金。

"这时候，那位南锡主教半路杀出来了。扯开嗓门大喊大叫，说什么这样的讨论没法儿参加！绝不认可关于什一税的什么议会宣言！"

塔列朗耸了耸肩。性质的恶劣之处在于，他就是思想犯嘛。要是南锡主教一个人，还可以视为怪物了事。可他那大嗓门儿只是个信号，其他的教士议员也站出来了，一个接一个……

"打眼一扫，不下百人啊。掀演讲台的，扔椅子的，又是抓议长袖子，又是夺委员手里的文件，真是为所欲为，一片狼藉。胡闹成这个样子，就没法儿收拾了。"

"会场守卫就束手无策吗？"

"他们刚要控制局面，教士们就立即亮出了绝活儿。大喊：'要敬天畏神，你们这群反基督的人！'也不知道怎么回事，这么当头一喝，守卫们像真就难以出手了。"

"哈哈哈哈，这么一来，也确实难以出手吧。不管怎么说，他们都是教士嘛。"

"这可不好笑，米拉波。"

塔列朗这一声嗔斥，米拉波也感觉，这事确实是让人笑不出来。聚众施暴，就会妨碍议会正常运作。要是守卫都袖手旁观，那连强行表决都行不通了。不。即便法案一时表决通过，但若终究难以被接受，还是会要求议会重新审议，弄不好得数度回笼。啊！这事儿，还真是让人笑不出来啊。

议会内教士的抵抗似乎越来越激烈了。可要把这事推远了理智一想，也可以说，尽在情理之中。其他领域的改革之所以顺利，是因为没有或很少有议员反对。真正有能力的抵抗势力是贵族议员，可他们全都逃亡海外了。

——但教士留在了法国。

且还在议会中构筑起了坚实的地位，态度不无强硬，说什么"从议会还在凡尔赛，贵族与第三等级对立时起，我们就一直坚定地支持革命，即便在多数派的活动中，也满足了第三等级的愿望和要求。因此，我们才是这革命的核心力量……"，等等。

——教士还真是个大麻烦啊。

这也不行，那也不是，搬出各种理由。这也正是他们的长处，打根儿上就是脑力劳动者嘛。用不着列举古代的红衣主教黎塞留，这帮家伙那老奸巨猾的政治手腕早有定评。要驳倒，或通过议会工作击退他们，若思虑不周绝对不是对手。

从根本上来说，国家与教会，这一对才是真正的孽缘。既不能简单地分开，也不能让一方从属于另一方。不仅如此，一直以来心领神会，绝不能跨越的那条线，哪怕只是越出一点点，也会引发莫大的混乱。塔列朗，你作为欧坦主教，本身就是教士一员，这一点，你小子是不是太欠考虑了!

"自作自受啊。"

米拉波出声说道。唉。塔列朗,你这家伙以前就这样。

"这场豪赌,你乱来过头了。"

"你这话太突然了,你是指什么,米拉波?"

"我是说,你身上有个老毛病。一旦决定了,就不瞻前不顾后,上来就押大注。"

在米拉波看来,这一次也一样。凡尔赛那会儿,一开始还是很安静的。旧制度,是守还是破,那时候一直是先要仔细斟酌,尔后才作决定。最终,塔列朗把宝押在了破上,因为,要守那就永无穷时了。可如此一来,就是你随心所欲、无拘无束的贵公子的一厢情愿了。一决雌雄的方式玩得太大,大到令人措手不及。

"你自己也该知道吧。得意忘形,捅个大窟窿出来,这样子输掉的赌局,塔列朗,你小子可不是一次两次了。"

实际上,这次掷出的骰子,似乎也在滚往碰钉子的一面。教会财产国有化,教会组织合理化,这都是好事,可也该再慎重那么一点。教士们的反感既在意料之中,那给他们留下一两个既得权利也好啊。整体改革若能因此而得以推进,这就不是可鄙的妥协,而是高度的政治智慧。

塔列朗答道:

"嗯。的确如此。可是,既要赌,那就大赌一把,不然就没意思了。"

"别搞个人英雄主义,赢不了的。这话,我该说过吧。"

"我说米拉波,那是处世之道,可不是赌博啊。至少,不是为赌而赌。"

"看来,这场教会改革,是为赌而赌喽?"

这都什么事儿啊！糟糕透顶！米拉波不由高声叫道。刹那间，周围的谈笑也因这一声戛然而止。

米拉波慌忙向沙龙里的人们谢罪，连道失敬。即便如此，内心深处那股不妙的预感，也并未消逝。

——为赌而赌……

这场赌局，纯粹是为求得胜利快感而设的。想赢到手的，不是钱。最后结算的时候，哪怕是损失惨重也毫不为意，只要有刹那间的快感，这一赌就是有意义的。米拉波的战栗，来自一种微妙的确认：塔列朗这人，确实有可能这样想。

——为什么呢？因为塔列朗一直讨厌教士。

因为他本身就是教士，有时，甚至会给人以自我诅咒之感。若是天主教会毁灭，教士们发出临终前的悲鸣，想必他一定会心中大快。只要能得到这种快感，不管多少人恨他，即便对法国无益，那也一定是全不为意。

——可到那时，革命就会成为他塔列朗一人的玩物。

只因为想得到快感的终极自我中心主义，整个法国便被迫起舞……米拉波无法不向自己发问：这样做，可以吗？如此为所欲为的赌局，连我米拉波也伸手相助，可以吗？

——没办法！

米拉波决心已定。塔列朗并未明确相求，只因感觉他力不能及，没办法，那就再由我米拉波来助他一臂之力，并且毫不犹豫！这让他自己都深感意外。恐怕，是因为两人交往已久吧。

但在米拉波心里，却不想因故交老友、狐朋狗友、孽缘这些词而被误会。世间称颂为友情的感情，他与塔列朗之间一点都没有。

就像对罗伯斯庇尔，甚至连好感都没有。要在喜欢与讨厌之间二选其一，他会毫不犹豫地选择讨厌。可是，要因喜欢、讨厌而动，那就什么都干不成了。即便讨厌也能不动声色地跟对方握手，没有这样的定力，也根本成不了大丈夫。啊！是的！所谓朋友，不是喜欢还是讨厌。

——是能利用，还是不能。

对米拉波来说，塔列朗也具有很高的利用价值。他虽为贵族，但也是格调不同的贵公子。就连他一出生就拥有的人脉，也可以随手使用。

——若是塔列朗，定能压制那令人恼火的拉斐德。

问鼎雅各宾俱乐部代表之位的美梦，已经巧妙地给他破了，好是好，可自被关到美梦的门外，拉斐德像又已布阵于巴黎皇家宫殿，近来，又在自主筹建俱乐部。

好像是叫"一七八九俱乐部"，可会员中，却又有身居高位、响当当的宫廷与阁僚成员，传闻议员中就有巴伊、孔多塞、西哀士等人入会。

——所以，必须把塔列朗送进去。

让他打入"一七八九俱乐部"内部，成为我米拉波的一根大楔子。这样，就可以压制那帮人的活动了。尤其是，当俱乐部有不轨举动时，也需要先行掣肘。

就算只把塔列朗视为工具，米拉波也不会认为这不诚实。他塔列朗不也一样？

——不。他塔列朗更坏。连"拜托"这两字怎么写都不知道。就算有事相求，也绝不会主动开口，而是硬拉你陪他兜圈子，左拉右引，非让你主动提议帮他不可。

——说到底，多少还是有些憋气啊。

米拉波这样想着，接着说道，总之，是棘手起来了。并且这烫手的山芋，好像也不只是难缠的南锡主教。

"听说，罗马教皇庇护六世也判法国的《人权宣言》有罪，不是吗？"

"不过是密室里的红衣主教会议。不是正式看法。"

"哼。要公开也只是时间问题吧。"

"或许吧……"

"终于要发展成国际问题了。"

"或许，也可以这么说。"

实际上，说教会改革困难，是因为这一改革衍生出了一个双重问题。一个，是国内问题，即国家该如何与教会或者说宗教和睦相处。但因教会是以罗马教廷为最高领导机构的超国家组织，这就出现了另一个问题，即有可能发展成法国与罗马间的国际问题。

倘如此，那就更麻烦了。在万不能执拗，而须格外小心的时候，以傲慢、反应迟钝闻名的塔列朗，也就力不能逮了。

"不想想办法是不行啦。"

米拉波以此结束了谈话。也就是告诉塔列朗，我会帮你。可塔列朗闻言，脸上却并无喜色。在塔列朗看来，米拉波的这一表态是理所当然。甚至反而会因米拉波议会缺席，至今全无支援而生气。

而作为米拉波来说，到底是没法不憋气。可塔列朗就是那样的人，也只好报以苦笑了事。正在米拉波心想要达观一点时……

"啊！欧坦主教大人！您在这儿啊！"

左找右找，近身前来的，是沙龙主人奥苏夫先生。一起过来的，还有另几位绅士。从穿着发式来看，全都是有名有望的资本家。哦，哦，一起的这位，莫不是米拉波伯爵。正好。这个、这个，请务必允许我介绍一下。

"这位是弗雷先生，接下来这位是帕尔努先生，这位呢，是瓦朗坦先生。"

介绍了大概有三个人，可看情形，又不像只想近来打个招呼这么简单。证据，就是资本家们并没打完招呼便就此退去。有什么事情。这从塔列朗那不同以往、看上去不太愉快的侧脸上，也看得很清楚。

奥苏夫先生压低了声音。对了，欧坦主教大人，那件事是真的吗？

"就是……指券不久会成为纸币这事。"

"好像，也有这样的计划。现在财政吃紧，政府要支付五分利也并非易事。"

"可如此一来，那指券岂不是要暴跌了？"

弗雷先生插话道。要说货币的话，比起哗哗啦啦的薄纸片，还是沉甸甸拿在手里有真实感的金币、银币更觉贵重啊。现在的指券，虽不至于说一钱不值，但可能也已无力维持其币面价值了。

"这方面，议会有没考虑过什么对策呢？"

"没有。还没有特别的考虑。"

"这样一来，欧坦主教大人，认购指券，又有什么好处呢？"

"哈哈哈。这个嘛，帕尔努先生这样的实业家，不是比我这一介僧侣在行得多吗？"

"您是说，可以用它来购买教会财产？只要能优先购买肥沃的农地，所有人就会争相认购指券了？"

瓦朗坦接话了。

"这个……这个……欧坦主教大人，要是有好东西出手，还望告诉咱一声哦。"

够狠，要认购指券，又把价压到这个程度！听到这番话，塔列朗用贵族特有的暧昧表情巧妙地蒙混了过去。米拉波微微一笑，心想，就是这一点，资本家确是招人讨厌。恬不知耻到露骨肉麻的程度。塔列朗，你心里可能在说这话吧，可你小子也不是什么圣人君子。我这么说，是希望你别那么露骨——

可以为你提供方便，但作为回报，你得把贿赂拿来。

米拉波的微笑也成了大笑。不是说那重建财政的热情有假，可米拉波到底还是忍不住好奇，这次的教会财产国有化，塔列朗到底收受了多少贿赂？

"三亿？五亿？"

"嗯……到底有多少呢？米拉波？"

富翁们前脚刚走，塔列朗就立刻装起了糊涂。米拉波也装起糊涂接着说，不，我说的，是自己办的报纸，呃……那个《普罗旺斯邮报》。在巴黎多招了几个记者，经营上多少有点辛苦啊。

"哦。又是布里索啦，又是莱帕斯啦，尽召些懒鬼恶棍来照顾嘛。"

"别这么说，塔列朗。因为我做老好人捞到好处的，可不只是他们。"

或许是意会到了这话的弦外之音，塔列朗的表情僵住了。

"米拉波，你是有话想说吧。"

"就是……明说吧，塔列朗。"

你认识的实业家里，有可能出资的人吗？听米拉波这话，素以面无表情著称的塔列朗也无奈地露出了一抹陌生的苦笑。哼。米拉波心想，把我当听差的狠命使唤，贿赂里我那一份儿，不结结实实要过来可不成。

19

教袍里的亡魂

四月十二日，国民制宪议会再度就废除什一税试行审议。

审议决定，废除将不采取收购的方式，且不支付一次性补偿金。也就是说，予以直接废除。剩下的问题，就是关于替代财源的讨论了。

当天占据演讲台的，仍然是南锡主教拉法尔。拉法尔与左派议员勃瓦道尔针锋相对，论战火星四溅，好在没像昨天一样，并没出现"武斗"厮打，一片狼藉的局面。

可这对手也更不好对付了。虽激昂起来那言行就不可理喻，可一旦沉静下来，就是以语言谋生的教士。即便以严密的逻辑与之理论，南锡主教也绝不好对付。

——想来，毕竟是右派的代表辩手，不好对付才正常。不如说，非常欢迎对方有这样的辩手。

什一税委员席上的塔列朗静静地坐着，放心地呼了口气。只要言无不尽，讨论到底，就能水落石出，让他们心服口服。即便不能心服口服，也能让他们理屈词穷。就算一时不接受，那些能言善辩的教士也只能承认自己的荒谬。

——不错。再怎么四蹄乱蹬、挣扎不休，该予以纠正的恶种，也是你们这群混蛋。

啊！是的！想来，根本就无需着慌，只须稳坐这绝对正义的钓鱼台。这样想着，心情刚放松下来，塔列朗就突然意识到了什么。

不对劲啊。啊？争论半路停下了。流露出探问目光等待对方发言的，是勃瓦道尔，那沉默的，就是南锡主教了。

——这是意识到难以自圆其说，终于理屈词穷了⋯⋯

但感觉并非如此。主教那满是福相的圆脸上，全无已被逼入绝境的神情。看得出来的，反而是绝地反击的无敌浅笑。不知为什么，他把目光瞟向了身后，是信号吗？

"敞名耶路。"

果然，有人突然从议席上站起来了。呃⋯⋯我是第一等级代表，本是加尔都西会修道士。在修道院，人们素以堂·耶路相称。

但见他一边自报家门，一边把勃瓦道尔议员推到一边，自己占据了正面。

议事厅内立时一片嘈杂。旁听席上还响起了掌声。

——又来了！

塔列朗抱住头，痛苦地想。又来了！又要无法无天地硬来？那帮教士又是周密计划一番，故技重演？

"这个⋯⋯我有话不得不说。望各位在座的议员先生，认真地考虑一次，只需一次。这就是，望以国民制宪议会的名义郑重宣告，继承基督十二使徒教诲的罗马天主教信仰，才是法国国民之宗教，也是与世长存，国家公认的唯一信仰。"

耶路调门很高。整个议事厅内鸦雀无声。虽是强行塞进来的要求，但也不过是二月十三日，那位南锡主教动议的重复。不会吧？这是要不断地重提旧事，直到议会就范？只要换一个人发言，那就反复多少次都没关系?

"不。这是最后一次请求。因为,事态已严重到议会若不在此发表国教宣言,那就为时已晚的地步!现在,已不只是信仰遭到怀疑。因天主教也被误解,歪教邪说的魔爪,已经伸向这块多得神宠的法兰西土地。"

如一石之入湖水,此话一出,议事厅内一片哗然,议论纷纷,为什么?这话怎么说啊?……

面无表情的塔列朗,竭尽全力保持住无动于衷的神情,但内心深处的极度不快,却是随时都要爆发了。怕什么!又是邪教,又是魔爪,还不都是教士的惯用套话,用来吓唬无知信徒的?在这启蒙的时代,该早都知道了啊?可还是心神不定,这让那帮教士看到,不是更来劲了?

"你所谓的邪说,指的是什么?"

发问的,是三月十六日赴任议长的拉博·德·圣艾蒂安。

"新教教义。"

耶路满不在乎地答道。是的。从什么洛桑,什么日内瓦带来的,那被诅咒的加尔文主义之流,正将此视为大好机会,潜入我法国。

"尤其危险的,是法国南部。若袖手旁观,这块土地就很可能落入恶魔之手。"

"法国南部吗?那是我所在的选区。我就是尼姆辖区推选的。"

"既如此,议长阁下,那就更要请您鼎力相助,通过宣言了。若是袖手旁观,就连阁下的尼姆都会沦陷,成为恶魔的土地。"

"不。恐怕为时已晚了吧。"

"……"

"我本人就是新教的牧师。"

少在这儿胡搅蛮缠!拉博·德·圣艾蒂安吼声未落,就把手里的木槌扔过去了。不是呼吁肃静，让议事厅平静下来，而是直接就扑向了耶路。议长自己，把一场大混战的导火索给点着了。

右派的教士议员也不是吃素的。即便平时所处的位置严禁暴力，可心爱的伙伴后脖子给掐住了，那也不能瞪眼在旁边看着。

"干什么！你这野蛮的新教杂种！"

吧嗒嗒脚步声起，唰啦一下子离开议席跑近前来的，可不是一个两个。让杜伊勒里宫附属大厅的地板哆嗦般抖动起来的，是宛如猛禽一般由阶梯席滑翔而至的左派议员。要说打架，左派议员也是不甘人后。

议事厅的怒号宛如旋风，扶摇直上，把个半月形的穹顶震得嗡嗡直响。座椅横飞，文件飘舞，连不知是谁的假发都给扔出来了。刹时间是左右莫辨，一片混乱。吭！咚！甚至还传来了低沉的硬物撞击声，恐怕这"旋涡"内部已经是扭打成一团了。

——可恶啊！啊！啊！可恶透顶！

没法儿弄啦！

委员席上的塔列朗只好垂下头来，悄悄伏下身去。这样的场面，至少是不想参与。啊！太吵啦！太闹啦！这种事，我可不喜欢。何止是不喜欢，就连空气都燥热起来，总感觉还尘土飞扬的，这种不快，实在是一秒钟都忍受不了了。你们这帮杂种，这样子也配做议员吗？是站在决定法兰西命运的位置上的人吗？不不，这个样子，还能拍胸脯说自己是人吗？

——简直就跟野兽一样，到这程度，连我的脑子都快不正常了。

实际上，塔列朗最不擅长跟人争执。不如说，打开始就认为自己天下第一，本也没有跟谁一争高下的想法。尤其令他挠头的是黏人的家伙，不管多不利，或即便已破绽百出，再不能自圆其说，却还是要战斗到底、绝不言弃的这种。

"一定要发布国教宣言！若置于国家管理之下，至少要对宣言进行审议！不，哪怕只是投票表决！"

看来，策划国教宣言的主谋，像是南锡主教。他那庞大的身躯将几个左派议员压倒在一旁，终于把真话给露骨地喊出来了。

再看那耶路，不知是激情家气质使然，还是遭牧师痛打的缘故，都已经哭成泪人了。求你们了！求求你们了！不然，信仰就全都废弃了。神就要毁灭了。

"的确如此，千真万确！因此，今天这会是结束不了的！一定要审议！无论如何都要进入投票程序！"

唾星带血、口水四溅放此豪言的，又是以右派急先锋而闻名的人物——莫里牧师。他那两臂从拉博·德·圣艾蒂安腋下插入后上弯，两手回扣在自己后颈上，似要以肉搏把议长的强硬态度给封死。

——再也看不下去啦！

这等不堪入目之辈可是教士啊！像就算硬来也要让人知道这一身份，还精心周到地身裹教袍而来。

不说是天使，也是代传神言的角色，有违身份啊！但见他两眼充血，不管对面是谁，一律怒目以瞪。且那五指指缝间又塞满了黑红色的污物，缝隙全无，抓下来的肉丝也不知来自哪位的胳膊……这副形容，完全就是地狱里的亡魂。

20

王牌

"搞不懂!"

自言自语中,塔列朗或许已是浑身战栗,抖作一团了。搞不懂! 这些亡魂们的固执到底来自哪里? 我真无法理解。

但是,除自己之外,要说还有谁能胁迫他的心灵,那也绝对不可能。

"可恶! 可恶! "

塔列朗语速极快地连喊了两声。发布国教宣言,发布国教宣言,反反复复不断重复这一件事,这帮家伙真就是混蛋啊!

对塔列朗来说,啐出这番戋视便满心意足,继之干脆抽身而退,那也并不稀奇。受惠于良好的家境,生来就没有执着的癖性。按他的想法,那不是自己输了,而是对方并无与之一战的价值,只要能守住珍爱的自尊,也就无需久留了。

——可就这次,却是无法抽身。

塔列朗改变了主意。这是必须完成的工作啊。就因对方是混蛋、蠢货便半途而废,无法君临法兰西,这也同样是一种屈辱。啊。不能在这时候打退堂鼓。命中注定的天下,我必须接手。

为实现那一天而设的道路早已绘就。出售教会财产,重建国家财政。坚决推行教会改革,以合理化减轻国民负担。蓝图都描绘到这一步了,现在这可悲状态算怎么回事?

塔列朗越想越是怒不可遏。啊! 这种乌烟瘴气的打斗,到底算怎么回事? 想在收拾掉这荒唐的胡闹之前,一直让我大伤脑筋吗!

——这不是下人们干的活儿吗?

塔列朗怒气冲冲地抬起了眼睛。场面虽如此混乱,可米拉波却依然端坐在议席上,泰然自若地架起胳膊,在那儿隔岸观火。我说,你这混蛋在干嘛呢? 只拿东西不出力啊你!

——像你这混蛋这样儿,你认为能过得了关?

可能是塔列朗这通骂"心灵感应"了,米拉波胸有成竹地笑着,伸了个大大的懒腰,从椅子上站了起来。终于,他从阶梯席上走了下来。

"议长! "

他想获准发言。就这半道上喊的无关紧要的第一嗓,所谓狮子的咆哮也果然是非同凡响。

随着米拉波宛如雷鸣般的这声轰鸣,此前混乱不堪的喧闹戛然而止。就在这一刹那,怒骂到一起,撕扯到一处,有的地方还已互殴成一团的议员们,全都静止不动了。哼,到底是得以毒攻毒啊。真不愧是百兽之王,虽说对人不起作用,但对动物,那还是立竿见影啊。

这都用不着问了,但米拉波还是问道:

"想提请您准许我发言,可以吗? 拉博·德·圣艾蒂安议长? "

"嗯? 啊,可以,准许发言。"

脖子还被向上扭着,这位新教议长应声允道。可能是直觉到援军到了,且是失不再来的可靠援军吧,拉博·德·圣艾蒂安又重复了一遍。可以,可以,准许发言。准许米拉波议员发言。

"诸位议员,用心听我一言! "

兴奋之余跑下席位的议员们，又都像训练有素的猎犬一样，陆续回到了议席当中。与其说是奉议长之命，不如说，是被米拉波先一步"嘀——嘀——嘀——"赶羊一般的手势，给赶回去了。

以轮流发言的方式登台之后，米拉波开口了。嗯，首先，想明确的一点是，对耶路牧师的动议，我既不表示赞成，也不表示反对。

"原因在于，问题，远在这动议之前。"

议事厅内无一声倒彩，所有人都在洗耳恭听。浑厚的男中音在大厅内回响，畅通无阻。

"让我们回顾一下历史吧。从这里，嗯，是的，从我正在跟诸位说话的这个议事大厅，哎……是那个方向吧，能看到卢浮宫。要是仔细看，我想，应该能看到一字排开的那些玻璃窗。"

说什么呢。塔列朗大惑不解。但与此同时，塔列朗又突然意识到，啊！是的！米拉波那一流的话语技巧，就是从乍看似全然无关的地方入手，一举突入问题核心，且其说服力又远在内容之上！

米拉波继续说道，这个……各位，有件事，请大家回忆一下。诸位应该能想起映入那玻璃窗中的某个场面。聚在那里的，不是信仰的神圣恩宠，相反，是双眼被世俗利益所迷，聚党营私的徒众。怒号、叫喊，时而爆出威胁性的语言，这帮人，啊，想想是多么地可怜啊，把法国国王一个人团团围住。让他手握火铳，让他开枪。

"这是决定命运的一枪。为什么？圣巴托罗缪之夜的这声枪响，就化身成了光天化日下大屠杀的命令。"

圣巴托罗缪大屠杀，发生于一五七二年的巴黎，是堪称法国历史污点的惨痛事件。

这事发生在宗教改革的时代，在法国，天主教派与新教派间的武斗也是轮番上演。而被誉为两派睦和之举的，便是新教领袖亨利·德·纳瓦尔与信奉天主教的王室之女玛格丽特公主联姻。

为示庆祝，不只是天主教，几万新教教徒也齐集巴黎。天主教派的急先锋们抓住这一大好时机，强行胁迫查理九世，欺骗并袭击了欢聚巴黎的新教徒。一夜之间屠戮殆尽，一个不留，塞纳河也被染成了一片血红。

"今天，我们不想让类似事件再次发生。不能让我们的议会，即法国新的主权者，再次沦为可怜的查理九世。"

米拉波就此结束了陈词。演讲很夸张。没有任何人说要展开屠杀。话题跳跃也是有限度的。可以说，这是偷梁换柱。但是，直到最后，议事厅内却连一声反驳、一个倒彩都没有……

这其中，也有被米拉波的气势所震慑的因素。正赶上由著名演员塔尔马主演的《查理九世》好评如潮，对法国历史中的这一片断，很多人的记忆刚被刷新。尤其是，圣巴托罗缪大屠杀是天主教会的历史污点，这要给翻出来，那也只能沉默了。

实际上，从牧师们逼围议长的强迫性举动中，也能感觉到一种与屠杀相通的兽性。刚才对新教说三道四就是个大失败，被议长席的拉博·德·圣艾蒂安打到泪都出来了，也跟提什么新教有关。对那帮家伙虽心有不甘，那也是追悔莫及了。

"期待着诸位的理性讨论。"

说完这最后一句话，米拉波走下了演讲台。返回议席的途中，米拉波往塔列朗那儿瞟了一眼，不用说，塔列朗没搭理。哼。这可用不着特意致谢。

——话虽如此，但也真不愧是我的一张王牌啊。

塔列朗不由放心地呼出一口长气。多亏米拉波在啊。这人，虽对自己的不凡才能自信过度，有时候又俗不可耐到令人作呕，但强忍着驯养到今天，还是值得的。啊！要是没有米拉波，我那煞费苦心的伟业，也无法顺利实现啊。令人不快的烦人的工蜂，也是必不可少啊。不然，那蜂巢深处的蜂王，根本就不可能安静地产卵。

当天的议程重新启动。接下来要求发言的，是图尔辖区当选的贵族代表议员，莫努男爵。呃……我也认为，作为代表人民的国民制宪议会，不该成为当代的查理九世。

"因为，我猛然想起了《人权宣言》的第十条。即，'任何人不应因其意见甚至其宗教观点而遭到干涉，只要他们的表达没有扰乱法律所建立的公共秩序。'"

"请明确你的发言意图。"

"是。议长。任何人不受干涉，换言之，无论是政府还是议会，任何人都不得施加干涉。既如此，议会本来就没有权力就良心问题、宗教性意见之类作出某种决定。议会也不能拥有这种权力。所以，对耶路牧师的动议进行审议，这本身，就是不可能的。"

"这是托辞！"

这回，倒彩飞过来了——我们并未要求去干涉谁，而只是希望能将天主教认定为国家宗教。啊！为保革命成功，我们连手里的金银器物，甚至是圣器都捐给了国库。但有所求，甚至连农地都交出去了。我只是说，教会为法国这个国家作出如此巨大的牺牲，议会多少示以敬意，不也是应该的吗？

不用说，这位是右派的教士议员。可能是怯于米拉波尚未散去的影子，这倒彩的气势，明显比刚才畏缩了不少。莫努男爵冷静地答道，不，要说对天主教会的敬意，我认为，足已有十二分了。不管怎么说，今后，教士也将以公仆相待。换言之，国库支出的第一项，记载的就是信仰经费。

"这要换作新教，任何经费，国库都不会下拨。"

议长拉博·德·圣艾蒂安一次又一次，不住地点头……

21

瓦解

四月十三日，国民制宪议会作出决定，不发表天主教国教宣言。四月十四日决定，教会财产管理委于革命中新设立的地方政府——省及区施行，并导入教士薪俸制，等等。教会改革由此迈上了具体化道路。

"不。如此荒唐的审议，简直是没法参加啦！"

这一次，如此痛快淋漓申斥咆哮的，是克莱蒙主教弗朗索瓦·德·博纳。

随着改革的推进，抵抗也越发激烈。拒绝审议的，不是心急气躁的主教一人，一起拂袖而去的还有多达二分之一的议员。他们要么是赞同教士的主张，要么是表示同情。

事态发展不容乐观。四月十九日，由于泽斯主教亨利·布诺瓦·焦耳·德·贝蒂斯·德·麦济耶尔起草的正式抗议书，提交给了议会。抗议书的内容倒不令人意外，即要求废除四月十三日的决议。但包括三十三位主教在内，共有二百九十五位议员在抗议书上亲笔签名，这就真让人吃惊了。

"撞上暗礁了？"

就连极度自信的塔列朗，也忍不住叹气了。倘如此，那就无法诉之于强行表决了。仅签名的人就将近议员总数的三分之一，小三百人啊！要再加上随声附和的议员，到底会出现多少"造反派"，那就无法预测了。

这也说明，右派议员的事前酝酿是多么地殚精竭虑……

——嘁，真是不见棺材不落泪，不撞南墙不回头。

这轻蔑的响舌打了刚不到半日，事态的发展，便让塔列朗又一次瞠目结舌。下午审议刚开始，教士议员莫里牧师一党，便提出了解散议会的要求！这可真是岂有此理！

他们给出的理由是，当初所有议员都是因全国三级会议当选的。当时的任期规定为一年。三级会议开幕于一七八九年五月，马上就满一年了。即便从另一个角度来说，全国三级会议先是变成了国民议会，接着又变成了国民制宪议会，而原来作为选区的辖区，也因行政改革而不复存在，行政区划新设为了省、区等。并且，既然选举法也被革新，就应重新举行选举。即便是为强有力地推进改革，这时候，议员是否应该先确认一下民意呢？

"简直荒唐！网球场宣过的誓，你们还记得吗？"

一七八九年六月二十日，国民议会郑重宣誓，不制定出宪法绝不解散！当时的誓言，都忘光了吗？米拉波这一声怒吼，所谓解散议会、大选云云，就此化为了泡影。

——尽管如此，可还是惊出了一身的冷汗啊！

这个时候举行大选，首先，教会改革受挫是绝对跑不掉的。不只如此，就连已经形成决议的议案，如教会财产国有化等，都可能付之东流。

——啊！这样的结局并非没有可能。虽说，相当于四亿里弗尔的指券已经发行，且依四月十六日的决议，又将作为纸币流通，这已是开弓没有回头箭了，但指券矛头所向的不动产，却是至今都没有动静。为抢到这一先机，教士们已经展开了交涉，若能撤回国有化法案，各教区将筹措四亿里弗尔捐给国库……

虽然，就目前来说，议会还无动于衷，但若举行大选，议员班子有变，到那时，议会会接受这一交涉也未可知。

"……"

这帮教士的逆袭，绝非等闲。虽说由米拉波的雄辩给挡了回去，但这股强劲洪流的冲击，议会也是好不容易才勉强拦住。

塔列朗决定亲自出马。由不得再磨磨蹭蹭了。必须主动出击，抢先下手。是吧米拉波，你小子也是这样想的吧。

"哎……这位，是普罗旺斯区艾克斯总主教，布瓦热兰主教大人。"

这位，是欧坦主教塔列朗-佩里戈尔主教大人。虽说在这里给二位引荐，可要没说错，在凡尔赛，两位确实曾是在一起啊。米拉波这样介绍的时候，像是叹了一口气。

哎……哎……有缘与总主教大人同在一个选区，且在年轻的时候，又蒙主教大人不弃，多有来往，那个时候，也是由我居中引荐的。

就算不说这个，两位也都是天主教会的高级教士，也就是说，可以称得上是同僚。我要插在中间，就是浪费时间了。这番话说得敷衍潦草，不能不让人感觉，米拉波可能心情不好，要么，就是有心有不服。但塔列朗不想去在意这些。毕竟，是我塔列朗要亲自出马。可上菜摆筷子这点事，米拉波，这不是一个下人该做的嘛。

塔列朗面如冰霜，开口了。

"今日有劳您大驾前来，非常感谢，布瓦热兰主教大人。"

这次会面，是在学院路的塔列朗府邸。会谈并不包括米拉波，而是塔列朗请自己的上级——总主教到府一叙。啊，总不至于抓着腿脚不好的我说"你自己走来见我"吧。

虽无意求全责备，但还是先行致谢，是因为这次会谈是由塔列朗提请的。

——并且很突然。

这才刚到四月二十日。右派议员提交抗议书，以及动议解散议会的十九日议会大风暴，还只是昨天的事情。噢，明白了。米拉波内心的不快，是因为催他太急，刚一天，毫无准备吧。

当然，即便意识到了，塔列朗也无意体谅。为什么？我讨厌拖拖拉拉嘛。只要想到了，不立即着手就不舒服啊。

"哎……哎……让您特意移驾至此，是有几件事想请教主教大人。当然，由鄙人前往圣奥诺雷路，到府上拜访也并无不可……"

一说这街区名字，布瓦热兰的脸色立时一惊。这塔列朗的表情倒是静如止水，纹丝不动，心里还有几分嘲笑。哼。圣奥诺雷路上，端坐着巴黎皇家宫殿，但也设有雅各宾俱乐部集会的会场。就算我在那里转悠，也没人感觉有什么奇怪。就算聊得亲热被人看见，也不至于怕到不知如何是好的地步。

——就算你那帮同党偷偷摸摸，在嘉布遣会修道院遗址那儿集会……

那里就是反对教会改革的右派教士的集会地点。于泽斯主教认可的抗议书收集到近三百人的签名也好，莫里牧师精心策划的解散议会的战略也罢，都出自圣奥诺雷路边的这栋建筑。

——而这一派的首领，正是……

普罗旺斯区艾克斯总主教——让·德·迪尤-雷蒙·德·屈塞·德·布瓦热兰。虽有高级教士大腹便便的肥胖体征，但也胖得恰到好处，并不给人以病态之感。但也不是熠熠生辉的粉红色面颊光彩照人，既无阳刚亦不阴柔的中性之风，相反，那棱角分明的下颌，倒是透出了一股顽固和干练。

并且，布瓦热兰也不给人以神经质之感。事实上，关于天主教会，他并非绝不允许说一句坏话的苛刻角色。作为高级教士，他是确保教区运作的政务家，同时，又是被法国王室聘为顾问的政治家。

"即便如此，塔列朗，人家也比你更知耻哦。"

撇开不敬的玩笑不说，这就是米拉波作出的人物点评。将布瓦热兰视为优秀的实务家，这首先就不会错。明白了。正因其拥有现世中的实力与声望，右派的教士议员们才仰之为导师，倾心依靠吧。

能把最大多数团结起来，也在暗示着其不走极端的人格特性。实际上，一般也认为，布瓦热兰本人思虑稳健。因此也听说，即便是在党派内部，对有过激倾向的派别，他也是眉头紧皱，为如何掣肘而发愁。所以说，主教大人，会面前也请先容我确认啊。

"鄙人之愿，唯尽早让法国之健全信仰得到重建，仅此而已，别无他求。"

切入正题前，塔列朗卖了个关子。对注重表面文章的教士之流来说，这也是不可或缺的一道程序。

"是啊。这一点，鄙人也是完全一样啊，欧坦主教大人。"

不出所料，布瓦热兰回话直来直去，绝不拐弯抹角。其辖区虽是普罗旺斯，但却出生在北方的布列塔尼，说话时没有丝毫的南方口音。

因此，布瓦热兰叫"主教大人"时，音调略有些低。这在塔列朗听来，似乎就透着一股居高临下的语气了，心里不无憋气。想想也是。布瓦热兰出任总主教长达二十年之久，在这位高级教士眼里，自己顶多算个一年级小学生的区区主教，不过是个不折不扣的毛头小子吧。

——哼。俗物一个。

既是如此，那就不是瓦解不了的对手。塔列朗更有自信了。

无需多言，这也是此次会谈的目的。啊！如此下去，这边的大梁会被反对派压断。教会改革会被摧毁。这时候，唯一能走的路，就是在抵抗势力内部策反，诱发其内部崩溃。

——既如此，还是一开始便拉拢其首领见效更快。

跟那些无聊的小卒多费唇舌？无需浪费这时间。

塔列朗开口道，既然是这样，那……布瓦热兰主教大人，我就单刀直入了。今天，实有一事请教。

"就这废除什一税一事，终究是难以接受，是吗？"

22

费解

　　塔列朗自己都认为，这个问题很愚蠢，甚至有雨后打伞之感。可是，不知为不知啊。

　　——为什么会如此固执地反对呢？

　　是教士们对去年夏天的决定心生悔意，还是事到如今，已遭废弃的什一税让他们深感可惜？能想到的，也就是这些了。

　　布瓦热兰答道，不，并非无论如何都接受不了。

　　"或许，这中间存在误会。作为我们来说，一直是想灵活、稳妥地应对改革……"

　　"教士既由国家奉养，什一税之类，即便废除也是无妨啊？"

　　"是的。作为鄙人的个人意见，这也是情非得已。可是，考虑到对革命有益，八月，我们接受了废除什一税的决议，可到十一月，却连教会财产都收归国有，这就让人感觉事有出入了。倘如此，当初，就不能接受废除什一税的决定。这样想的人，不在少数……"

　　"就是说，国家薪俸不够，无法像原来一样奢侈？"

　　"不不。奢侈之类……并非出于此类心情。"是啊，绝非如此。来自布瓦热兰的这番确认，塔列朗并未视为谎言一笑置之。

　　若只是下级教士，那么，由天主教会改为国家奉养，收入反而更多。

而高级教士，收入虽明显减少，但因其或兼任议员，或兼任阁僚、行政官员等，也能得到百分之一百二十的弥补。啊！不能头脑简单地下结论说，抵抗，可能来自有望维持原有的奢侈。

"既然如此，总主教大人，那究竟是为什么呢？"

"是……这个……该怎么讲呢？什一税没了，要是连土地财产也被没收，就无法自主编制预算了。有人视此为一种屈辱。"

"请容许我确认一下，主教大人的意思，重点是在于'自主'，对吗？"

布瓦热兰点了点头。是的，嗯，是的。意思是，即便能拿到等额薪俸，但银币来自教堂金库，还是来自政府金库，意义不同……

塔列朗面带微笑，随声附和着，心想，基本上明白了。原来如此，他们是想以己之手，如己之愿行事。既不想接受谁的指示，也不愿哪方的监查介入其中。

"可是，若是此番情由，不不，这可就难办了呀。"

塔列朗接着说道，如实相告，因昨日议会之混乱局面，当夜，教会改革委员会及什一税委员会，共同出席了一个讨论会。全体出席者一致认为，是时候示以毅然决然之态度了。

"还望相告……"

"嗯……是啊……怎么说呢。嗯……好吧！我相信布瓦热兰主教大人，那就特例如实相告。教会改革委员马蒂诺议员打算于明天，即四月二十一日，向议会提议，制定《教士公民组织法》。"

"《教士公民组织法》？这是……"

"该法案，应为将来宪法之一部。但眼下，因宪法尚未完成，仍在制定当中，既如此，那就先行制定《教士公民组织法》。换言之，哪怕只是教会在新法国的定位，也要以明确的法律形式先行确定下来。此即为其主旨。"

"对此一主旨本身，我并不反对，但所谓新的定位是……"

"毫无特别之处。在此前的议会中也时常提起。比如，嗯……刚才一直在谈的教士薪俸制等，也将作为法律之基柱纳入其中。"

"哦……"

布瓦热兰的脸色阴沉了下来。可能是想到，要把这话带回圣奥诺雷路，只会招致更为激烈的反对吧。不如说，根本就不能讲。讲了，就会立即成为众矢之的，会被指责为肮脏的叛徒，与那个反基督者串通一气。可是，欧坦主教大人，照您话说，又当如何呢？

"从预算之计入直到分配，将全部委于各主教自行裁量，不知这一形式是否可取，也不知是否可行。"

塔列朗开口的同时，也坚信布瓦热兰的脸色一定会晴朗起来。把这话带回去，反对势力的态度就会软化，教会改革，也必将一举推进。不管怎么说，毕竟还是像从前一样，随心所欲地支配金钱即可。都计步到这个程度了嘛，应该没人再多嘴多舌。

"哦……"

出乎意料的是，布瓦热兰的脸色依然阴沉。关于此事，请容我听一听主们的意见。那么，欧坦主教大人，关于《教士公民组织法》确定的教会新定位，其他的……

"嗯？哦。其他的？是啊。比如，为控制无谓支出，将废除教堂参事会员之类有名无实的圣职及其俸禄，等等。对了，说到教会经营的合理化，最重要的，是将教区的重新编制与整合等纳入其中。"

"教、教区的重新编制与整合？您是指……"

"法国现有的一百三十五个主教区，将削减为八十三个。主教数量减少，主教薪俸也能相应得以节约。委员会还想，这其中，总主教是不是也要由现在的十八人减至十人左右……"

"您、您先打住。所谓的八十三个教区是……"

"与省的数量相同，主教大人。"

先一步作答的，是米拉波。我们普罗旺斯大区……不，大区已遭废除，是更小的罗讷河口省吧。总之，这行政区，将同时成为总主教区。

"至于，会成为普罗旺斯区艾克斯总主教区还是阿尔勒总主教区，这个问题可就微妙了。"

米拉波话音刚落，布瓦热兰就把确认的目光，不如说，是求助的目光投向了塔列朗。像是希望他说，这不是真的。可是，这又有何费解之处？又有什么地方接受不了呢？塔列朗冲布瓦热兰耸了耸肩，就像在说"搞不懂的是我啊"。是的，总主教大人，确如米拉波伯爵所言。

"啊。明白了。就是说，主教数量削减太多，有违大人本愿……"

"不，不，并非如此。要寻求合理化，唉，削减主教那也是在所难免。可是，这八十三个……"

"有何不宜之处吗？"

"虽非有不宜之处，可……"

布瓦热兰就此沉默了，可又不像能接受得了，惊慌之色非同一般，额头上油汗都冒出来了。望着那块匆忙地来回擦汗的手帕，塔列朗又在心里甩出一句：真搞不懂！这到底有什么不合适？完全搞不懂！

塔列朗都想咂舌头了。可就在他要咂未咂之际，米拉波开口了。

"是因为若与省同级，那就没意思了吧，布瓦热兰主教大人。"

"没意思？不不。若用这种幼稚之词形容，那就太没颜面了……不过，也确是如此吧。要与省同级，确实是没意思啊。"

"虽听您如此说，可就像省对主教区、区对司祭区一样，行政区划与教区两相对应，不是方便一些吗？"

"不是说过了嘛，塔列朗！这就没意思了呀！"

"为什么啊，米拉波？"

"因为如此一来，教士这一位子，就再无优越之处了呀。若与行政辖区相同，就会让人感觉，已然降到了与政府官员同级的地步。"

塔列朗的眼一连眨了好几次。是说教士在上，官员在下？所以说，不想被混为一谈？

他还从未这样想过。不如说，在有关《教士公民组织法》草案方面，今后，形迹可疑的教士至少也要有同等于议员的正统性以为夸耀？为此，这才特费如许心机？

"依据法案，教士，也将经由选举上任……"

"选举？"

布瓦热兰立马问道。不好意思。失礼了。虽有些吃惊，可是……嗯。关于选举，也不是从根儿上就反对。若改由辖区的司祭、助祭们投票，选任自己的上司，也就是主教，确实体现了民主性啊。是啊。新时代的这一习惯，若也能尽早在教会扎根……

"非也。"

塔列朗答道。确实是要推行民主化，但拥有投票权的，将是普通市民。虽被限定为积极公民，但却并无教士与普通信徒之分。

"是的。今后，教士将与政府官员在同一辖区，并与议员一样，经由选举上任。"

终于，布瓦热兰张口结舌了。可这张口结舌意味着什么，塔列朗却是全然不知。

23

神圣与神秘

或许是说明不够充分？于是塔列朗接着说道，总之，教会与法国这个国家，不可分割。向罗马教皇求取圣职等，也将被严厉禁止。

不出所料，布瓦热兰闻此哑口无言。但这次，他却唰地抬起眼睛，盯向了塔列朗。这就无异于高声抗议了。塔列朗也不示弱，以至于声音都变了，像故意的一样。他接着说道：

"总主教大人，您信奉的，该不会是教皇权至上主义吧。"

所谓教皇权至上主义，是指无条件赋予天主教会最高权力者——罗马教皇——以优先权。

比如，法国某教区出现了问题，在解决处理的意向方面，若罗马教皇的与法国国王或议会的不同，那最终还是要遵从罗马教皇。

"不是的。不如说，鄙人反倒是高卢主义者。唔，发布国教宣言的要求，既然是向法国议会提请的，那这也是理所当然的吧。"

布瓦热兰答道。自己属于国际组织天主教会，但却尊重高卢教会，即国内教会的独立性。所取的立场，就是虽然承认罗马教皇至高无上的地位，但在现实中，又要保全独立思考和判断的权利。

"嗯……正如欧坦主教大人所知，在法国，大部分教士的宗教态度都是高卢主义。"

"既如此，总主教大人，这不就没有任何问题了吗？"

塔列朗不容置辩地说了下去。所谓高卢主义，笼统而言，就是相较于天主教会，更重视法国。既如此，教会行政的施行标准不是罗马教廷，而是法国这一国家，不就是顺理成章的吗？所以，省与主教区、区与司祭区合并，这样的结果就再自然不过了。

"同理，法国教士应该面对的，就不是罗马，而是法国人民。既如此，这个国家的教士由罗马教皇选任，岂非咄咄怪事？法国的教士，要由法国人也必须由法国人选任。"

哦。哦。叹息般的应声中，布瓦热兰用手指划了个十字，脸颊也痉挛起来，噗噗抖动。显然，这是被逼入绝境了。哈！这就好了！

而就塔列朗来说，也有明显的逼困意图。这一次的教会改革，直到最后，都必须局限在国内问题的范围之内。若事态发展到反对派教士上诉罗马教皇，那才真叫棘手。

"如若教皇权至上主义与高卢主义发生剧烈冲突，法国教会大分裂就在所难免。此一后果，总主教大人想必比谁都清楚……"

"是的，是的，这我赞同。就这一点，能免则免。"

"若回头说《教士公民组织法》，那么，面向罗马教廷的年贡制度也将废除，这也无需多言。"

"首要目的是削减经费嘛。是啊。这也是没办法。"

布瓦热兰又一次擦去了额头的油汗。呃……鄙人一等人众，也没想向罗马示好。

"可话虽如此，教士之职由人民选举决定，还是不习惯……"

"这不是习不习惯的问题。要是理当如此，也应努力习惯才是。"

"确如欧坦主教大人所言，可……"

塔列朗有些不耐烦了。真是有理讲不通啊！又是没意思，又是不习惯，这布瓦热兰，是句句跳不出笼统模糊的印象论啊。

"请您明言。选举到底什么地方有问题？"

这一逼问，布瓦热兰又不吭声了。这回再次代其作答的，又是米拉波。说不定，总主教大人是无法接受自下而上的推选，认为教士应由上面来委任。大人耿耿于怀的，是不是这一点呢？

闻听此言，布瓦热兰把脸仰了起来。那充血的双眼中，好似得救一般，泛起了湿湿的泪光。米拉波轻描淡写地继续说道，是啊，也不是不能理解啊。

"原因在于，天主教信仰是由天而地、自上而下的等级序列，即由神而至教士，由教士而至信徒。而其教诲，也是由神下传于教士，再由教士布道于信徒，还是由上而下。在这样的序列中，教士之位却要由选举来决定、由信徒的意见来决定，这就成自下而上了。"

"你是说，这既无趣，也不习惯？要任用教士，就非得由上而下不可？"

塔列朗这反问出口，布瓦热兰的脸才终于放晴，点头道，是的！是的！当然，也无意因此就倚靠罗马教皇。也并不反对通过选举来推选教士，哎……有时候，基于人民的判断选任教士，也并无关系。

"只是，望能设定一个程序，由教会自己为选举的结果送上祝福。"

布瓦热兰颇有些豪言壮语的样子，接着说道，毕竟，任用教士的不是信徒，而是教会。哪怕只是个形式也好，望能予以设立。需要重申的是，这一祝福，没必要来自罗马教皇。

"只是，为履行这一程序，望能新设一个机构，代表圣界的最高意志，比如叫'法国教会会议'什么的。"

如实相告，提请议会发布国教宣言也是因为想设立国教会会议。呃……先由教会会议为选举结果举行洗礼，获选教士再正式赴职。倘能如此，作为鄙人来说，也能以此为问题解决之突破口，把话捎回圣奥诺雷路，带给那些同伴。听布瓦热兰如此说，米拉波接话道：

"原来如此。这也的确是双方的和解点啊。"

交涉就此成立了。可塔列朗却是毫不理解。什么叫原来如此？啊？就算那个什么教会会议以事后承认的方式祝福了，可这还是由选举来确定教士啊？没什么变化啊？最想不通的是，和解怎么就成立了？不过是自欺欺人而已，冥顽不灵的反对派怎么就接受了呢？

搞不懂！我是搞不懂！但米拉波能理解！这就让塔列朗怒火中烧了。

"这怎么回事？你说，这有什么不同？又有什么差别？"

"神圣性。"

布瓦热兰明确答道。或者应该说，是教士具有的神秘性吧。是的。神的仆人可不能被安排得条理井然。必须裹以不易看透，神圣而又神秘的外衣。

"既如此，教士之位就不应由凡间的人类赋予。即便迷途的羔羊们希望由威望高的人来做自己的牧羊人，但任用教士的主体，却必须是神，或是神在人间的代理人。

"刚才，想以自主决算经营生活的那番话，原因也在这里啊。"

米拉波把话绕回去，补充道，若教会预算被公然编制，接受国家薪俸，那就太没有神秘感了。自己如何生活等，教士是不想让信徒看到的。

"但有可能，甚至都希望不吃也不拉。"

"可是，米拉波，这不过是自欺欺人而已啊？"

"自欺欺人，这就是宗教吧。"

"可如此一来……"

"只要升华为深不可测的神秘就可以了。虽说不过是履行手续，但只要能经由这一手续，明确带上不同此前的神圣，这就可以了。"

而经神圣拔高的教士，就是信徒们最欢迎的人啦，欧坦主教大人。

听完布瓦热兰这番结语，但凡可以，塔列朗真想当场予以唾弃。

——哼。就你们这帮家伙，也不可能真相信什么神！

从根本上来说，人，也不会因教会赋予的什么神圣性就能拔高。何止是拔不高，我还会送上无法容忍的侮辱。正因如此我才说，现在就乖乖接受惩罚吧！我已下令，就让你们成为我君临法国的不二祭品。心里发狠到如此地步，塔列朗才终于透过一口气来。

——要成为我的祭品吗？

已经看到了突破口。可这又有何意义？塔列朗仍是无法释怀。但对他来说，也无所谓了。总之，只要给他们表面上的神圣性就可以了，是吧？只要在神秘性上设法就可以了，是吧？新设个什么法国教会会议，万事由它来给予祝福，只要整出这么个形式，就没人再反对教会改革了，是吗？

"好吧！布瓦热兰主教大人，设立法国教会会议一事，鄙人会提请委员会讨论。要说作为交换，总有点……"

塔列朗压低了声音。为使《教士公民组织法》形成决议，主教大人也会予以协助吧。再看布瓦热兰，又一次用手指划了个十字，低声嘀咕起不明其意的拉丁语来了：

"In Manus Tuas Domine Konmendo（主啊！由您裁决！）"

这可能就是教士的神秘性了。

24

蒙特莫兰报告

　　五月十四日，外交大臣蒙特莫兰寄信，向国民制宪议会议长杜尔报告了这一事件。

　　在美洲新大陆加利福尼亚海岸，有一个努特卡湾。这是西班牙王国的海外领土。前不久，四艘英国船只因意图夺取这一要冲，被该地总督武力扣押。看到这番说明，任何人都不难想象，这已是一触即发的危险事态。

　　——可即便如此，那也不过是远方他国之事，与我法国何干？

　　罗伯斯庇尔眨眨眼。蒙特莫兰到底在说什么呀？一开始，议会的全体成员都只是感到疑惑。话虽如此，可当注意力被引向王室血统，慢慢也就看出了名堂。

　　自一七六一年家族盟约缔结以来，西班牙就一直是法国的友好国家。而其王室也是波旁王朝，即法国王室的支流。努特卡事件可以说是分家之后亲人所面临的危机，身为本家长子，路易十六无法只是袖手旁观。

　　王室政府下令，停泊于大西洋及地中海沿岸各港之战舰，共计十四艘，就地待命，随时出港。这次战事动员，目的在于牵制英国舰队活动，避免新大陆纷争滑向真正的战争，同时做到防患于未然，以免战火波及法国海外殖民地。

　　"关于政府此一举措，无论如何，望国民制宪议会予以批准。这就是外交大臣蒙特莫兰阁下的书信主旨。"

杜尔议长把这事带到了议会。

罗伯斯庇尔也认同的是，此事尚非令人恐惧的严重事态。至少在目前，不过是远离巴黎的几处军港不再那么宁静而已。像布列塔尼的布雷斯特、普瓦图的拉罗歇尔、普罗旺斯的土伦，等等。而王室政府那边，也只是不想事后被责怪，为防万一，客气一下而已。

次日，即五月十五日起，议会对此事进行了审议。但议会这边，一开始也并未出现特别的混乱。

最先发言的，是凯尔西辖区贵族代表议员比隆男爵。其提案是放手支持王室政府决定，应派议长到国王御前，迅速应对，以确保殖民地安全与贸易航路畅通。此外，还要向王室铺就议和周旋之路示以谢意。同时向国王进言，有关海军所需必要物资，也应具体提上议会的议事日程。

这当然是右派应有的态度，但占据议会多数席位的资产阶级议员们，也并未提出值得一提的异议。

"可是，要把事情想得这么简单，可就让人为难了。"

雅各宾俱乐部对此，另有一番结论。十四日夜的讨论，指出了如下问题点，相较于事件的是非，更应展开讨论的，是行为的是非。一针见血，令讨论立时深化的，是在议会中也以"爱国派"著称的左派中心人物，亚历山大·德·拉梅特。

拉梅特指出，问题点有两个。一个是关于目前状态的问题，站在国民制宪议会的立场，不应满足于王室政府的事后报告，而应让王室政府随时呈报准确信息，如出兵原因、目前状态及正当性等，以便议会事前判断其可否。

"与此相关的另一个问题，就是更为根本的理据原则问题。像这次，因听闻大海对面有交战迹象，就立即着手准备舰队，国王这种擅自行动的行为，今后还能允许吗？”

可能是当场没能反应过来，对这一问，议会一开始也只是报以沉默。但不出所料，几秒钟过去，整个议事厅内便爆出了一片宛如怒吼般的喝倒彩之声。唯有这一动议所烘托出的“险恶”气氛，右派们还是能丝毫不差地觉察到的。就冲这大不敬的措词，作为右派来说，就已然是无法容忍了。

“你究竟在说什么！”

“战争，不正是国王的职责所在吗！为了法国，绝不容许他国放肆，超越限度就果敢打击，这才是法国的一国之君！不是吗！”

当然，这边的拉梅特也不退让。不如说，正因如此，我才发此动议。

“此前，宣战权及停战议和权，一直被视为国王大权之一。或许，包括缔结条约、谍报活动在内的外交大权，都曾是最重要的王权之一。是啊。这一权力，也正是法国国王为法国主权者、为一国之代表的象征。”

“既然如此，拉梅特，你还有什么想说的？”

“我想说的是，今天的法国是主权在民。毫无疑问，宣战议和，也已是国民的权力！”

若让罗伯斯庇尔来说，那右派就只是冥顽不灵而已。拉梅特都明白讲到这个份儿上了，还是想大喝倒彩，骂倒人家吗？

“哎呀，还是少找茬为好。把琐碎的小分歧翻出来，上纲上线，这样的讨论可不会有结果哦？”

“不是琐碎的小分歧，而是要不要重回旧制度的重大问题。”

“你是说，今后要由议会来发动战争？要由议员来调动军队？哼！无聊！愚蠢！就算在新生的法国，行使国家权力的还不是国王？这事，就连议会不也确认过了吗？"

"所以，发动战争的是国王。可是，要不要发动战争，作出决定的，却应是法国国民，应是代表国民的议会。国王在动用武力之前……"

"外交与防卫，需要的是当机立断。拖得起吗？"

"也就是说，议会要连宣战、议和权都交给国王了？国王的利害与人民的利害，眼看都要背道而驰了，即便如此，还是要把这权力交给国王？不如，这方面的讨论先不求结果，就这样放一放怎么样……"

"可能会很难办。恐怕，也没时间进行这种旁门左道的讨论吧。在大西洋彼岸，现在，就在这个瞬间……"

"不，不是旁门左道。不如说，这反而才是正道。原因在于，目前，议会的宪法制定工作正在推进之中。从本源上讲，宣战议和权到底归谁所有，具体到在这一权力的行使中，谁才是行为主体，或者说，能够委于何人，这可以说，明显是宪法制定中的命题。"

最先要做的，是必须将这一讨论推进到底，蒙特莫兰报告本身不是一个问题，而只是一个契机。这就是拉梅特的动议。

——这是无可辩驳的。

因为，这一言论是正确的。因为，这一做法是正确的。同为左派的罗伯斯庇尔怀着一种快感，看着聒噪一时的倒彩与责难渐行退去。只是，他同时也留意到，乱哄哄的嘈杂声却又不想轻易消逝。

似心有不服的表情，不只出现在顽固的右侧。大半议席的表情都是阴云密布，奉行中庸之道的稳健派们终究是无法掩饰立场的摇摆。

——是不想引发不必要的争执吧。

要么，就是资本家们压根儿就不关心这个。战争之类，无所谓。要是国王的眼睛盯着外面，像宣战议和这种权力，就交给他也没什么。现在，在国内构建富人的天下，这才是最要紧的。这真心话得藏在心里，可又想把握议事的进程，如此一来，应该选择的词就既非赞成，也非反对了。从不得罪任何一个这层意思来讲，甚至可以用稳妥来形容了，但除了这个稳妥，他们也就什么都没有了。

　　"这个……姑且先容我提议，延期审议。既说这是宪法制定中的命题，那就不会轻易得出结论。我也不认为，轻易拿出个结论就可以。"

　　内穆尔辖区议员杜邦一抛出这话，眨眼之间，延期审议的声音就在右派及中间派议员中占去了大半。阿朗松辖区议员古比·德·普勒弗朗等人甚至高喊，因各位议员要学习，要统一意见，至少也得三周时间吧。

　　——这是想，三周过去，这议题就含糊不清了是吧。

　　如此蒙混，你们认为，左派会答应？罗伯斯庇尔咬牙切齿，愤愤地想。他决心已定，就算其他人都沉默，自己也绝不容忍！为什么要延期审议？何止是不能延期，还应争分夺秒，尽快形成决议！

　　——若把宣战议和权交给国王，国王就能基于自己的意志调动军队！

　　这炮口，就总是会对向国外？未必！有可能会再一次武力镇压国民。这一专制隐患，必须立即掐死在摇篮之中。在延期审议眼看就要被采纳的议会大厅，罗伯斯庇尔挺身而起了。请求发言！请求发言！宣战议和权到底归谁所有，国民议会必须明确确定下来！

　　"现在！马上！"

25

审议延期

议员们的神色，一个个与其说是生气，不如说是不痛快，似乎颇感麻烦。而那嘟嘟哝哝的声音，较之起哄，就更接近于发泄不满和牢骚了。

"这什么呀？都好不容易达成一致了。"

"为什么是现在？还马上？怎么就非急不可？"

"能给个让人接受的理由吧。"

罗伯斯庇尔很紧张。之所以急迫到非现在不可，实际上，是出于一种忧惧。如果就这样战事一开，国王的威信就可能再度提高……啊！若法国舰队出征，将英国舰队一举击溃，到那时，路易十六可就是英雄了。

——大众的支持，绝不能被他夺走!

罗伯斯庇尔更加确信，大众的支持才是左右政局的要害所在。真正伟大的，是民众的力量。必须让民众站到议会一边，要将民众的力量化为动力，推动革命前行。

——相反，若让他们站到国王一边，那就有重返旧制度的可能。

话虽如此，可这内心深处的真正想法，又不可能说出来。获准发言后，罗伯斯庇尔迈步走向演讲台。刚一迈步，他就对自己说，先冷静下来，要沉着。虽说置身于如此不安的议事大厅，众目睽睽之下，又是自己一个人挺身而起，可总是生硬、乏味的全力一掷，那也是行不通的。啊!

这一次，只是铿锵有力、振臂高呼，将想法和盘托出，是不行的。

对！是的！不用说，之所以就是现在，意思是说，要赶在可笑的战争爆发之前。为什么？蒙特莫兰报告中存在着一个矛盾！不是吗？

"是啊。在大西洋的彼岸，似乎有两个国家起了争执。法国则将其中的西班牙视为友方，说因为西班牙是自家人。哎？不对啊？我出生在法国北部的阿拉斯，西班牙？远着呢。哎？在那个国家，有我的亲戚？"

故作糊涂的话一出口，有几个议员忍不住笑喷了出来。演讲中的玩笑奏效了！罗伯斯庇尔自己都不禁兴奋起来，不错！好！

不。这可不是乱开玩笑啊！要问我想说什么，这就是，同样是面对努特卡事件，国王陛下及其内阁所得出的结论，与我们国民所得出的，极为不同。

"是啊。波旁家的亲人，路易十六陛下不能放手不管吧。可是，对大多数法国人来说，终究是与己无关。既如此，相比于参与原因不详的战争，我们更希望的，是维护和平。即便是我们这些议员，为战争而增收新税啦，命令部队全副武装赶赴疆场啦，比起这些，我们还有更为强烈的愿望，不是吗？"

说到这儿，罗伯斯庇尔顿了顿。当眼睛不自觉离开一直环视的议席，就在这一刹那，他无意间意识到的，是米拉波演讲中那驾轻就熟的绝妙技巧。啊！虽说走上了不同的道路，但那位雄辩家的身上，还是多有可学之处。虽不能认可其想法，但其技巧，也是不学不行。

罗伯斯庇尔再次开口时，至少像加入手势这种，也就是理所当然的了。

对！是的！比如，我们想如是宣告：

"战争，非为我们所愿！法国国民对所赢得的自由非常满意，要加入新的争端？这类事想都没有想过！基于卢梭道法自然的兄弟友爱，与各国国民和睦相处，这，才是我们的愿望！"

要告知至今桎梏于不幸中的各国国民。而对方，也并不想与我们一战。为什么？这里，是自由与世界幸福的发祥之地！也正因如此，守护法国的国民，才是全体国民的利益所在，也是我们的希望所在！

越讲，罗伯斯庇尔就越需要强忍住窒息般的痛苦。难以自持的感动直往上涌。理想世界即将实现的预感兜头袭来。啊，我们不需要战争！人不应该你争我夺！至少，动用武力的斗争应遭蔑视！

"请允许我紧急提议，应立即将罗伯斯庇尔先生之动议发往海外各国！"

突如其来的嘲讽，令整个议事大厅哄然炸锅。是右派。这位议员站起来，像演员接受喝彩般挥了挥手。要没弄错，应是贵族代表凯吕斯公爵。

别乱开玩笑！认认真真听人家讲！像你这样，视为反革命嫌疑都有可能！左派伙伴以牙还牙，以对右派的奚落支持了罗伯斯庇尔，演讲也得以继续下去。可罗伯斯庇尔已经是冷静不下来了。血忽地涌上头顶，只能用那天生的尖锐嗓音高声道，你们、你们、你们单方面认定，谋求国家国民之幸福是内阁的事情，可能就你们那陈腐不堪的脑筋，已是无力再作他想，但事关战争，也唯有这战争，绝对不能委于内阁！

"原因在于，战争，一直是保护专制君主的工具！"

罗伯斯庇尔这番豪言壮语有些牵强。再看下面的右派，该说是不出所料吧，又是张开嘴哈哈大笑，笑声越来越大。什么呀？你说的那个单方认定？就算是谬论，就算是极端言论，那也有个限度。

"你那脑筋，确实不陈腐，但是不是又新颖过头了？"

笑声越来越大，罗伯斯庇尔面红耳赤。越想到被人耻笑，视野就越小，甚至感觉头昏眼花，身体都打晃了。

但这是不行的。绝不能就此罢休。

是的。实际上也确是如此！倘若议会欢迎并接纳朝廷主张，或退一步说，优柔寡断将之放到一边，这就是把可怕的权力留于阁僚之手！而我们，则不得不就此生活于心惊胆战之中。这就不只是有违国民之愿了，甚至无法否认，他们串通国外朝廷，策划反革命阴谋的可能。

"是的，这太有可能啦。欲效仿法国之伟大先例的他国国民不在少数。其他国家的专制君主们，无不想坚决镇压而后快。但有可能，甚至想连法国国民都一举征服，法国国民是'毒害'的根源嘛。"

罗伯斯庇尔这番话一出口，议事会场不再报以冷嘲热讽的奚落了。坐在中间的资本家议员们陡然面色僵硬，就连一直示以嘲笑的保守派们也是个个面如土灰，陷入了沉默。是啊。即便这话是理论上的，那也不是夸大其词的假设，何止不是假设，这就是完全有可能发生的现实忧虑。

罗伯斯庇尔的自信多少回来了一些。好！好！让议会想起这一忧虑，是一大斩获啊。啊！既如此，接下来以米拉波式讽刺往下讲，就正当其时！

哎……本来，像我这样的，并不通晓这些事情。

"说到海外各国的情形，这议会之中在座的，不是有比我更精通的人士吗？"

终于，右派的身子矮了下去。虽说他们是对革命表示理解的开明派，但毕竟多为贵族出身。而现在，大部分法国贵族都已逃亡海外。

"他们就在海外，伺机卷土重来。"

特别是有保守派急先锋之称的国王的御弟——阿图瓦伯爵，令人不安的传言可谓不绝于耳。据说，逃往意大利北部的都灵后，他已得到义父撒丁王的协助，并秘密与潜伏于法国各地的手下联系，正在计划武装起事。而一旦付诸行动，对教会改革的不满毫不掩饰的教士也有可能全力协助，里应外合……

再说这留在法国的国王，各类猜测也并非没有。比如其轻率宣战是有意的，是想把海外各国的军队引入法国，比如要与率领海外大军的阿图瓦伯爵合兵一处，一举根绝革命势力……

"正因如此，我想问，这法国，就算被海外各国肆意践踏，那也无所谓吗？"

罗伯斯庇尔就这样结束了演讲，左派席中也响起了掌声。不对，这掌声正一点一点地蔓延开来……一看，这不是占据中间席位的资本家们吗？就连他们，也哗哗地鼓起掌来了？明白了。在他们看来，就冲着外国军队攻入法国这点，那是能免则免。不然，煞费苦心构建起来的富人的天下，可就连本带利全扔海里喂鱼了。

罗伯斯庇尔呼地长出了一口气。我的演讲也不简单嘛。啊！有志者事竟成。心中的理想，也全看如何向人们表述。接下来，就只等决议了。可正在他急着要再推一把时——

"议长！"

这一声，不是罗伯斯庇尔喊的。啊！光听这声音，厚度就全然不同。一惊之下打眼一看，忽地起身离席的，是一头恍如狮鬃、毛色全白的卷毛假发。

——是米拉波伯爵……

议事厅内的气氛为之一变。要出事啦。这是要一锤定音啦。无论是正面发起论战，还是侧面突喝倒彩，偌大的议事厅内，没有一个人能够阻止米拉波。

"因为这出场的，是那头真正的狮子啊！"

罗伯斯庇尔不禁叹息一声，不由得再一次面红耳赤。不，不是说我就是冒牌儿的。我也有我那份认真。甚至，反而比米拉波更认真。可尽管如此……

米拉波离演讲台越来越近了。他的发言并未得到许可，可意识到以后着起慌来的，却不是擅自登台的米拉波，而是议长杜尔——准许发言，准许发言。

到底是重量级不同。不自觉就感觉让开是理所当然的。台上的罗伯斯庇尔，也是心怀惧意地往后退了退，让出了地方。让完之后，他又愤然自问，为什么？为什么非让不可！可也没有勇气，与那耸立于面前的庞大身躯扭成一团。可若照此下去……

"急于表决？没这回事！"

米拉波开口第一句就开门见山了。既然说宪法制定工作正在进行之中，那么，如此重要的命题，延期审议就是浪费时间，的确非我们所愿。可是，正如此前所说，宪法制定工作毕竟尚未完成。至少，国王暂时还有权下令备舰待命，以防不测。采取防范措施期间，还没到叫嚣战争的程度。虽说国王擅自行动了，但已就动员舰队一事报告议会，不失礼度地征求赞同与协助。对此，我们也完全可以拒绝。要真是策划阴谋，根本就不会向议会报告吧。

"我更担心的，反而是国民的民心动摇。就算讨论的是宣战议和权限，但这一次的舰队动员，如若夸大其词，大做文章，难保国民不为之惊慌。英国、西班牙，再加上法国，总感觉这三个国家的关系，像是无法体面收场啦，弄不好，有可能搞成一场大战啦……大家不可能不如此担心吧。"

倘如此，就可能引发国内的混乱。煞费苦心的改革，就可能因此而延缓。从避免此一事态发生的意义上来说，关于拉梅特的提案延期审议，是不是应该予以认可？

一听如此结语，历来认为多一事不如少一事的资本家议员们，这回的鼓掌喝彩可是毫不犹豫。都不用投票了，议长杜尔直接通过了如下宣言：

"国民制宪议会即日派遣议长至陛下御前，因国王陛下维护和平之措施而向其致谢。并向陛下报告，自五月十六日后的审议，围绕宣战议和权限之宪政问题，进行了讨论。"

26

暗礁

围绕宣战议和权的归属问题，审议在继续进行。

因争论缘起于蒙特莫兰报告这一偶发事件，正心想有可能无疾而终呢，可万没想到，五月十六日、十七日，国民制宪议会接连为之拿出了两天时间。

甚至于将老早之前的议事都推后，而将其送入了一举解决的轨道。之所以会如此，可能是这一问题攸关国王的利害。

——是说……国王，就不足为惧？

国王，就还是好对付的？可能是这么回事吧。米拉波思忖着，不无嘲讽地笑了。哼。照此说来，右派们也好，左派们也罢，还挺"勇猛"的嘛。

这要是攸关中间派资本家的利害，那可就手足无措喽。至少，在少数服从多数的议会，那是无计可施的。左右两派都一样，要显示自己的存在感，那就只能靠关系到国王利害的议题了。如此而已。

五月十八日的审议也是一样。最先登台的，是昂热辖区的贵族代表议员普拉斯朗公爵，继之是巴勒迪克辖区的贵族代表议员沙特莱·罗蒙公爵。这两位，都是右派议员。

连续两人力陈拥护国王大权，接下来，就像事不宜迟，要予以果断回击一样旋即登台的，是现已为雅各宾俱乐部左派代表论辩家之一，因强烈希望发言而再次登台的马克西米连·德·罗伯斯庇尔。

他的演讲还在继续。呃……在我之前，已有两位登台。而两位议员的演讲，也都非常精彩。但有一点，他们无意中透露了一个错误认识，而这个错误认识，我们又无法忽视。我上来，就是要纠正一下。

"两位议员都高调主张，包括宣战权在内，国民应将所有国家权力悉数委于国王。因为国王是国民的代表。'国民的代表'这个词，这样用是不对的。到底怎么样才能让你们理解呢？国王的确是最高执行权的拥有者，但却并非国民的代表，而只是履行国民意志的吏员，即便他是吏员之首，也终究只是隶属于执行机关的一名吏员。"

"说话要慎重啊，罗伯斯庇尔议员！"

"说国王陛下是什么吏员？不敬也要有个限度！"

起哄的是右派，但中间派的资本家议员那里也有些嘈杂。可能，这措词还是过激了。也可能，即便只是用词，现在的议会还是排斥极端的。

"哪里不敬了？不敬的，是你们这群家伙！革命是什么意思，你们懂吗？"

"地位至高无上的是国民！当家做主的不是别人，而是我们！"

左派的此番反击一出，旁听席也跟着闹腾起来了。连局外的旁听者都意气相通了，可即便能将议事厅置于一时的控制之下，占据议会多数的资本家议员呢？他们的心，可也在同一个瞬间溜之大吉了。

——如此一来，又该如何是好呢？罗伯斯庇尔？

米拉波架着两只胳膊，坐在议席上暂且旁观。

罗伯斯庇尔继续说道，不，我并不认为这有失敬意。虽为吏员，但在雇员之中，国王又至高无上。也可以说，这是履行全体国民意志的最高职位。虽不是国民的代表，但却是法国国民的代理人。

"让我说，那就是希望陛下不是王室之陛下，而是国民之陛下。这就是我发言的主旨。"

嚯？米拉波心里一动。嚯！这罗伯斯庇尔也很努力嘛。以前，不是硬邦邦的概念，就是一边倒的过激言论，只会罗列些这个啊。这怎么，这调动语言也相当有两下子啦。

——但是……这是不行的。

米拉波同时又自语道。啊。不行的。这样议会不会为之所动。中间派的资本家议员们，只是不再皱眉头了，但也不能因此就说，他们会积极支持你罗伯斯庇尔。

米拉波甚至感觉，倘如此，那就不如干脆吊起嗓门，尖锐、高亢，语锋犀利、不留情面地直接逼问。这更像罗伯斯庇尔，也更好。过激的言辞也没有犹疑，还能以一种危惧感令听众战栗，这不反而更有效果吗？

可煞费苦心的调词遣句呢？那出来的话就只是表面的，其中的巴结讨好太明显了。

——要从根本上来说，就是这到底还是脱离实际啊。

罗伯斯庇尔的演讲仍在继续。王室本身就具有一种无法否认的倾向，即为强化其大权而两眼通红，导致它无时不在寻找机会，策划宣战、发动战争。相反，国民的代表，却无时不想避开战争。

"为什么呢？因为即便将外国领土据为己有，也不会有任何好处。正因如此，宣战议和之权限……"

米拉波不再听了。为什么这样子下结论？这个罗伯斯庇尔，是在信念过激的雅各宾俱乐部讨论过度，还是被那些左派伙伴捧得产生了错觉？要美化自己的理想，那也有个度啊。跟我一起活动的时候，洞察力蛮好的，可现在……

不。或许，谁都一样。所谓终极性信念，既是直觉，又是灵感，但归根到底，就是一种深信不疑的执念。米拉波毫不犹豫地承认，这一点，自己也是一样的。但同时，他又引以自诫——但要随便把这执念说出来，可就完了。

米拉波继续保持沉默。并不是对宣战议和的权限问题不感兴趣。实际上正相反，他甚至认为，这是今年以来的最大议题。

从根本上来说，必须最大限度地守护国王的权力与职能。尤其是宣战议和权，也唯有宣战议和权，那是绝不能让的。这动用武力的权力若交与人民随意使用，反而是极度危险的。

——这就像女人对孩子的体罚。

不是她们喜欢暴力，她们自己甚至憎恶暴力。可是，一旦因某事拿起了鞭子，且只要抽下去，令人毫无办法的孩子就会老实，那这以后，女人的体罚就再无尽头了……因缺少殴打与被殴打的切身体验，就会在对其痛楚的浑然不觉中，越来越依靠暴力。

——男人不一样。

米拉波想。至少，强大的男人不一样。暴力，是不容否认的有效手段，也想一直抓在手里。但又无时不铭记，不到万不得已的最后关头，绝不使用。

而事实上，直到最后，路易十六也没动用武力。啊！这是去年夏天的事了。虽早早调集了部队，但也只是威吓一下民众而已。下令开枪这一步，他是无论如何都迈不出去。迟疑到了什么地步呢？当民众起义，终于被迫下定决心时，却为时已晚……啊！而最好的证据，就是巴士底狱的陷落了。

在动用武力方面，国王远比民众稳健。

米拉波对此虽确信无疑，但却一直保持着沉默。即便正面迎击，振臂高呼，那也不可能行得通。现在，唯我独尊的资本家们，已经不会诚实地认同这一说法了。

只要议会多数派不动，什么样的正义都实现不了。看来，围绕宣战议和权的审议，已完全是一副触礁搁浅的样子了。因为，左派的主张行不通。因为，右派的主张不值一提。

不能交给国王。后来，迎来了玛丽·安托瓦内特王后，因而与奥地利结为了同盟国，最终参战。但对法国来说，这七年战争，还不是有万失而无一得？不。对国民来说，这责任太过重大。在瑞典、波兰，议员被他国收买，像这样的恶劣事态，才是议会的所谓判断无益于国家。

就这样东想西想着，米拉波会听一耳朵的，也只是左右两派对对方的攻击。

说到自己的意见，那就是双方都没什么内容。一方，大谈灿烂的未来，一方，宣扬庄重的过去。无论哪一方，始终都离不开对空画饼，毫无现实之感。

但反过来说，那就是只要能用具体现实以示提醒，右派立即就会妥协，中间派无疑也会放下心来，而剩下的左派，只需笼络一下就可以了。

——既如此，那就笼络一下？

米拉波从议席上站了起来。庞大的身躯突然立起，整个议事厅霎时为之屏息。但当不加理会，径直向出口走去时，议事厅的注意力，似乎又回到了演讲台。

稍扭脸一瞧，映入眼角的，还是讲台上那个不无警惕的小个子。啊！不管怎么样都想劝劝罗伯斯庇尔啊。偶尔揽女人在怀，卿卿我我入一回温柔乡怎么样？不是厕身于陈旧的修道院，不是被一群男人围在中间……

　　——呵呵，换作我，偶尔入一次温柔乡也不是坏事……

27

协商

啊！被一群男人围着，也不坏。米拉波就这样嘟嘟哝哝，向雅各宾俱乐部集会的会场走去。

俱乐部的集会大厅，是由陈旧的修道院图书馆改建的，直到现在，都散发着一股霉味儿。

米拉波只来过几次，数都数得过米。这还是缘于凡尔赛那会儿的布列塔尼人俱乐部。米拉波也是雅各宾俱乐部的会员，但只是个名头。既没参加过直抒己见的激烈争论，也没共同谋划过议会的动议。

这时候的俱乐部还杳无人迹，仝荡荡的。日落之前，就是这样儿吧。这一点，米拉波还是能想到的。大部分议员，还都在杜伊勒里宫的议会大厅呢。但当当天审议结束，随着议员会员带着在面前晃的记者们离开议会来到俱乐部，普通会员也就陆陆续续来报到了。

而陈旧的修道院，也突然间热闹非常，简直就跟诈尸一样。一俟中毒一般意气昂扬起来，不分对象的讨论也就开始了，且一个不落，全都会裹卷其中。

"各位……这一天天的，都很开心嘛。"

"说什么呢，米拉波伯爵。"

接话的，是阿德里亚·迪波尔。

白色的假发，令形如弓弧的双眉更显浓黑，给人以活力充沛之感。是啊，这位巴黎辖区的贵族代表，还是一位年仅三十一岁的年轻议员啊。穿袍贵族的名门之后，革命前出任巴黎高等法院评定官之职。

从那时起，他就拥有革新思想，痛斥过王室的独断专行，组织过开明派团体"三十人委员会"。

而米拉波与塔列朗，也正是这三十人委员会的成员。从这层意思来说，迪波尔也可谓故交了。但跟他的关系，又跟塔列朗不一样，并不存在某种亲密感，不能列为狐朋狗友了事。他给人的感觉是居高临下，但这种居高临下，与那位塔列朗大贵族可是不同意义上的。至少，对方无意主动加深关系。

米拉波答道，不，过去的三十人委员会也很开心啊。

"您是想说，不像那时候，没有美人相伴，就连这雅各宾俱乐部，到底也只像个沙龙吗？"

"让您这样子取笑，我可就为难喽。"

这里没有那种脂粉气。雅各宾俱乐部目的意识明确，相应的，这个组织也就更认真啊。这回应声搭话的，是亚历山大·德·拉梅特。

那端正的五官，让人说不出有什么特点，也自然地透露出了他那古老的血统。他是佩罗讷辖区的贵族代表议员，但却是佩剑贵族的名门之后，一门之中，光元帅就有四位之多。

革命前，他就常来巴黎，也是三十人委员会成员之一。年方三十，也是一位年轻气盛的议员。其兄夏尔·德·拉梅特则是阿拉斯辖区议员，三十三岁，也很年轻。

无论是迪波尔，还是拉梅特兄弟，都会让米拉波不由生出些距离感。在四十一岁的他看来，或许是年龄悬殊之故。

"到这儿集会的，至少都胸怀理想啊。"

拉梅特接着说。

所以嘛。我说大家很开心嘛。

米拉波爽朗地打着圆场，拉椅子坐下。正对面落座的，是圆鼻子安托万·巴纳夫。米拉波没说话，只冲他点了下头。

巴纳夫来自格勒诺布尔辖区，第三等级代表，因在作为全国三级会议雏形的多菲内三级会议中大显身手，便敲锣打鼓地进入了凡尔赛。跟其他年轻议员一样，虽年仅二十九岁，但却就势成为了国民议会中出类拔萃的人物。

一照面，还是会有一种紧迫感油然而生。这三人有个说法，叫"迪波尔的脑子，拉梅特的腿，巴纳夫的嘴"——不说便已无人不知的三头派，左翼爱国派的年轻领袖。

而米拉波呢？也是议会中首屈一指的雄辩家，一直左右着议事的进程。且只要与这些人会谈，那会谈的结果——即便多少有些不同——也势必会影响到议会。

但要说彼此间的心情，那也并不紧张。这样的会谈，从推举罗伯斯庇尔为雅各宾俱乐部代表时就有了。换句话说，从将共同政敌拉斐德侯爵关到俱乐部门外时就有了。

"这个……我想呢，这一次，还是由我们来谈，是不是能更快地拿出结论。"

米拉波挑起了话头。迪波尔闻言问道，伯爵，您说的这一次的结论是……

"关于宣战议和的权限，议会争论很激烈，对吧。可照此下去，不会有什么进展的。左右两派的主张，就像两条平行线，毫无交点，来回拉锯，而一边的平原派呢，又打起了瞌睡。"

三头派这三位，闻言是个个儿苦笑。打瞌睡这话，很难说说得不对啊。可要让身为多数派的那帮稳健派睡着了，这议会可就动不了了。这道理都懂，无视不得。

"所以啊。"

米拉波继续说道，让我们来把那帮家伙叫醒，痛快了事，不好吗？说起来，磨磨蹭蹭之中，这革命转眼可就一周年了。

很久之前，七月十四日，攻陷巴士底狱那天，就被视为革命纪念日了。可一加留意，这个日子马上就要来了。今年，一七九〇年的七月十四日，就是革命一周年啦。

此一伟业，理应名垂青史。为示庆祝，革命一周年庆典的计划也出来了，并设立了执行委员会。而同时，其他的委员会，也把它看成了工作计划中的一个结点。

行政改革如此，教会改革如此，各委员会都想赶在革命一周年到来之前，让法案得以通过。而持反对立场的议员们呢，不管是右派还是左派，又想赶在一周年之前，成功阻止法案通过，之后再乘胜追击，令其化为废案。

"要做的工作本来就堆成山了。像宣战议和权这类议题，就痛快了事吧。"

嘴里说得轻松，但米拉波心里当然不认为宣战议和权是琐碎小事。何止不是小事，要说实话，那最重要的课题就非它莫属。但也正因如此，如若出言不慎，那也就全完了。本能协商成的，也协商不成了。

"了事……可怎么了呢？"

"关键就在这儿啊，迪波尔。我的计划是，由我们来斟酌推敲，拿出法案的底稿，怎么样？底稿有了，再事前周旋一下，就说这是我们四个人的共识，让议员诸君形成最后决议。"

"您的意思我明白了。我们也不希望为讨论而讨论，而是希望宪法制定工作能切实推进，也想把中间派争取过来，务必让法案通过。"

"可问题是，要制定什么样的法案？具体来说，就是要拿出什么样的结论？"

拉梅特插话道，可能因担纲动议的是自己，不想只为让法案通过，就弄个敷衍了事、浑水摸鱼的结论出来。丑话可讲在前头，米拉波伯爵，要是不管三七二十一，先把议员们争取过来再说，结果法案的焦点却分散了，或是模棱两可，那就请恕我无法接受了。

"您可能会想，这怎么会？可万一这结论是宣战议和权为国王大权之一部，或即便并非如此，也是将权限委让于国王本就理所当然之类，那作为我来说，可是不会妥协的哦。"

这回连巴纳夫都接上话了。既有"巴纳夫的嘴"之称，那在三头派中，就是一号辩手。因又是法律界人士，难解的专业术语也是驾轻就熟，脱口而出，外加一个能看到几步之远的好脑子……

——果然是令人讨厌的家伙！

米拉波之所以在心里甩出这话，是因为一上来就把巴纳夫的"深谋远虑"看得一清二楚了。"作为我来说"，看起来像只是在说自己，但实际上，这是上来就给米拉波打预防针了。告诉你米拉波，要不能如此这般，我可没心思去游说那些伙伴，而我要不动，那左派就不会答应。

换句话说，就是表面爽快，实际上，是上来就咣唧一拳砸鼻梁上了。这跟拉梅特不一样，没有任性少爷的可爱，而是一打照面，便拉开了对决的架势。

米拉波不由惊呆了，也多少有些失望。至少，被如此取笑还是挺头疼的。之所以谈这件事，可不是为把议会里那两条平行线挪到这里来再画一遍。

"宣战议和权归国民所有。其权限也归国民代表——议会所有，而非本来就该委让于国王。我也认为，这些话必须讲明确。"

米拉波答道。一听这话，三头派的神色缓和了下来。这样一来，就能接受了，也能说服那些伙伴。这一意见，不只是将左派主张尽收其中，还是来自议会首屈一指的雄辩家的支持，那这法案获得通过，也就有希望了……米拉波心想，可能这三位，正这样子心醉神迷吧。可作为我米拉波来说，却不过是不得不正话反说。

"可是，若仅只如此，右派是不会接受的。"

"右派？压根儿就不可能说服吧。"

"目前这情势，平原派会支持到什么程度，也看不太清楚。"

"这……"

"即便是强行表决，可就现状来说，左派也会落败，而且是无谓的落败啊。只会造成一种国王政府获胜的印象。说不定，也有可能获胜，也有可能争取到多数的支持。可到那时，右派一定会千方百计卷土重来。倘若只是这样子让审议拖延下来，那我们坐这里谈这些，也就没意义了。"

"那该怎么办呢？"

"关键就在这里啊，迪波尔。我个人认为，只要准备一个补充性法文，或许，就有可能把保守派争取过来。"

"如此说，又是什么样的法文呢？"

"比如像这样。宣战议和权归国民所有。战争发动与否，只能依国民制宪议会之宣言决定。但同时，其审议则要基于国王之提案，或要求宣战议和之决定也要经由国王批准，方能生效。"

虽然说，米拉波的醉翁之意是在维护国王的大权，但所谓全面胜利，他压根儿就没想过。没打算像小孩子一样，不如此这般，那就绝不答应。他想要的，是半胜。

大原则是，作为让步的条件，实际操作的大权仍归国王，即换汤不换药。就议会战略而言，就是让所有人放心，左派得名、右派得实，而中间的稳健派则全体通过，如此，即可令法案一举通过。

可是，有些家伙想要的却不是半胜。或者应该说，既然不是孩子，那视此为不纯洁，也正是以纯粹理性见称的左派吧。

"这样一来，今后，那还是以国王的意志来发动战争啊？"

拉梅特探身道。米拉波的回答很冷静：

"不。国王拥有的，不过是所谓提议权。议会若不喜欢，否决就是了。"

"话虽如此，可这……怎么说呢？如此一来，那就只是在重复王室与高等法院此前的关系。也不是没有这样的感觉啊。"

原高等法院官僚迪波尔接话道。也就是说，行为主体是国王。法院呢？相对而言，就只能是被动抵抗了，比如拒绝国王意志入法，或是向国王提议。可正因如此，我们才提出要求，召开全国三级会议的……

"虽有重返旧制度之感，可事到如今，革命是不会倒退了。要是有倒退的错觉，反而应该说，这再好不过了吧。保守派会因此而有安居之处嘛。"

迪波尔的脸上还是写满了异议。

这就是关键所在。米拉波重申。说到底，议会自己又说要开战、又说要停战，事实上也是有困难的，是吧？

"我们没有执行权啊。那我们手里就既无军队，又无谍报机关。既无法采取预防措施，防卫措施也只能是被动了再被动。至少就现状来说，可以依靠的，也只有现有的政府职能。"

"可是啊，米拉波伯爵。国王的意志再怎么可以拒绝，战争也还是国王的战争，这一点，怎么都……看来，主导权还是要握在议会手里……"

"你想打仗吗？拉梅特老弟？"

"嗯？啊，啊？不。我可不想打仗。啊，根本不可能。"

"是吧。是啊！罗伯斯庇尔说得一点不差。战争？这可不是国民所愿。议会自己开战？没这回事。能想到的战争，也只有国王政府提请的战争了。"

左派同志的主张反被用来将了自己一军，拉梅特也只好不作声了。

可我巴纳夫不一样。

这位论辩家把同伴罗伯斯庇尔扔到一边，"我的意见，跟罗伯斯庇尔先生不同。如果海外各国侵害法国国民利益，也可以毅然决然，主动一战。"

"当然，我们不会发动侵略战争。但也并不认为，能像罗伯斯庇尔先生说的，靠各国国民的善意，就可以一直守护法国的安宁。我认为，强加于我方的恶意必须予以回击，从这层意思来说，国民愿意一战，而议会也可以主动动议一战。"

"所以说啊，为什么呀，巴纳夫老弟？"

"为什么？……"

"事态要严重到这种程度，国王政府根本就不可能坐得住啊。"

"不。倘如此，国王就成救世主了。这样一来，就是重炒旧制度这碗冷饭。今后，包括战争在内，一切行动必须以国民为主体。"

"宣战议和的决定，也要经由国王的批准生效，关于这一点，就我来说，也总感觉不那么对头啊。"

迪波尔接话道。没有国王的批准就不能开战，这就相当于国民权利无以保全了。不但有损国王利益的战争发动不了，而且，一旦战争打响，只要国王不喊停，即便议会想喊停那也结束不了。要是这样……

"那若是执法权与立法权携手，是否行得通呢？"

米拉波抢先一步答道。若双方都望一战，那就开战。若双方都不想战，那就停战。要是各自竭尽全力，也不用担心会陷入独裁。这样，可不可以呢？

"执法权与立法权是可以携手的。啊！去年那样的事态是特例啊。对立激烈，最终导致攻陷巴士底狱，这样的事件也不会五次三番地发生。革命都推进到了这等地步，却依然非与国王政府敌对，这理由，到底又在哪里呢？"

"当然，我们并不想毫无来由地去搞敌对，也并不认为执法权与立法权对立就好。但问题是，这行为的主体啊……"

见迪波尔紧咬不放，米拉波这回不再作答，而是叹了口气。

没办法让你们接受啊。看来，还是只能在议会上交锋了？像故意提高声音自言自语，又像在说，差不多是时候了——米拉波的话中充满了威胁。哈，要是拒绝，那就得让他们有个精神准备。直到以我米拉波——这头革命的狮子为敌，上演一场血染毛鬃的激战。

28

冲突

"看来的确如此啊，米拉波伯爵！"

答话的是巴纳夫。口吻中那股傲然之气，吓得剩下那两位一脸惊愕。不奇怪。要在议会中一战，动嘴的就是巴纳夫。他那自负绝非动脑的迪波尔与动腿的拉梅特可比嘛。

"如此说，哈哈，明白了，巴纳夫老弟。"

"明白什么了？米拉波伯爵。"

"也就是说，盼望已久的好机会来了，是吧？想跟我米拉波上演一场论战，好抬高雄辩家的大名，是这样吧。"

"不敢。就是现在，我也被公认为屈指可数的论辩家哦。"

"既如此，那就没必要愚蠢地起冲突，特意为这大名再盖一个大图章吧。比如，议会二号雄辩家之类。"

"二号……"

"一号吗？小老弟。"

"虽不能这么说……"

"跟我这一号雄辩家论战，要是输了，这称号也就确凿了。"

会当众丢面子的哦？二号先生。米拉波说着，站了起来。要说无心再略作说服，那也不是。可他又不得不认为，撇开迪波尔、拉梅特两人不说，要跟巴纳夫谈，那就是浪费时间了。实际上，就现在，不就像追杀一般叫个不停了吗？

"丢面子的会是谁，令人期待啊，米拉波伯爵。"

"什么！"

"贵人多忘事吗？伯爵陶醉在自己的雄辩之中，丢面子了。去年十一月。"

巴纳夫说的，是谋求大臣之位的野心在议会受阻一事。米拉波嘴角一扬，留下一丝哼笑以为临别赠礼，起身离开了雅各宾俱乐部。哼。怎么会忘。啊！直到现在，都是记忆里最为鲜明的一件事啊。

米拉波来到了圣奥诺雷路上。或许是要甩掉这口角之争的不快用力过猛，米拉波脚下一晃。也可能，刹那间晃动的不是脚下，而是头顶。

米拉波甚至预感，会就此失去意识。尽管如此，但那气势逼人的庞大身躯却依然稳健，以至于看不出丝毫变化。

"啊！是米拉波伯爵！我们永远支持你！"

"教会改革吗？那可真叫痛快啊！"

"是啊，是啊。那帮秃顶的私房钱，你可得全给没收喽。一马克都不要留！"

近来，圣奥诺雷路都成政治路了。每当往来行人来打招呼，米拉波就只好拼尽全力，好把自己稳住。啊！脚啊，你可要给我站稳。不要倒在这种地方。太难看了。

"是的。会的。只要能得到大家的支持，为了法国，就算粉身碎骨，我米拉波也在所不辞。"

说完，米拉波手一挥，便大步走开了。粉身碎骨可不好看啊。实际上，这头已经疼得像要裂开一般了。好像又发烧了。可这病，自己还不是比谁都清楚吗?

——看来，只有速战速决了。

这种时候，也不能计较手段了。米拉波嘟哝着，向东面圣奥诺雷门的方向走去，但也没走多远。过了几个街区，米拉波停下来，面前就是巴黎皇家宫殿的围栏了。

开明派亲王——奥尔良贵族大臣的宫殿，已是自由主义的殿堂。可要说自由，那巴黎皇家宫殿可是整个儿出租，经营各类买卖的地方。尤其以咖啡店为多。在里面凑堆儿的文化人可不是一个两个。要再往前走，铁定了还会有人来招呼。

——这回，还是先避为上。

门卫倒是眼尖，过来打招呼了。米拉波不加理睬，继续往东走。不一会儿，他停了下来，但没往围栏后巴黎皇家宫殿的大院里走，而只是要找停在路边的马车。

要找的"红色横纹加三头金色幼狮"，很快就找到了。来到绘有这一徽章的车门近前，米拉波那修长的手指毫不客气地抓住把手，随着马车往这边一歪，那庞大的身躯便钻入了车厢。

如此随意，但这马车可不是自己的。事实上，车夫座位上那位往车厢里瞅的时候，也已是一副怒容。但一当看清，那一脸的怒气便又瞬间消融。

"啊! 这不是米拉波伯爵嘛! "

"你主子呢?"

"还在里面呢。"

"把他叫来。"

米拉波给了车夫一枚银币，车夫便一阵风似的跑出去了。从车窗里望着外面的来往行人，可能有十分钟吧，车夫便跟随一个身影向马车走来。

这身影走路的样子有些奇怪，肩膀大幅度地上下摆动。车门刚一大开，米拉波就伸出大手，挽住对方的胳膊把他拉了上来。这一拉，塔列朗上车着实轻松了不少，可还没致谢，塔列朗先就是一声冷笑。

"哼哼。看样子，这是铩羽而归啊。"

跟三头派磋商一事，事前就跟塔列朗说过了。因详细周密地和塔列朗讲过事情的缘由，这回，就连一向不顾他人感受的塔列朗，也是附耳低语，小声向米拉波送上这番嘲讽。

大声说可不行。因为身后还跟着一个人。

"上车吧？拉斐德侯爵。"

米拉波喊了一声，招手催他上车。身为军人，周身上下英姿飒爽的拉斐德跟着上了车。可当局促到膝盖碰膝盖地对面而坐，见是这位大汉相迎，又不由一脸的紧张。

"塔列朗主教大人，这究竟是……"

"米拉波伯爵是我的损友，老相识啊。"

"哦。可这跟我，到底……"

"今晚，就让我们尽情尽兴，痛痛快快地潇洒一回。"

米拉波接话道。侯爵在美国的时间很长吧。国家倒不坏，可好像是叫……新教主义？朴素、节俭，而又勤勉。好是好，可也无法否认，总让人感觉太一本正经了啊。

"想必，您也吃了不少苦吧。这个呀要说寻欢作乐，还是在巴黎啊。说这是旧制度时期的颓废，那倒也是。可我们俩，那可是深知其妙处啊。偶尔跟我们一起作乐一番，也不失为一桩乐事嘛。"

好像是仍未领会这番话的意思，拉斐德一个劲儿眨眼。

"走吧！"

尽管这位侯爵云里雾里，塔列朗也不理会，径自冲自己的车夫发话了。是！坐稳了！是啊，是的，什么事都只会产生冲突，可称不上本事嘛。

第五卷　议会迷途

L'Assemblée nationale
ne pouvait pas
faire de changement
dans la religion
sans l'accord de l'Église.

"就算是国民议会，但只要事关宗教，

如没有教会之同意，

当初之改革，亦不会有丝毫进展。"

（引自《关于〈教士公民组织法〉诸原则之公示》。责

任主编为普罗旺斯区艾克斯总主教布瓦热兰。）

1

禁忌手段

一七八九俱乐部的集会地点，定于巴黎皇家宫殿一角。其正式成立，比蒙特莫兰报告早两天，即一七九〇年五月十二日。

不过，集会并不对外开放，限员六百人，非俱乐部会员不得入内。而要成为其会员，就必须缴纳会费，那数字也是高得离谱，像是一个甫一设立便严加筛选会员的团体。

事实上也的确如此，其会员真就是个个儿精挑细选。代表人物如巴黎市长巴伊、以《什么是第三等级》闻名遐迩的西哀士牧师，还有孔多塞、勒沙普里安、杜尔、塔尔热、德莫尼耶、杜邦·德·讷穆尔、拉瓦锡……全是赫赫有名的实力派议员。此外，如利昂库尔公爵、拉罗什富科公爵、卡斯泰拉讷伯爵等大贵族的面孔也是一个不落，尽收其中。要在当年，不要说与这些贵族论战，就是屈身上前打个招呼都会心有忌惮。

——尤其是拉斐德，如今已是权倾朝野，无人能与之比肩……

以米拉波所处的位置，每在心里念叨这些名字，也是不无憋气之感。

这个拉斐德，正是一七八九俱乐部的魁首。要说这是拉斐德组织的团体，那也并不过分。而其立志结社，也正缘于那档子事儿——被雅各宾俱乐部拒之门外。

这且不说，先说一七八九俱乐部这名字。望文便知，就是尊重一七八

175

九年精神的同志大集会。具体而言，就是力主实现君主立宪政体。但又不像雅各宾俱乐部，没有那种夜以继日、吵吵嚷嚷的争论。实际而言，更像一个沙龙。而所谓谨守一七八九年精神，反过来说，那就是想以一七八九年为界，停止革命。

究其实质，可以说，这就是一个稳健中间派团体，即资产阶级团体。

——也就是议会的多数派。

而去年十一月让米拉波吃尽苦头的，也正是这帮家伙。立法严禁所有议员于议会会期内入阁，将米拉波的大臣宏愿碾为齑粉的，大多正是出于对拉斐德作出响应的人。也就是说，昨天的敌人，今又以一七八九俱乐部举事，在米拉波眼皮底下集结。

议会方面，围绕宣战议和权的争论纷乱喧嚣，一如既往。为相互坦陈己见，找到妥协点，好拿出万全之策，米拉波曾嘱意于左派，以期共同战斗。可万没想到，这回，自己又理想化了，不现实，左派根本就不予通融。不要说成为战友了，反倒收到了不无嚣张的一纸战书！既如此，那就别无选择了。

——只能与拉斐德联手！

通过他，把多数派拉过来！不用说，这对米拉波而言是一种屈辱，但事到如今，也只能如此了。

想到或有其必要，米拉波也为情所迫，成了一七八九俱乐部的一名会员。不过，这回同样只是挂名，米拉波不会在这里对哪个人施加影响，更别说要与拉斐德磋商了，这种事难比登天。但为达成此愿，协助对方工作，米拉波也是不遗余力。能走到这一步，则全赖那位孽缘难了的损友——塔列朗。

——总归，顺风顺水，帮我撮合好了呗。

这一点，米拉波也是坦率地表示感谢。

实际上，面对面与拉斐德单独坐下来那天，相互之间也一定只是明刀暗枪，不可能正经谈话。到这步田地，塔列朗可就派上用场了。

反应迟钝，不懂他人感受的这位大贵族，什么样的话都能说出来。这个……拉斐德侯爵，事情的原委就是这样。米拉波伯爵想找战友啊。要能把宣战议和的权限委于国王，对总司令您，应该也不是坏事。总之，米拉波就是想以此为诱饵，让阁下上钩啊。

"噢……噢……也就是说，就连这些美女，也都是诱饵……"

拉斐德答应了。两人就此顺利结为同盟。而米拉波对多数派的争取，也得以有了眉目。如此，就可将三头派一脚踹翻，将狂妄的巴纳夫一举击败。但不用说，米拉波的心情也是颇为复杂。

蒙羞的是我米拉波啊。有时候，他也会钻这样的牛角尖。毕竟是向拉斐德低头了啊。虽然这是借一直与自己争锋的强敌之势，但要取得战果，也只好忍此一辱了。

——啊！但能有助于国王，我米拉波的自尊心，又算得了什么呢？

从根本上来说，米拉波也无暇沉浸在感伤之中。多数派的工作要做，而议会那边，舌战也一直未停。

五月二十日，打破此前的沉默，先行宣战的，是米拉波。这个……我们不妨先看一眼现实。为保护我们的殖民地，海面之上，战舰四处出动。而为守卫边疆，同样是无时不陈兵布哨。首先，以防万一之战备、自卫防御之实际效力归国王所有，这一点，请不要忘记。

"好。让我们进入正题。假设战舰受到了攻击。或者，士兵遭到了袭击。战舰该如何行动？士兵又该如何行动？在立法权同意一战并正式宣战之前，他们连保护自己都不可以吗？哪怕是在眼睁睁着战舰就要被击沉的情况之下？就因连还击一枪都未得到许可？"

绝对不可以！战争，只会在战争的现场发生。若没有无时不对现场加以把握的执法权参与，宣战议和之权限就无以行使。就这样，米拉波将听众的注意力引向了现实中的战争，但同时他也没有忘记，去拉拢拘泥于原理原则之辈。这个……当然，我也无意宣称，宣战议和之权限为国王大权之一。不如这样说，在这里，我想纠正一下问题的提出方式。

"我想提请确认的是，宣战议和权限之归属，不是非此即彼的排他性选择，即要么归立法权之主体——议会，要么归执法权之主体——国王。不是的，这是一个权力分享的分权问题。我认为，权限置于两者中间，换句话说，基于两者的相互协作加以保持，这，才是理想状态。"

米拉波最终提议的法案是，宣战议和之权力本身归国民所有，而发布开战宣言及停战议和，也只有议会能够执行。但同时，应将提议权交与国王，即承认事实主导权在政府阁员一方。

此前，无论是冥顽不灵的右派，还是固守理念的左派，只忙于自顾信口开河，至于议会的法案，却连有所斩获的苗头都看不到。直到米拉波拿出这一提案，才终于看到了问题突破的一线光明。这一提案，几乎得到了所有人的善意认可，但空气中也有一丝异样，这就是横眉立目的三头派！

而其反击，也绝不给人以喘息之机。次日，五月二十一日，三头派辩手便登上了演讲台。不出所料，此人正是巴纳夫，因其无法缄口不言地坐视不理。假如敌对行动伊始，国民被置于战争状态，那发布开战宣言的，就既非立法权，也非执法权。如果有人打了对方国家的人，或是眼看要挨打而自卫，并因此发展成为战争，那么，握有宣战权限的，就是最先往来于边境的商人，或是正忙于外交事务的官员等人。

"一言以蔽之，米拉波先生将敌对行动与战争，交战事实与战争实效，混为一谈了！"

就这样，巴纳夫指名道姓，突然而又凌厉地发起了攻击，继之，也精心架构了原则论。呃……现在，让我们再一次回到问题的根本。立法权与执法权，是完全有别、相互独立的。制定法律的，毫无疑问，是拥有立法权的议会。

"这个法律，就是全体国民意志的宣示。所谓宣战议和，也是全体国民意志的宣示，既如此，宣战议和就是法律！既如此，这一决定就只能产生自议会！所谓国王，其任务则只是执行这一意志。若如米拉波提案所谓两者共有，将立即招致宪法之混乱。倘如此，法国除无序之一途，将无路可走！"

不用说，巴纳夫提议的法案内容，就是宣战议和之权限归国民议会所有，而不应委于他人之手。

"当然，立法机关的战争决断，伴随的困难也是异乎寻常，也会有决断迟缓之憾。就说在座的议员诸君，都有各自的财产、家庭和孩子，都有会被战争累及的诸多个人利害。但是，因此就可以全权委于伯里克利吗？连像样的思考都不做，嘟哝一声哎呀，管它呢，就委于发动过伯罗奔尼撒战争的伯里克利那样的人吗？"

伯里克利是古希腊城邦雅典的领导者。以提洛同盟盟主君临雅典，并乘势攻击了统领伯罗奔尼撒联盟的斯巴达。众所周知，这场战争以斯巴达获胜、雅典败北而告终。

巴纳夫的演讲，也被听众善意地接受了。毕竟，在自保意愿强烈的资本家们听来，守护利害云云，无疑是很有吸引力的。众多议员的鼓掌喝彩之声，响彻杜伊勒里宫练马场的这个附属大厅，震得人耳朵都疼。说此时的国民制宪议会已然陷入狂热也毫不过分。

"雄辩家巴纳夫！雄辩家巴纳夫！你才是我们议会的骄傲！"

议事厅内的喧闹，米拉波置若罔闻，反而还更加冷静了。作为法案进入审议程序的，只有二十日的米拉波提案、二十一日的巴纳夫提案，就这两个。就势决定投票表决后，也并未出现值得一提的异议。即便一脸兴奋的议员们脱口而出，说什么三头派胜局已定，米拉波也毫不为意。

——我后面，站着拉斐德嘛。

一七八九俱乐部站在米拉波一边。不只如此，占据议会多数的中间派资产阶级也是其友军。如果就此投票，不利的将是巴纳夫提案。

米拉波没理由慌乱。实际上，三头派事到临头才着手去做多数派工作，可万没想到，敌人早已用禁忌手段扭转了形势，一俟留意到这一事实，陷入恐慌的是三头派才对。

——话虽如此，可诉之于如此手段，也不妙啊……

国民制宪议会不得不放弃了接下来要进入的投票程序。

怎么回事呢？杜伊勒里宫、卢浮宫及圣奥诺雷路一带，檄文遍贴大小建筑，散布于街头巷尾，是在五月二十一日的傍晚。差不多到点了，议会结束了审议，就在决定是不是该投票表决的时候，简易印刷物竟一直贴到了议会的大门，标题是："揭露米拉波伯爵之背叛行径！"

2

对决

就内容来说，这不过是常见的人身攻击。

"自在议会力主国王之绝对否决权，米拉波就已为财富及名声而卖身宫廷！"

"其令人无法容忍的犯罪行为，也已达到了极点！眼看就要割我人民之咽喉而后快，甚至，欲将没收财产之权限及职能交与国王！"

"压制人民者必遭天谴。劝君小心为上！"

行文最后，甚至落入了陈腐的胁迫，总之是极尽煽动之能事。

"挺灵通的嘛！"

米拉波付之一笑，一脸无可畏惧。这要在平时，也根本不会在意。可是，就算是这种恶意中伤，也要分什么时候啊。

让下面的人一打听，该文作者是一个名叫拉克鲁瓦的无聊文人。不用问，此人与三头派暗地私通。说具体一点，就是有邻居亲眼看到，三头派行动组的亚历山大·德·拉梅特在其公寓中出入。

决战在即，三头派做多数派工作失败了。既如此，那就只有一个办法可行——动员大众，施加压力，再一次上演攻占巴士底狱的恐怖，促使各位议员改弦更张。

就这样，上演了散布檄文的一幕。且还更进一步夸大其词地诋毁米拉波。

——说来，这场混乱还真是不堪啊。

"这革命一周年的庆祝，是不早了点啊。"五月二十二日，关在寸步难行的马车车厢里，就算是他米拉波，再开这样的玩笑自嘲也是笑不出来了。

——真就是一七八九年七月十四日的昨日重现啊。

从杜伊勒里宫庭园到路易大帝广场，乃至斐扬俱乐部、方济嘉布遭会等结社团体所在的修道院内，但有空地，就被周身散发一股异样热情的人群填了个满满登登，几无立锥之地。

离宅出发时，米拉波被告知，已有五万暴徒现身街头。他越来越感觉这警告并非平时那种夸大之词。密密麻麻的人群，个个威吓一般高声呐喊，从清晨开始，几乎连教会的钟声都被淹没不闻了。

在这极度的混乱之中，连呼救世主大名的高喊也是其一。

"巴纳夫万岁！巴纳夫万岁！"

这就无异于威胁议员了。不投票给巴纳夫议案，我们绝不答应！既如此，另一个名字被更为大声地高叫，也就在所难免了。

"把米拉波吊起来！把叛徒吊起来！"

就像对付前巴黎市长、包税人之流，把那个骗子吊到巴黎的路灯柱子上！要有跟米拉波一伙的议员，那就连他们一起，一个不剩，全吊上去！毕竟，去年夏天的记忆依然鲜活，这样一喊，就全无只是威胁和污辱之感了。因军队并未出动，人们也没带武器。但毫无疑问，要抹掉一两个议员那还是易如反掌。

——啊！恐怖啊！真是可怕！

马车左摇右晃。虽说只能透过车窗隐约看到一点，但那狮子一般的庞大身躯，终究不可能不被人看到。是米拉波！米拉波在里面！那是米拉波的马车！有人这么一喊，马车周围就立即形成了一道厚厚的人墙。人群这么一拥，像四轮马车这样的大型交通工具，也上下左右地晃起来了。

这情景太过恐怖，连马嘶都已近于悲鸣。或许，就这样遇袭也有可能。米拉波这样想着，他只能问自己：

——能与之一战吗？

面对此等力量，你小子能够与之一战吗？米拉波的回答毫不迟疑。

——哼。当然能。这还用说吗！

其心情，并不是唯有一战的悲壮。能战。百分之一百二，能战。米拉波的这一确信，毫无动摇。因为，革命，不是那么容易就能发动的。正因这革命是一个又一个的多重偶然交错到一起，才终于开花结果的伟业，一七八九年七月十四日，才具有了作为纪念日被庆祝的价值。

就说粮食困难一事也正在好转之中，与去年相比不可同日而语。就连这些怒气冲天的暴徒，表情之中，不也能看到一丝从容？这就是证据。啊，去年那样的疯狂事态不会发生。蹩脚的模仿，至多，也只会以虚张声势告终。

——就凭这两下子，能打倒我米拉波？

反倒是被轻视为能够打倒，这一点令人怒火填膺。

而实际上，米拉波也确已是怒火中烧。不但没惧怕退缩，反而是怒贯全身，力透脊背。说起那股劲头之足，甚至连几个月来的身体不适都给忘了。

或许，这股微妙的气势民众也察觉到了，虽然喊着"是米拉波！是米拉波！"逼近前来，可当车内这位透过车窗怒目而视，真还就没人出手。只是目露怯意，留一句恶骂以作掩饰之后，也就退到一旁了。

这情景，议员们也是一样。毫无疑问，旁听席上坐满了怒气正旺的民众。或许，是那些污言秽语的起哄给了他勇气，三头派迪波尔一把抓住走向议席的米拉波，措词也极其傲慢。

"伯爵，可要请你给个明白交待啊。立法权与执法权之争还没完呢。今天，要是闪烁其词，那可行不通哦！"

"不用你说，我就是这么想的！"

作为米拉波来说，并无特别的恫喝之意，可再看迪波尔，却已跟外面的民众一样，泪都吓出来了……哼！还真有公子哥儿那出息，真就没看错！要不由着性子把狮子给激怒，就一直误以为这是一桩趣事？朝你这么一露出獠牙，你怕是连觉都睡不着了吧。唉！就你们这帮东西，跟我张牙舞爪？还轮不到呢。可怜呐，但你也没别的办法了。

——啊，我要上了。像你们这样儿的，只消一声怒吼，就能让你们闭嘴！

不管米拉波劲头儿如何，一决雌雄的时刻，真就到了。虽说，檄文与议事无关，可骚乱闹腾到如此程度，议长也无视不得。虽无勉强米拉波暂作说明之理，但若米拉波自己要求发言，那也没有理由拒绝。

——也就是说，全看我米拉波的演讲了。胜败在此一举。

大众情绪加剧，要是演讲势弱，就连稳健的多数派议员们也会迫于压力，不得不把自己的一票投给巴纳夫提案。但若演讲足够强势，连此等骚乱都能给压下去，到那时，他们就能放下心来，按原定计划投票给米拉波提案。

——既如此，那……老子我的时间，可就开始了！

一提请发言，议长杜尔果然没有拒绝。米拉波大步向演讲台走去。

要从正面环视全场，会感到像有一股巨浪，正从议席中、从旁听席中掀将起来。所有人都摇着头，高举起拳头，时而齐声谴责……不可思议的是，可能是因为在米拉波心里，连这恶狠狠的恫吓都看透了，竟然毫无刺耳之感。

　　——不堪入目而已啊。

　　拜这情景所赐，米拉波灵机一动。这胜败在此一举之演讲的第一句，非此话莫属！啊，你们这群混蛋，先让你们知道，自己究竟轻薄到了何种程度！

　　"就在几天之前。大家要把胜利之杯，交给站在这同一个地方的我。然而，今天再一看，何止是这议事的会场，就连所有的道路，却又给我送上了'盛大'的嘶喊。又是杀掉那个骗子，又是把那恍如怪物的庞大身躯高吊于巴黎的路灯之上……"

　　"这还不是你咎由自……"

　　"米拉波的背叛，是无比严重的事件！"

　　米拉波只以压倒性的音量，便把要突入演讲的杂音压了回去。是的，大家就是这样谴责我的。是啊，背叛，的确是无法原谅。大家这层意思，我也非常理解。只是我又感觉，人竟已是完全变了。不过就几天！并且，连谁写的都不清楚，也不知道是否可信，就因读了这种乱写一气的一张纸片啊……

　　"不过，也不是说，这是雨后打伞的什么教训。就是那罗马城，从设建政府机关，屡次赞颂英雄的卡比托利欧山，到将政治犯推落于悬崖之下的塔培亚之岩，也并没多远。"

　　更为吵闹的倒彩声，停下来了。议席不用说了，就连即将爆发的旁听席上的群众，也都突然收声。甚至连微小的嘈杂也渐行退去，议事厅眼瞅着复归于平静，连记者们在稿纸上记录的沙沙声都清晰可闻。

人还真是说变就变啊……米拉波自己，也不由发出了怪异的感叹。只因一声狮吼，这又缩成一团了。也就是说，人若如此胆怯，就会轻易掉转矛头指向自己，但也会坦率地为其自身感到羞愧。

又或许，大众具有一种该称之为特性的敏感，会瞬间直觉到将这一个与那一个区分开来的人格特性间的不同。倘如此，那就加一把力，直到他们的直觉化为确信。

米拉波大大地深吸了一口气。空气遍及肺腑每一个角落的感觉，连自己都认为是一种久违的快感。米拉波唰一下睁大了眼睛，若要将这口气一吐而尽，至少，会震得窗玻璃哗啦直响吧。

但是！但是啊，诸位！

"为道义，还有国家而战的人，却不会如此轻易就被击败。在老家是名人啦，被认为是能人啦，有的人不会满足于这种虚无的称赞。既定睛于真正的光荣，就不会沉溺于唾手可得的些微成功，而是要一意阐明事实！有的人不会被人们轻易摇摆的意见左右，而是要将公共之善付诸实践！"

说到这儿，米拉波有意松动了一下紧绷的肩膀。

听众已经站到自己一边了。这一点既已清楚地知道，那暂时松一口气，会更有效。大家会一起摇摇晃晃，松弛下来嘛。而予以最后的反手一击时，也就全无招架之术了。这个嘛，这样的人，也是很能干的。既是拼命干，也就会得到报偿。而在那些痛苦的日子里，不时开心一下，也就可惜了。既然被迫面对危险，拿到相应的报酬也就是理所当然。可是，尽管如此啊各位！

"这类事情，说实话，我米拉波丝毫不会挂怀。我只在意一件事，这就是后世对自己的评价，唯此而已。时间，才是公平公正的无私裁判。时间，才是为所有人作出公正裁决的唯一法官！"

　　当说到这里，停顿片刻时，米拉波确信，那将倾之大厦已然扶回了原位。因为，进入这议事大厅时，米拉波实与已遭议会弹劾无异。而现在，所有人都已彻底明白，判定事实的法官唯有时间，只粗读檄文的人，根本就无此资格。何止如此，要评价政治家的真正价值，也绝非一朝一夕之事。

3

大获全胜

议事厅内嘈杂起来。

"确实如此。米拉波所言也有道理。"

"与其说有道理，不如说……最先，将米拉波视为叛徒那人，是谁啊？"

"那人可信吗？"

"这……只知道，那人没为法国工作啊。至少，在写米拉波坏话的时候没有。"

私底下这些嘀咕，与其说是个别交谈，不如说，已与故意提高声音讨好无异了。也就是说，责难这头革命之狮的意图，已完全被放弃。人们也开始恐惧，倘若有人被裁决，那就不会只有米拉波。并且直觉感到，若是自己不想被弹劾，那除己之外也没他人可以殉葬了。

"巴纳夫老弟！"

米拉波在台上喊了一声。指名道姓地把对方立作攻击的标靶，这做法不地道，可这种不依不饶的手法，也不是我米拉波先行发起的。事到如今，再也没有理由顾及你的感受！

"啊，您在那儿啊。"

米拉波只是拿手大略往左侧一指，而并未从议度中分辨出论敌那只圆鼻子。这都无所谓。只要把我米拉波这一决雌雄的气势传递给其本人，不，是传布到议会的会场，进而传布整个巴黎、整个法国，那就行了！

"我啊，让你给狠狠地整了一把啊。"

会场里，响起了实在是憋之不住的笑声。这时候稍有点笑声，正是恰到好处。呃，说什么，敌对行动与战争不同；交战事实与战争实效混为一谈，归根到底，米拉波就是个笨瓜。驳斥方式几乎就是无可救药。

"但是巴纳夫老弟，既然这么想跟我来一场战争，不先征得议会同意，这可以吗？"

会场内再一次响起了笑声。

并且这一次，老弟你忽的一下子，把事情给搞大啦。米拉波的语调，像是有意显示自己的好心情。他继续说道，可你看，到底是不行吧？所谓敌对行动，往往不会坐等议会的什么审议，而是不知不觉便已然进入战争状态。你说，不发布开战宣言，那就不是战争。巴纳夫老弟，既如此，那就是说，你这是在跟我友好地共舞吗？

"明明如此规模的大部队都被动员起来了。"

这回，笑声是再也响不起来了。这就是名副其实的战争啊！从本质上来说，召集大众围攻、胁迫的三头派，就是在诉诸暴力。

至此，米拉波已是进退自如，虽连愤怒的群众都成了他揶揄的对象，但他毫无踌躇。因为，他不想将自己的论点塞入外在戒律的大筐，这个时候要促发的，是内在的自觉。

要用暴力说话的，并非只是如国王、阁员这样的权力一方。民众，不，就连平时以知性正义者自居之辈，也会更为轻率、不假思索地拿起武器！这一真理，他无论如何也希望人们意识到。

"这事就不说了吧。"

米拉波把话前推了一步。根本就是毫无意义。什么情况只是敌对行动，从何处开始又是战争，这样的争论，再多也是无用。最重要的是，应该拿来讨论的问题根本就在别处。

"意识到了吗？巴纳夫老弟。你违背了宪法的精神。也可以说是愚弄了宪法。为什么这么说？因为宪法至高无上！无论是立法权，还是执法权，均无以与宪法平起平坐。国王也好，议会也罢，都在宪法之下。可尽管如此，巴纳夫老弟，你却主张要将所有权限交付于议会！"

"这样的话，我没说过。"

"就是，说什么呢。论点模糊啦！你这批判到底指向哪儿啊？"

"好好回答呀，米拉波伯爵。不然，被责以以偏概全的印象论，可是免不了的哦！"

无需确认，是左派在起哄。巴纳夫本人也在其中吧。米拉波这样想着，淡淡地说了下去。不，我可不认为这是什么模糊不清的印象论。

"之所以这么说，是因为你们虽对国王政府的滥用职权风言风语，但对纠正议会的谬误之策，却是只字不想论及。"

"……"

"你们要以宪法的力量，夺走国王手中的权力职能，而议会的权力与职能，却又不想受到制约。可是，倘如此，宪法的力量就无以介入立法机关。我想问的是，这真的可以吗？"

"但是，现已是主权在民……"

"人，是会犯错误的。国民也好，议会也罢，都跟国王一样，都有犯错误的可能。为能一意孤行，不惜诉诸暴力，不惜武断地调集部队，这都有可能！"

是时候了！米拉波给出了压倒性的致命一击。巴纳夫老弟，你说过，伯里克利不假思索就发动了战争。但是，你学习历史的时候，要认真一些就好了。伯里克利不是国王，也不是大臣，他只是雅典的一介市民。尤其擅长向民众的热情献媚。人们也并不厌恶向他的大方、大度送去赞誉之词。说到底，让那个伯里克利得意忘形，奋勇突入伯罗奔尼撒战争的不是别人，正是雅典的公民大会，也就是雅典的国民议会，不是吗？

　　"冗长、啰嗦的演讲，似乎也是时候结束了。我的主张是，宣战议和之权限，由立法权与执法权分享，国王与议会必须相互协作。因为，换句话说，就是要以宪法的力量相互牵制，并打造一个监督体系。是的，鲁莽失控，绝对不行。无论是国王，还是人民！"

　　米拉波发起最后的追问，就是要吓得那些稳健的中间派资本家们心里哆嗦。或者说，是国王力不能逮？不只是无力作出宣战议和之类的判断，也无力履行牵制、监视议会的职责？倘如此，那可就奇怪了。说因此就不要赋予其此一职责，国王是无能之辈，一味强调其于国事无益，这就奇怪了。

　　"那干脆宣布，什么国王，根本不需要！怎么样？"

　　当初，不是建立君主立宪，而是打造共和政体不就好了！米拉波就此结束演讲，迈步走下了演讲台。

　　马车拉着他那庞大的身躯打道回府时，一路上果然是一派平和。甚至让人无法相信，这一来一回，竟是在同一天。外出的人毕竟是多啊，杜伊勒里宫一带的道路处处拥挤，熙熙攘攘，一派应有的繁华与热闹。但说到要加害于谁的恶意，却已是四散而去，踪影全无。

　　证据，就是既无人往车窗里瞅，也无人拦下马车，盘问里面的米拉波。

　　截至今天，五月二十二日，宣战议和权限的有关提案，已计有二十二个之多。但议长提议，此后的审议，只锁定巴纳夫与米拉波的两个提案展开。最终，在日落之前得出了如下结论——

"宣战议和权归国民所有。是否发动战争，只能依国民议会之宣言决定。但同时，其审议，要基于国王之提案或要求，而宣战议和之决定，亦须经由国王批准方能生效。"

也就是说，宣战议和的权限，事实上由国王与议会二者分享。国王的权力保住了。米拉波大获全胜。爱国派硬塞进去的，是如下的附加宣言——

"法国国民，放弃以征服为目的的战争。因危害他国国民之自由，今后将不再使用一切武力。"

采纳的是罗伯斯庇尔式无害理想论。既然连左派都因此而投赞成票，那应该说，米拉波所取得的战果就更大了。

不，胜利从一开始就已注定。甚至无须拉斐德侯爵登台演讲，以示支持米拉波，多数派工作就已然到位了。

这一点并未中途生变。有可能改变这一进程的压力，到头来也是消逝得无影无踪。是哦，什么背叛！没有轻易这样子责备人的道理嘛。

"实际上，米拉波伯爵所言，也不无道理啊。"

"这通儿折腾，可不只是'不无道理'。议会头号雄辩家，到底是不同凡响啊！"

"那对二号巴纳夫……您怎么看？"

"说实话……我不太喜欢他。"

"是哦。我也讨厌他。明明就是个乡巴佬嘛，还净说些难懂的话。"

"噢，噢，如果只说是喜欢还是讨厌，我还是喜欢米拉波先生。"

路上，是边往回走边交谈的群众，米拉波无意中听到一些，只报以苦笑。这不是理所当然的嘛。巴纳夫的话只是概念。而我米拉波的话，却在概念之上带以丰满的血肉。这就是头号与二号的决定性不同。

"嗯嗯，米拉波到底是让人着迷啊。那家伙，是法国人喜爱的类型啊。"

这样的喜爱要是来自国王，那么笨嘴笨舌的拉斐德之流，明明都不成其为对手……米拉波心里这样想着，苦笑中，到底是夹杂着五分的自嘲。

4

圣克卢

车厢里，坐在米拉波身旁的，是侄子迪·赛扬伯爵。

或许是血缘使然，年轻人也生得一副天不怕地不怕的庞大身躯，怎奈性格过于谨慎。那一脸的不安让人看了都坐不住。打刚才起，他就一直望着窗外，可惜的是，外面夜色未尽，一派昏暗。

——但这地方也并不陌生。

因时已入夏，不知不觉间，天色转眼也就发白了。可即便天色大亮，映入车窗的，也只是一成不变的林荫景象。这点子事，还不是一清二楚? 有什么好看的。

"沉着点儿不好吗? "

看着看着，米拉波恼了。不如说，看着这副慌张样子，连自己都神经紧张了。可即便迪·赛扬一惊之下扭过脸来，也是一副游移不定的眼神。

"可……叔父大人，做这等无法无天之事，真的……不要紧吗? "

"真的不要紧的事，根本就没有。这世上，一件都没有。"

就这样，米拉波把侄子的怯懦晾到了一边。即便是无微不至地予以照顾，那也毫无用处。就算是让他沉下心来，还是什么都干不了嘛。

——要说好处，就是在郊外拥有几处时尚有加的房子。

迪·赛扬伯爵住在巴黎西郊的帕西。七月二日夜在那里住了一晚，三日天不亮，就又启程西行，前往布洛涅的那片森林。

这林荫道的阴暗，差不多也快到头了。走出这片森林，就是圣克卢。是啊，让人想到豪宅隔扇般的铁栅栏已然映入了眼帘。如舔噬一般，沿着连绵不断的铁栅栏小心翼翼地驱车前行，可能是到正门了，眼前出现了小岗亭，两个把门的兵丁站在那里。

蓝白两色，这是国民自卫军的制服。天色这么早，形迹可疑的马车，被卫兵起疑斜视也没办法。特意让迪·赛扬出动马车，就是以防万一，好应付盘查。

不是什么形迹可疑的人，我们是附近帕西的居民。有时候，驾着马车在布洛涅森林里跑跑，这也正常。本打算用这样的说辞蒙混过关的，可怎么说呢，那里站的是国民自卫军，顶多也不过是资本家民兵，看到马车之后，两位脸上也是散漫如故，只顾埋头聊自己的闲话。

——哼，聊女人呢吧。

马车本也没在门前停下。倘就这样过门而不入，即便国民自卫军兵不予追究，也无由责备其玩忽职守。话虽如此，可这叔侄俩也不打算没完没了地沿着小路一直往西跑下去。

"一小时后来接我。"

停下马车，米拉波一边下车，一边给侄子下命令。

青白色的空气中，晨雾蒙蒙。大口将森林里特有的微香吸入腹中，米拉波脸上浮起了一丝冷冷的苦笑，这一口，五脏六腑中淤积的毒气也会给中和了吧。

心脏那块儿感觉有些闷。有心乘兴远驾？身体还没好到这个份儿上。本就老病在身，再加五月的议会风波，神经紧绷过度，很有些疲劳。有时也会感觉，这身体轻易是恢复不了了。

——唉。真能爬上去吗?

尽管自己都感觉怪怪的,可米拉波已是有进无退了。这回嗨哟一声攀爬而上的,是一堵砖墙。

好不容易让那庞大的身躯翻过去,眼前出现的,是一个植满树木的庭园。噼噼啪啪拍着手上的砖末,米拉波心里尽想些无所谓的事——后院嘛,说不定,这堵墙比前面的铁栅栏盖得要早。这地方不起眼嘛,这砖墙可能因此就这么放着,无人打理了。

事实上,圣克卢是一处颇有来历的避暑之地。

最先在这里修建豪宅的,是意大利人吉勒摩·德·贡迪;他与十六世纪的法国王后凯瑟琳·德·美第奇一起,由王后的娘家佛罗伦萨来到了这里。

在十七世纪,本属于已入法国籍的贡迪家族所有的这处豪宅,被路易十四之弟奥尔良公爵菲利普买了下来。以那位雷诺特为代表,动员了参与营建凡尔赛宫的著名建筑师、园林师,大规模改建也曾发生在这座豪宅承蒙亲王眷顾的年代。

但奥尔良公爵一朝改朝换代,圣克卢也就几乎无人关心了。似乎在一段时间之内,这座林中别墅甚至已被遗弃,但这回,又被当朝王后玛丽·安托瓦内特看中了。之后,便又成了法国王室的房产,这就又一次无人不知了——提起巴黎西郊的圣克卢,那就是国王一家纳凉避暑的行宫。

——真在里面走一走,的确会让人感觉到一股高贵之气。

靴子已被地面草丛中的露珠打湿,米拉波迈动双脚,毫不犹豫地往庭园深处走去。可清晨,比这双脚来得更快。四处的绿叶迎着阳光,迸发出的已然是一片片柠檬色的光芒。抬头望向空中,天色也比方才更为湛蓝。再低头往下一看,视野已经是非常清晰了。

　　右手边隐约可见一小小的池塘。这是一个人工池。听人说，里面安装的喷泉喷出的水是星状的。可惜这会儿一动不动，并没喷水。

　　这一带非常开阔，避人眼目的地方都没有，米拉波当然也不想靠近。刚才的国民自卫军兵不会到这儿巡逻？那可不一定。要被看到，根本就由不得这大名鼎鼎的庞大身躯辩解。

　　——话虽如此，可连便于隐蔽的树荫都……

　　约在这里会面，欠妥啊。如不能顺利接头，这趟圣克卢之行就白跑了。更痛心的是，珍贵的大好时机也会白白溜走。越想，米拉波就越觉得心脏难受，只得凝目盯向树木间的缝隙。

　　"……"

　　有人影，大概有三个人。一眼就能看到，分辨之易令人意外，全因一片绿色之中，那穿着的颜色搭配之华丽，甚至给人以过于浓烈之感。

　　个子不高，用的布料就显得格外之多，包括从旁服侍的在内，总之三位都是女性。

　　米拉波大步上前，在来人跟前恭恭敬敬单膝跪倒。

　　"给王后玛丽·安托瓦内特殿下请安。"

　　一七九○年夏，国王一家也是在圣克卢避暑。

　　不。去年，因皇太子不幸猝死，例年来的避暑未能成行。何止如此，因政治动乱，十月，甚至又被迫由凡尔赛移居巴黎。从那时起，所谓杜伊勒里宫的生活，实质上就是毫无选择余地的软禁。今年离开巴黎市中心的这趟避暑之行，也是以仅限暑热难耐的夏天为条件，才得到允许。

　　二月四日，路易十六周身简朴，一袭黑衣现身议会，温顺地明言支持制定宪法，其后，也并未发起反革命运动，政情稳定，这一切得到了好评，国王一家这才终于得到了善待。

议会态度大方，米拉波居功至伟。这一点，或许是国王一方觉察到了，送消息过来说，望能利用避暑之机亲见米拉波一面。

此前的接触都是间接的，不是书信，就是经由奥地利大使或拉马克伯爵、图卢兹总主教等王室近臣。可能是这些方式令人不耐烦吧，又或许是觉得，彼此间的信任还不够深。

再或者，是有事悬而未决，想尽快做出决断，实在是片刻都等不及了。不管怎样，只要王室方面提出直接会面，米拉波这边就不会回绝。

——啊，荣幸之至！这要坦言相告吗？

之前也不是感觉不到，王室对自己的期待正在不断高涨。这股气息在书信里，在中间人的言行举动中，都有所流露。

刚开始，还会感觉到一丝的半信半疑。但到最近，王室这边甚至已是以全然的信任寻求指示，而对这边的进言也是无条件依从，这，还是能够感觉到的。正在这个时候，既然王室提出要直接面谈，也就意味着，自己终于成为撑起王室庙堂的梁柱了。

就这样，让侄子迪·赛扬帮忙，酝酿了这趟圣克卢之行。征求议会许可，正式会谈也并无不可，但在五月，刚刚经历了"揭露米拉波背叛行径"的那场风波，多几分慎重也是迫不得已。

话虽如此，斜视着身边这位胆小如鼠的侄子，米拉波中途都有心改变主意了。哼，胆小鬼！我米拉波可无惧他人的眼目。啊！只要有我参与，王室安泰就无异于板上钉钉。作为万民之父，路易十六将与此前的法国国王一样——不，是在此前的各位国王之上——君临法国的天下。

——前来会面的，怎么不是那位国王？

单膝跪地，忍着长靴下草丛中露水沁内的冷意，米拉波也不无疑惑。路易十六没来。现身圣克卢之会的，是王后玛丽·安托瓦内特。政治性密谈，女性不会引人猜疑，或许是出于这一考虑。可是……

"伯爵大人，请抬起头来。"

法语中没有丝毫口音。下命的，像是随行的侍女。米拉波回道，使不得，唯有这伯爵，万勿以此相称。

"六月十九日，议会已正式做出决定，废除贵族世袭。爵位、族名及家徽，均不得使用。严格说来，即便称卑职为米拉波，也有被责以违法之虞。"

有心情口吐戏言，端因一瞬之间，心脏的苦痛已是无影无踪了。尽管自己未曾觉察，但实际上，那疼痛似乎是出于紧张。原以为是与法国国王路易十六面谈，不自觉就端起架式来了。

——一直提着的这口气，松下来了。

米拉波轻松了很多。结果，虽是口吐戏言，可那位年纪尚轻的侍女，或许是真以为会遭到责难吧，居然都让人感到可怜地不安起来。

旁边那位王后呢，应该说是不出所料吧，白色粉脂涂迹尚存的两颊，却是不曾稍动，只是用两只蓝色的眼珠，紧盯着米拉波。

睡眼惺忪的眼神，前端略圆的钩形鼻梁，下唇微突而显得更小的下巴……不用说，与这张哈布斯堡脸庞照面，不是第一次。

至少是米拉波这边，这张脸已是见过多次。在凡尔赛，就曾作为议员代表到宫殿内的私室拜访过。但或许，在王室看来，那也不过是连姓字名谁都不值得记住的，区区第三等级的一名代表议员。或许因为是来自普罗旺斯乡下的面容丑陋的议员，王室反而极力把眼睛挪向了别处也说不定。

跟路易十六倒是说过几句话。但换作王后，与之交谈还真是头一回。

——可这气氛也太僵硬了。

米拉波不禁多少不安了起来。自己倒是不像刚才那般紧张，可这王后……不过是代替路易十六前来，没必要把架子端到这个地步吧。这么紧绷着，也无法完成代理任务啊？冷若冰霜，不理不睬，这印象……莫非是缘于哈布斯堡王室公主与生俱来的自大？

"努特卡湾问题如何了？"

一开口，玛丽·安托瓦内特的问法，几乎就是笨嘴拙舌了。甚至会让人想到，是法语还不够好。但不可思议的是，语调之中又鲜有德语腔……

5

会见

不自然的沉默在持续。米拉波没有答话。不如说，是无法回答。因为不明其意。为什么呢？努特卡湾问题，应该早就解决了。

那都是五月的事了。围绕加利福尼亚努特卡湾，英国与西班牙之间起了争端，议会以法国是否介入为切入点，将争议点转向了宣战议和的权限归属。要从传统来说，这是国王大权之一，可现如今主权在民，既如此，米拉波便针对此一权限归议会所有的主张，通过确保国王的提议权，几经努力，终使这一国王大权得以实质性维持。

——这些，不可能忘了吧。

要说自己的感触，这功勋正是米拉波声誉在王室中飞升的契机。

玛丽·安托瓦内特接着说道：

"我们与西班牙的关系在不断恶化。"

"啊！这个……"

米拉波不由出声应道。

王后所言之"努特卡湾问题"，不是由此发端的宪法争论，而是指在遥远的新大陆被拉入战争的国际争端本身。法国到底能不能派出舰队，支援与英国为敌的友邦西班牙？王室已将派兵之意知会议会，但并未得到答复。王后追问的是这件事。

米拉波得付出不小的努力，才能强忍着不让自己笑出来。是不是出动海军，这事议会都不再讨论了。作为不值得视为问题的小事，早都忘到九霄云外了。

直到现在都执拗于此事的，只有王室。若不兵援分家另过的西班牙王室，那波旁本家就会颜面扫地。王室在意的是这个。

"若议会继续无视，我也自有办法。"

玛丽·安托瓦内特此话一出，米拉波这边不免有几分不满了。这个女人想威胁我不成？不如说，特意把我米拉波叫来，就为通过直接谈判以示恐吓？

既然揣测到了王后内心的想法，那为什么来的不是国王而是王后，似乎就能明白一二了。不能调动法国军队，也就没什么办法了，只能向娘家求助。也就是说，由奥地利皇帝利奥波德二世出兵。若要以此相要挟，那么，借由哈布斯堡家族嫁来的王后之口就更有说服力。

——可即便如此，就来威胁我米拉波？

想通过我去撬动议会？可笑！但若正面理解，那么，到哪一步是国王的深思熟虑，从哪里开始又是王后的擅自独断？莫不是……女人竟也插足政治了吧！米拉波心里，这方面的不安是越来越重了。

要说为何不安，事情哪有这么简单？兄台大人，帮帮我！像这么抽抽搭搭哭给我看，就能马上解决？没那么简单！

不。要果真随随便便地这么想了，这事的确不能置之不理。啊，不能让事态发展成为国际纠纷。波旁王朝的自家人西班牙王室、撒丁王室、那不勒斯王室就不用说了，从王后娘家的奥地利皇室，直到从近几年的政治情势来看可以视之为敌人的英国王室、普鲁士王室……若有失高明，与这些海外国家牵连到一处，那以后可就麻烦了。

——最终，如不控制在法国内政的范围内渡过此一难关，那可就全完了。

米拉波决定，这一次，由自己挑起话头。

不。王后所思之良策，请恕卑职愚钝不知。不过，卑职有一忠告，万望王后三思。

"王后御弟之言，万不要听信。"

米拉波知道，玛丽·安托瓦内特在控制自己的表情。不出所料，这好像也是"我自有办法"的办法之一。米拉波所暗示的，是以保守反动之最右翼闻名的王弟——阿图瓦伯爵的阴谋。

以这位亲王为盟主，无奈由法国逃亡海外的贵族们，现在这时候，也依然在伺机卷土重来。逃入他国宫廷后，天天都在说服那些国家对法国实施干涉。

如若连法国国王都暗中与之配合，那就只会成为一场悲剧了。此事，王后完全理解不了。

"此话怎讲？"

玛丽·安托瓦内特问道。米拉波立即答道：

"如此，法国王室将沦为反革命之流。"

"……"

"也可以说，法国王室将从此与法国为敌。您或许会说，有困难时，求助于亲人兄弟，或让朋友出手相助，到底哪里不好？但若求助于海外，终究难免被谤以反革命之嫌。"

王后没有答话。但那一动不动的表情中浮现的不满之色，却是清晰可见。无意与法国为敌。只是要把法国夺回自己的手中。沦为反革命之流？反是以这样的话横加威胁的平民，其日益自大与桀骜不驯，才叫人忍无可忍！如此而已。米拉波，以此惩罚我王室，即汝之职责所在？

或许，这就是王后激动加加的心里话吧。

——哼。就像行事武断的女人坏了心情，不听人言啊。可就算如此……

我米拉波，也无意马马虎虎逢迎了事。何止是不能就这样被误解，他甚至想到，要以此为千载难逢之良机，把事情说个一清二楚，直到水落石出！米拉波强行再问，所以，这一次，卑职有一问，务请王后回答。

"革命令您厌恶吗？"

"厌恶又当如何？"

"法国王室将就此毁灭。"

米拉波答毕，矜持如王后也是眉梢上挑，一直宛如大理石般的表情，动了。或许，是有意以此表明内心的不快。也可能，是以礼仪规矩相责难——即便这是事实，可这话，是不是说得过？

实际上，要想得到王室眷爱，也不该口不择言。王族，是不习惯被人伤害的人种嘛。可即便如此，米拉波也没想手下留情。自己确在为王室而战，但却从未感觉已然沦为唯王室马首是瞻的下人。像王后这样的，若一直容许其错知错觉，从根儿上，就无益于王室。

米拉波说了下去。是的。实际上，王后不是下令重建高级法院吗？

"就是那个反抗王室的最高裁判所。就是当初反对一切财政改革，最终迫使陛下召开全国三级会议的，那些利己叛徒们的大本营。"

"的确，对高等法院，回忆并不美好。"

"贵族呢？即便重振贵族地位，那帮人可不会因此就感念王室之恩义。不管怎么说，特权也好，既得利益也罢，全是挥舞此等大旗，困扰王室之辈。"

"照此话说，是让王室反过来支持革命？不过，也有传言说，即将到来的巴士底日联盟庆典，奥尔良公爵会回国不是吗？"

议会已经作出决定，为庆祝革命一周年，预定于七月十四日举行联盟庆典，并称之为"联盟庆典"。而所谓奥尔良公爵，就是巴黎皇家宫殿的主人。虽贵为亲王，但多年来，却并不畏于标榜自由主义。对王室来说，这就是身上的一只虱子。老早就有传闻，此人也有觊觎王位之野心，既如此，让他回到法国的革命党，王室也不可能喜欢。这，就是王后的辩解吧。

"但这是联盟庆典。奥尔良公爵之流实不足惧。"

"为何？"

"因路易十六陛下，已与革命同舟共济。"

玛丽·安托瓦内特以沉默代替了回答。米拉波意识到，这是让自己说下去。是的。这，就是关键所在。万望王后理解个中奥妙。此外，望能将拙见转告陛下。就是……奥尔良公爵之流不足为惧。

"只要与革命站在一起，即可保法国王室之安虞。"

"只要革命在，就不会有反抗王室的贵族，也就意味着没有高等法院，可现在，不又换成第三等级，换成议会了？"

"正因如此啊，王后殿下！"

玛丽·安托瓦内特再次以无言催促米拉波往下说。米拉波加重了语气：议会会制定法律。尤其会制定宪法。这将有益于王室。此前，王室安虞无保，端因其地位并未得到法律之保障。权力依据要么是自古如此，要么是君权神授，诸如此类，暧昧不清，虚弱无力。

"但君主立宪不同。国王之地位将由法律明确作出规定。也可以说，将受到法律之保护。而所谓法律，即国民之普遍意志。换言之，即受到国民之保护。这样说也并无不妥。"

"可是，这国民就没有问题吗？"

"什么问题？"

"就我感觉，对王室似乎没什么好感……"

"比如说？所指为何人？"

"当然是议会。议会敌视王室。即便不是如此，也欲夺王室之权能而为己有……"

"区区议会，不足一提。莫如说，当今之议员并不足惧。"

王后闻言，双眼圆睁，米拉波呢，"演讲"也正在兴头之上。是的。这些事，实无挂怀之必要。那些资本家议员因占据议会多数席位，有安全感，不会言论过激。左右两派虽然难缠，但无论革新还是保守，此种争论都易走向极端，只会最终破裂，无疾而终。

"议会迟早要分裂。至少，将不再是国民可掬自身意志以相托付之机构。不过，这一职能也该有人承担。如不承担，国民就将蒙受不幸。"

"那该如何是好？"

"窃以为，到那时登场的，就是受到革命保护的王室。"其地位受到宪法之保障，大可堂堂正正，有所作为。届时布告天下，解散无能之议会，再行大选，选举新的议员即可。

"可以吗？"

"但有能臣在侧，不误国王政府之时宜，且又临危而不惧……"

"你所谓能臣是……"

"洞悉能力至关紧要，所以，最好是议会方面亦能打通之人。"

听到这儿，王后的表情有所变化。米拉波见状心想，要让这表情有更大的变化。

"可不是那纸糊的恺撒哦。"

玛丽·安托瓦内特闻言掩口失笑。呵呵呵，呵呵呵……这笑声响起在林叶之间，一直笑到看似难受了方停。哎哟，哎哟，纸糊的? 米拉波伯爵也太会形容了。真就是纸糊的。年轻时赴美，受到百般娇宠，像了不得的大人物一样，骄傲自大，目中无人……

"我讨厌拉斐德。还在革命之前，就讨厌。"

玛丽·安托瓦内特的话活泼起来，就像换了一个人，就像终于现出了平素那张面孔。但看到这张脸，米拉波无法不想到，据说奥地利女王玛丽娅·特蕾莎将女儿远嫁法国之时，就非常担心其思虑欠周，甚至有几分轻佻的性格。看来的确如此。就算在说拉斐德的坏话，也是毫无掩饰，甚至连名字都说出来了。确实……是有轻佻之憾啊。

再说这玛丽·安托瓦内特，却是趁兴连那白皙的玉手都伸过来了。米拉波毕恭毕敬将手接住，吻了一下，说道，

"王后在上。如此，法国王政有救。也务请将此话转告国王陛下。"

哎，也好。这就是米拉波的结论。哎，也好啊。这个思虑欠周、不擅辨别的女人，要是自虑亲为，那问题就严重了，但若只是路易十六的代理，哎，这样也好吧。要是因女人特有的固执轻信，一回到陛下那里就连声高呼米拉波、米拉波，或许，反倒该说是再好不过。

——不然，路易十六过于愚钝也是……

回返的路上，能感觉到自己周身上下一团轻松。好像……难以承受的疲劳，都忘在了圣克卢一样。很顺利。一切，都很顺利。啊! 好好大干一场! 能干的事，多着呢! 能干的日子，也长着呢! 想到将来，米拉波甚至生出了一股振奋之情。

6

阿维尼翁问题

"不。很明显，如今，已然没有王侯贵族出场之机会了。"

就用这句话，罗伯斯庇尔在议会会场里定下了言论的基调。申明大原则，也是有效的演讲技巧嘛。一开始就制造出印象，接下来，论述细节时也就容易理解了。嗯。是的。人民意志高于一切！

"这一点，对阿维尼翁也同样适用才对。"

时间，已经到了七月十日。当天，议会审议了来自奥朗日检察官博伊的咨询。

奥朗日位于原普罗旺斯大区西北角，阿维尼翁市正北方，距该市仅有约十六公里。检察官的此次咨询，是向议会请求指示。以反革命暴乱罪拘捕在押的几名阿维尼翁贵族，应就此提起公诉，还是应立即释放。

"释放反革命分子？简直是荒谬绝伦！阿维尼翁市人民支持革命。证据，就是与法国其他城市保持一致步调，并完成了市政的民主革新。"

罗伯斯庇尔将演讲锁向了细节。也是因为曾是三名议会文书之一，对来龙去脉格外清楚。但即便是其他议员，也并非完全没有耳闻。

该事件要上溯到一个月前，六月十日。因革命派市民崛起，坐立不安的阿维尼翁守旧派贵族武装起事了。贵族们似是要夺回市政实权，但充其量也只是为激情所驱的轻率之举，当然立即遭到了市民的反击。或者说，革命派一方也有同样信奉革命的伙伴。

一旦接到支援请求，周边地区，特别是奥朗日国民自卫军，就组织队伍，十一日便赶到了阿维尼翁。资产阶级民兵部队制止了暴乱，并将抓获的起事贵族移送奥朗日。

而向国民制宪议会提出的咨询，就是关于在押贵族的处置方式。

这还用说？理应判罪嘛。罗伯斯庇尔对此没有丝毫犹疑。可一征求意见，议事厅内，虽为稳健派但思想右倾的马鲁埃议员，及不折不扣的右派议员莫里牧师，却当即接连主张，无罪释放。

继之请求发言的，就是罗伯斯庇尔。非请求发言不可。

"不。这就奇怪了！无罪释放？怎么想，都令人奇怪。为什么？归根到底，可以说阿维尼翁这一事件的性质，与尼姆、蒙托邦、图卢兹及南法接连发生的暴乱无异！"

罗伯斯庇尔继续着热情洋溢的演讲。天主教与新教之争，贵族与平民之争，其图式虽有微妙不同，但却无不是断不能容的反革命萌芽的体现。

"必须提早将其掐灭。而实际上，截止到今天，议会的态度也一直都很坚决。有时派遣大使，有时甚至出动部队，以求革命之最后成功。可为什么，只有这阿维尼翁，就要区别对待？……"

"不一样吧。这个阿维尼翁。"

会场里有人起哄了。所以才会有争执。所以奥朗日才会特意来咨询议会。

"不可能与其他暴乱一样。真说起来，这阿维尼翁就是外国。"

"外国？说得过分了！"

"不。外国，就是外国哦。愚蠢的干涉可使不得。偏偏，阿维尼翁不巧又是罗马教皇的领土哦。"

虽然起哄的都在右侧，但这也的确是事实。

阿维尼翁市及周围被称为维奈桑伯爵领地的一带，被当时的法国国王菲利普三世割让了，自一二七四年起就是罗马教皇的领土。在接下来的菲利普四世时代，罗马教廷直接迁到了阿维尼翁，成了基督教的世界之都，直到中世纪末叶都保持了前所未有的繁荣。

"既如此，该当问罪的，反而是阿维尼翁市民。这是何等忘恩负义，何等逆天渎神！唉！这帮家伙，才应作为叛徒，作为杀人犯被推入地狱！为什么？在接下来的六月十六日，竟驱逐了教皇特使卡索尼大人！真是岂有此理！"

来自右侧的起哄，显然是教士议员的叫喊。是的，是的。实际上，教皇陛下也并未坐视，已向法国国王提出请求，出动法军，镇压叛乱。立即释放阿维尼翁的教皇派贵族，理所应当！议会应讨论个水落石出的，反而是应否接受罗马教皇的派兵请求……

"你们这帮家伙！是罗马的狗吗！"

"不是已经跟罗马教廷诀别了吗！法国教士，不是已经成为公仆，今后要食国家俸禄了吗！"

"既说这些错话，就是以反革命嫌疑的罪名逮捕你们，也不是没有可能！"

左侧雅各宾俱乐部的同伴们，对这番起哄予以了回击。虽然罗伯斯庇尔是顶梁柱，但对来自右侧的起哄，普通会员议员也是毫无惧意。因为，那帮家伙已被逼入了绝境。因为，到头来也只会坐立不安而已。

左派同伴继续回击。说根本的，要心有不服，《教士公民组织法》审议当时，好好申述不就好了？

"哼！根本就无以申述吧。哼！僧侣们所谓的不满，连像样的理由都没有嘛。全都是无知蒙昧的迷信，讨论也根本说不到一块儿。这在《教士公民组织法》的审议过程中，不就一清二楚了嘛。"

实际上确实如此。始于五月二十九日的《教士公民组织法》审议，只是大致按预期结束后便投票表决了。

争执之处，也全是精神领域内的琐屑问题。要认可教会法（天主教教会法）的优越地位啦，要考虑对失去教职的主教予以补偿啦，老年教士你们打算怎么办啦，等等。但对削减无谓教职俸禄，以谋求彻底的合理化，对教士选举制，对教士薪俸制这三大支柱性改革，却并无值得一提的反驳。就此，审议几乎是对教会改革委员会所提预案予以认可的形式结束了。

可尽管如此，就在这最后关头，教士议员们却不再掩饰内心的不满了。不，不只是他们，就连不是议员的高级教士也特意投书议会，以示对《教士公民组织法》的反对之意。实际气氛并不稳定。

"明摆着，当前正是困难时期啊。"

"嗯……的确，在《教士公民组织法》稳稳妥妥地成立之前，不宜徒劳无益地刺激罗马教廷吧。"

"就是不刺激，教皇庇护六世都难掩激愤啦。"

这回，罗伯斯庇尔也不禁暗吃一惊了。虽不是起哄，也没有攻击之意，不如说更近于自顾自地嘟哝吧。可这声音来自占据议会多数，走中间道路的平原派，那也无视不得。

庇护六世的反感，也是事实。

对法国通过的《人权宣言》，这位教皇早就公开表示了不快。也有人说，只是听到了始于教会财产国有化的一系列改革的报告，教皇就怒不可遏了。而新履教职之时，作为见面礼要罗马教廷上缴一次性谢金的教职俸禄领取金制度，在法国也被废除，这就让教廷蒙受事实性损失了。

"最后，就是这一次的阿维尼翁。不要认为教皇大人会一直沉默下去哦。"

右派教士议员突然又来劲了。

"基督教精神为万邦之共有。虽说是自己国家的教会，但本来，也不是可基于一国之便就能随便动指头的。如此荒唐行事，教皇大人不可能不予追究！"

"就现在，庇护六世圣上已经发来书信了不是吗？说《教士公民组织法》可能在法国引发宗教分裂，就此提出严正警告了不是吗？"

"我还听说，教皇忠告路易十六，恐有内乱之危。"

这简直就是教皇权至上主义的大合唱了。以法国教会独立性为重，即信奉高卢主义者的教士本应大有人在，不用说，他们已突然转投入教皇的怀抱了。

"别忘了！至少，也要召开法国教会会议！这就是教皇大人的意见！"

要说《教士公民组织法》之争的焦点，也正在于此。

7

这是外交问题吗

五月二十九日审议伊始，普罗旺斯区艾克斯总主教布瓦热兰就提请议会，基于高卢主义的理论必然性设置法国教会会议，并委之以教会改革的权利与职能。

国民制宪议会否决了。这结果是显而易见的。因为上述提案会侵害国民主权，制约国民主权代表机构——议会的权限。

本以为，教士议员会接受这一决定，就此作罢，可万没料到，他们不再诉诸议会讨论，而是加急驰书罗马，想通过教皇庇护六世的介入，实现设置法国教会会议的愿望。

"难啊。目前的状况，到底是难办啊。"

这番嘟哝，又是来自走中间道路的平原派议员。

"这也是一种外交问题嘛。压根儿就是紧急事态嘛。"

"加之，又在阿维尼翁问题上刺激教皇，唉，怎么想，这态度都不高明。"

"这种时候要慎重。无论如何，都要慎重。"

站在演讲台上，望着台下一唱一和的情景，罗伯斯庇尔不禁咬紧了牙关。

目前局势困难，理解。但正因如此，消极以对更令人不满。这就是罗伯斯庇尔的看法。啊，绝不能就此罢休！而更要示以毅然决然之态度。必须让道理贯穿始终。

——教士依赖罗马的态度越是强烈……

有些家伙就越是开心。这一点，罗伯斯庇尔也想到了。不用说，就是那些亡命海外各国的贵族。若是僧侣们求助于罗马，那这些寄身西班牙、奥地利或英国等国宫中的贵族，就必定会劲头更足地游说各自所在国，干涉法国。

——要是容许，那新生法国就会被这些国家扑灭。

在自身改革之前，就被外部势力摧毁了。一念至此，罗伯斯庇尔立即感到要喘不上气来了。这种时候，绝不能让他们看到可乘之机。断不能生怯。天主教会的超国家主义也好，王侯贵族的血缘情谊也罢，一个都不能答应。

这也正是将祖国法国推上前台的原因所在。象征自由、平等与博爱的红白蓝三色旗随风飘扬的理想国——法国！法国！法国！

"你们的意思是说，要抛弃阿维尼翁吗？"

罗伯斯庇尔转身反击了。都忘了吗？各位议员！就在今年四月，阿维尼翁市民，应该已明确向我们表达过自己的意愿。他们要采用法国宪法，要与法国合并，要成为法国的一员。而在今年的六月二十二日，连维奈桑伯爵领地都表明了相同的意愿。终于，二十六日那天，阿维尼翁代表也不避路遥来到了巴黎。

"这都在情理之中啊！是的。没有任何不自然之处。说起来，阿维尼翁也不在意大利。而来到巴黎的阿维尼翁市民代表们说的，也是法语。虽稍有点口音，但却不是意大利语。这不奇怪，北接多菲内、西临朗格多克，自东往南，则是普罗旺斯，四周都是法国人的土地嘛。"

不出所料，起哄声又飞过来了。罗伯斯庇尔老弟也是头脑不清啊。都说过了，不是这么回事吧。阿维尼翁的领主是罗马教皇！离法国人的土地近也好，远也罢，这全无关系，阿维尼翁现已是罗马教廷的领地，只是远离其本土。

"所以嘛，不能侵犯罗马教廷的主权……"

"一开始我也说过了呀！论及国家的情况下，如今，已没有王侯贵族出场的机会！人民意志重于一切！"

罗伯斯庇尔竖起了手指。的确，阿维尼翁不归法国国王所有。但也不能因此就说，其成为法兰西王国之一部的资格，就低谁一等！为什么？我们在推进的，是革命！要说，就是思维的转换！

"正如你们所言，此前，说到国家，说到领土，那就是谁为领主，由谁支配，持论全是来自上方的把持。但从今往后，不一样了！人民想归属于哪个国家，想跟谁一起走下去，该受到尊重的，是来自下方的意向！"

对这番话的反驳，当然不会停下来。

"革命理想归理想，思维转换归转换，这本身没什么不对，但不能因此就强加于别人吧。"

"我说过了，阿维尼翁不是别处，是法国。因此，也不可能是所谓外交问题。如果尊重人民的意志，那所谓远离本土的领地，这种不自然的状态就不应存在！"

"既如此，罗伯斯庇尔老弟，那另一个地方，摩纳哥，又当如何？是法国吗？比利时呢？卢森堡呢？也都是法国吗？"

"我个人认为，这一可能性很大。"

"哼！谬论也有限度。完全是一派胡言！"

"是吗？不是的！即便这是谬论，那也比不负责任好吧。想归属法国，想与法国同行。阿维尼翁这一申请是我们的光荣！并且，国民制宪议会也将此作为一种光荣而接受了！"

"什么时候接受了？关于阿维尼翁以及维奈桑伯爵领地的合并，答复应该是暂时保留，延期审议！"

"这就是说，也并未拒绝。阿维尼翁成为法国之一部分的可能性，依然存在。"

"要说将来，啊，或许有可能吧。只是，就现状而言，阿维尼翁还是外国，还是罗马教廷的领土！"

"不，这话就不对了。所谓合并保留，那它的一半就已经是法国的领土了。"

"即便如此，那也要慎重，不要故意触怒罗马的神经，要慎重！"

就从这里开始，议会各派怒吼成了一团，一片混乱。就算这样强词夺理，但插手别人的土地总归是不行吧。所谓财产权神圣不可侵犯，还不是因为革命精神？真啰嗦。既说是教皇的土地，不就是教会财产吗？也就是说，议会已决定将阿维尼翁国有化了。错了，能没收的，只是法国的教会财产吧。要把手伸向罗马的土地，马上就会成为外交问题。早说过了，阿维尼翁是法国！没有理由是罗马！

"既如此，那就派军队进去试试呗。"

说到身着教袍的议员，已是满面通红，语带威胁，情状颇有些危险了。啊，别只是拘押阿维尼翁贵族，既如此，干脆下令，让部队进驻阿维尼翁，一举征服，控制下来好了。

"罗马会视此为开战宣言哦。海外各国会视之为侵略，而予以强烈非难！"

"这又怎么了？我个人虽反对动用武力，但若事态紧急，逼不得已而为之，那也是没办法，到这一步，作为法国的国内问题，光明正大地处理就行了！"

"可是，罗马……"

"你是法国人吧。为罗马辩解的理由，到底在哪里？"

理由？在对国民制宪议会的不满！但教袍议员再怎么样，终究是无法这样回答。因为他们一直在赞同革命；因为，若不是连教士地位都被危及，现在，也依然会是人权的热烈拥护者。

——可尽管如此，《教士公民组织法》，还是无法接受。

眼瞅着，后天，七月十二日，就要按预定计划投票了，但却并未讨论出令人认可的结果，而是将期待转向了罗马教皇，想弄成外交问题，大闹一场。有这闲工夫，拿来讨论出个所以然不好吗？罗伯斯庇尔等人不是没这样想，但这要让教士说，那就是，神本来就是拿来信仰的，而不是拿来讨论的。这似乎就是他们的意见。

8

联盟庆典

煞费苦心的庆典，不巧赶上一场大雨。早晨那会儿甚至如瓢泼一般。但到午后，那倾盆而下的如注雨势就已化为牛毛，连水花都溅不起来了。

白蒙蒙仍在空中弥漫的，是所有群众的背上升腾而起的热气。不管老天是何等眷顾，多想用这场雨给人们降一降暑气，但人们热情高涨的那股狂热气势远在其上。

难怪，脚步声所到之处，送去的是革命的狂热啊！唰，唰，唰，整齐的军靴声中，是行进中的五万名国民自卫军兵。

在错综复杂的巴黎街巷中现身的，全是睁大眼睛，直视前方的大军。在巴士底狱遗址集合时天还未亮。

一七九〇年。七月十四日。巴黎。全法联盟庆典（法国国庆节），就是从这一天、就是在这里开始的。

兵团编为八列纵队，乐队送其上路时，正是事先预定的上午八时整。但后面的既定安排，可就全都迟误了。因为整个巴黎，从一开始就完全成为了狂热的俘虏！

盛大、隆重的行进队列，无论如何都要先瞻为快，区区一场雨哪里拦得住，人们都跑街上来了。被冷雨浇湿了，那就燃起篝火，所以从前一天开始，巴黎就化身而为一座不夜之城。一当蓝白两色军服在眼前经过，又是抛撒刚刚采摘的鲜花，又是递去刚刚烤好的点心，以至于后来，直接就抓住自卫军兵的手，又是拥抱，又是接吻……到处喧闹成了一团。

"一切都会好！一切都会好！"

四处响起的，是歌手拉德莱那支流行歌曲的歌声。人们反复吟唱，会好的，会好的。

"啊！一切都会好！一切都会好！把贵族们吊在灯柱上。

"啊！一切都会好！一切都会好！把贵族们统统吊起来。

"自由稳扎根。暴君之流不足惧。一切都会好！"

行进线路是由圣殿大街至圣但尼街，再到圣奥诺雷路，由北往西，穿过巴黎右岸。在路易十五广场与国民制宪议会议员团会合后，终于横跨塞纳河而到左岸，前往最终地点——战神广场。

先头队列抵达练兵场时，已是下午一点以后了。要等队尾在指定位置就绪，还得花两到三个小时吧。

庆典会搞得轻描淡写？根本不可能！而是要在这主会场，把狂热推向顶点！为此，也酝酿、提炼出了几重方案。

重点在蔚为壮观的荣军院耸立之处。并且，国民自卫军要进入战神广场，那就必须穿过巨大的凯旋门。

由建筑师赛卢利埃设计的白色凯旋门，若依看似有可能趁革命之机而被采用的长度单位"米"来测算，大约将近二十五米之高。因凯旋门为三连拱，三个通道，宽度就更在高度之上。

"你们这些家伙，已不足惧。

"不过是可鄙的暴君。

"加于我们的，是高压政治无疑。

"名字还多达百个。"

穿过刻有如是铭文的凯旋门，就到练兵场了。这个练兵场也不只是宽阔的沙场而已。呈现于眼前的，是数重整齐的椭圆，呈捻碗状由低到高的外缘设有观众席，宛如古罗马的圆形角斗场一般。

观众席上则是满满登登，挤到密不透风的观众。有人说有三十万之多，也有人说达四十万之众。入席伊始神经便似削尖了一般的群众，一看到部队便声嘶力竭地高喊，或振臂高呼，还有鸣琴奏乐的，一派热烈欢迎的狂热景象。再看入场的国民自卫军，反倒是有些惊慌失措了。

"法国万岁！法国万岁！"

真是干得倒挺漂亮！虽要尽力以冷笑置之，但塔列朗也是不无称赞。

入口的凯旋门也好，练兵场内的圆形竞技场也罢，完全是新建的，且不是基于谁的强迫，而是巴黎民众自发建成的。扛起大镐，自发前往，连按天计算的津贴都没得拿，但却不辞劳苦，风雨无阻，不屈不挠，突击赶工。最终，只以无名群众之力，便将庆典的舞台搭建完成了。

——若是为庆祝七月十四日……是吗？

不用说，这是一年前，在最后关头攻陷巴士底狱的日子。

为纪念革命一周年而举行的庆典，之所以被称为联盟庆典或全国联盟庆典，也是应民众自发的呼声确定下来的。

一七八九年七月十四日前后，组织资产阶级民兵的，也并非只有巴黎。正逢贵族阴谋、大恐怖传言四起，甚嚣尘上，整个法国社会陷入不安之时，各地无不根据自身情况，组织起了各类民兵队伍。

改革得以进入这些民兵组织之中。六月五日，据巴黎公共团体提案作出决定，法国全境的资产阶级民兵，统一整编为国民自卫军。编制为全国性组织之际，各省民兵部队以联盟形式结为一体。

在地方，比起国民自卫军，联盟军的称呼更受民众喜爱。这且不提，各省编制一当推进，为之举行庆祝的地方政府也不在少数。

这就是被人们称为联盟庆典的来历。既然各地相继庆祝，又难得编制为全国性组织，那法国能不能举办一个全国性庆典呢？反正是要庆祝革命一周年，那能不能两者一起庆祝呢？就这样，全国联盟庆典的构想，也就自然而然出现了。

最先发起呼吁的，是圣犹士坦街区的国民自卫军。而采纳这一提案的，则是市政正趋于稳定的巴黎市市长巴伊。被巴伊市长拉着一番商谈之后，就有议员将这一议案提交给了议会。

——这位议员，就是这塔列朗了。

不坏。这是听到这一想法后，脑子里瞬间闪出的两个字。不，若从常识考虑，一句无聊就能定性此事。庆祝七月十四日的呼声虽然很早就有了，但要兴师动众，联盟军从全国各地齐集巴黎，白受罪的印象就更为强烈了。

所以，这同时又是一个并无实际意义的企划，且开支庞大。议会正式作出决定是六月二十一日，准备时间也很短。可即便如此，塔列朗仍是积极活动，一个字——办！

虽是隐隐约约，但总感觉这次庆典不会顺利。

不是有什么大问题。也不是暴力事件频发或气氛到处不安定。相反，法国已经慢慢沉静下来了。但也不是感觉不到，所有人也因此而逐渐回归自我，惊吓之余又慌忙进入守势的迹象。

——可这样子下去，那就改变不了什么了。

革命突然爆发时，就是七月十四日在巴黎爆发时，无论情愿与否，都能预感到一种万物将由此一新的气势。而现在，这股气势，明显弱下来了。人们关心着各自的立场及利害，并开始意识到，当时的梦想，也只是个梦想。而玩弄些难伺候的文章，啰啰嗦嗦，一劲儿抱怨的那帮家伙，也开始耀武扬威……倘如此，法国不会改变。

——我塔列朗的天下，也永无到来之日。

既如此，那就重返七月十四日！这就是塔列朗心中的那一闪念。啊！要重温那暴力性的兴奋。将人们拉回没有教士，没有贵族，也没有平民，没有贫，也没有富，所有人尽皆平等，作为法国人，有能力整体崛起的那个幻想。不是要思考革命，而是要通过感知革命，再次唤醒应奉献给法国的、不去瞻前顾后的那股热情。

事实上也的确如此，为了这次国庆，有钱的资本家自费新制了军装，而平民这边也不甘落后，为设置会场而挥汗如雨。七月十四日越是临近，那个火热夏日的一体同心之感也越发在切切实实地回归。

为让法国再一次团结一心，多多少少的自欺欺人也是必要的恶吧。白色的巨大凯旋门也有点"自欺欺人"，看上去像是大理石，但实际上，不过是画家们大展画笔神功于其上的厚纸。宛如圆形大角斗场的舞台也一样，不过是宴毕即撤的临时性"装备"，说白了，就连气氛庄严的战神广场，也全都是骗小孩子的把戏。

——然后……还有一个。

战神广场正中，设有"祖国祭坛"。圆形基座之上，又放了一个方形底座，其上置一香火台，东西南北四方，均可拾级而至台前，工程规模很大。

但与凯旋门一样，其白色外观虽令观众叹为观止，但还是一层只是看上去是大理石的厚纸而已。勉强用木头搭成的，仅是那个有承重之需的架子。

这就是要在此举行全国联盟庆典的主舞台。最后，巡游巴黎的国民自卫军及联盟军兵威风凛凛，绕战神广场一周，进入祖国祭坛周围的指定位置，队列行进就此结束。各队代表出列登台，将所持旗帜插在了香火台周围。

法国八十三省，巴黎六十街区，全都向祭坛献上了自己的旗帜。待到大致程序结束，已是下午三点之后了。

咚——! 咚咚——! 礼炮响了。一直声嘶力竭、尽情喧闹的战神广场，也像听到信号一般复归于寂静。

庆典仪式开始了。祖国祭坛之上，一边是象征"宪法"的女性，一边则是象征"祖国"的男性，两人分立两厢，齐声高喧：

"众生一律平等，人之区分，不据出身，仅据德行。法，必须为普世之法，法律面前，必须人人平等。"

与这对男女对面而立的，则是"声誉"的象征。

"国民议会制定之法律永世不灭。并由三词以为保障。此三词必永记在心。"

"声誉"话音甫落，这边的男女再次齐声高喧：

"一曰'国民'，一曰'法律'，一曰'国王'。"

国民，是为汝等之自身。法律，是为汝等之意志。国王，是为汝等之守护之人。之后，五万名国民自卫军兵逐句高声唱和，观众席上的四十万人见状，也即刻仿效，战神广场的兴奋再入高潮。

"主教大人，差不多是时候了。"

祭坛脚下，设有两座小帐篷。一座为执法权帐，里面是国王一家与各位政府高官；另一座为立法权帐，里面是议会议员。两处，都是可以避雨的地方。就在这时，一直在悠闲地观看庆典仪式，一派轻松的塔列朗，听到有人喊自己了。

"哎哟。预定在正午的，都四点了啊。"

抱怨一声，塔列朗便拖着行动不便的腿迈步往外走。啊，差不多该欧坦主教大人出场了呀。让道的，是同在帐篷中歇候的拉斐德。

"得劳您一挽啊。"

看他表情过于规矩，塔列朗用手挽起了侯爵的军服袖子。

"请您行善积德，万不可如此取笑啊。"

拉斐德一脸呆滞。塔列朗见状，好歹冷笑即止，没至于笑喷。啊！忍住！这时候，必须得忍住！这要在平时，可就大笑不止啦。我塔列朗，居然要做什么弥撒。

9

主角

由欧坦主教塔列朗大人主祭的弥撒及祝圣仪式——向经各位民兵之手供于祭坛的八十三县县旗、六十街区区旗祝圣——正是全国联盟国典的重头戏。

祖国祭坛之上，着白色礼服，佩三色绶带的三百名教士，已然肃穆以待。唱诗班的孩子们身配吊式香炉，不下百人。乐师们单手提着乐器，虽不仅是为圣歌伴奏而来，但也听说计有一千八百人之多。

一次次抬起那无法随心所欲的腿，塔列朗拾级而上。雷纳德牧师、路易牧师，及充任助手的神父也各就各位。即将举行的仪式，真就是庄重无比。可天公不作美，偏在这时，雨又下起来了。

雨滴噼噼啪啪在眼前滴落，塔列朗感觉，若不时时留心，像在头上又装了一颗脑袋的高耸的主教冠，随时都会飘然落地。主教祭服里三层外三层，长白衣、法衣、短裤，还有饰以金线刺绣的白衣，这身装扮也太重了。活动不便，酷热难耐。

——到底，还是感觉怪异。

还是忍不住要笑出来。塔列朗之所以毫不习惯，而只能强忍，实在是因为直到今天这一刻，主教祭服也只正经穿过那么几次，数都数得过来。

换句话说，他根本就没做过什么像样的弥撒。按欧坦主教的表述，自入驻教区时在主教大教堂主持过弥撒，就再没做过了。也就是说，作为高级教士主祭，这只是第二次。啊，简直就是即兴滑稽剧啊。骗鬼的把戏罢了。

"慈悲经！"

塔列朗的主祭开始了。风雨中，香火眼看就要灭了。塔列朗见状到底是想笑，可一俟伴奏声起，唱诗班那清澈的歌声在上空回荡起来，整个战神广场，便就此笼罩在了全然不同于此前兴奋的感动之中。

有的人，想起动荡招致的不幸而不由落泪；有的人，被唤起坦诚的自省而面露悔悟；但也有人，现出的是一脸更为自信的光辉——自己的行动没有白费，到底是有价值的！可这……到底算怎么一回事？高举人权大旗的革命，跟神有什么关系？本是建立全国性民兵组织，却非要做什么弥撒？

——看来，就是需要自欺欺人啊。

塔列朗也承认，一直搬弄基督教、上演自欺欺人之"神"剧的教会，确实是高人一筹。

非做不可的，不是让人们思考革命，而是让人们去感知。不是用卖弄小聪明的文字迷惑大众，而是以剧场般的效果将之卷裹其中。所以最好的办法，就是将神与祖国加以调换而佯装不知，设下了基督教的圈套却又神不知鬼不觉。

啊！没有人会觉察。就算祖国被偷换成了基督，也无人会生疑。结果也只有一个——因了皈依宗教的虔诚和热情而为法国献身。

一旦法国带上了神圣性，那亲授这一信仰之人，也就成了新的领导者。当然，那人不会是法国的国王。

"荣耀经！"

整个战神广场心醉神迷，完全被泪水淹没。还真是了不起啊。塔列朗心里不由再一次感佩。但同时，他也想无所畏惧地一歪嘴巴，啊，如此，能最后一次为法国献上自己的力量，天主教会也该满意了吧。

七月十二日，《教士公民组织法》正式表决通过了。且几乎是原案通过。教士就此剥下了神秘的外衣，沦为一介公仆。

"不。欧坦主教大人，这可就不对啦！"

艾克斯总主教布瓦热兰双眼含泪抗议来了。因为法国教会会议的设立并未纳入其中。如此，教会神圣性就将无保！如此，就无法赞成《组织法》！这就是布瓦热兰的抗议。

"好啦好啦。布瓦热兰主教大人也消消气。不要那么激动，先听鄙人一言。"

塔列朗劝解道。议员也是千人千面，特别是不切实际的左派，要说服并不容易云云，先要把新生法国的教会建立起来等等。总之是花言巧语，用尽办法，才终于让布瓦热兰点头答应。

"好吧！七月十四日，这个……就是鄙人在全国联盟庆典上主持那场盛大弥撒之前，想办法调整一下议会日程，就设立法国教会会议一事重新审议。到时，一定会知会主教大人。"

这一回想，塔列朗记起来了，不由啊了一声。啊呀！是的，因为要做实在陌生的主祭，忙着学习大致流程，结果，把调整议会日程这事儿给忘了个精光……

——唉。就这样吧。

塔列朗的手伸向装满圣油的油壶。必须要指尖醮油，洒向八十三面县旗、六十面区旗，为其祝圣。圣油也毫无特别，就是纯粹的油而已，但好像只要这么一洒，就全都具有了超凡脱俗的神灵的力量。

——也敬请布瓦热兰主教大人一观。

您看，民兵们很高兴呐。一旦分享到神秘力量，就会感谢教士呐。唉。这不就足够了吗？只要对法国有益，那教会应有的神圣性，直到绞尽最后一滴也毫不足惜，这难道不应是教会之本愿？您看，布瓦热兰主教大人，您自己不是也感动了嘛。去年的七月十四日，您不也同样是为法国而鞠躬尽瘁的吗？为了革命，不惜以身相殉！这心情，今天应该也一样，对吧。心里这样说着，塔列朗一挥袖衬，发出了号令：

"圣歌——感恩赞！"

弥撒仪式，结束了。这即兴滑稽剧，表演得还行吧！塔列朗对自己越发满意了。走下祖国祭坛，一回到帐篷，拉斐德侯爵便交替而出。

本想说句话，但塔列朗错过了时机。侯爵神色冷峻，急着往外走，似乎连这身夸张的祭服都没怎么看。

这也难怪，时间不等人嘛。眼看都要五点了。且似乎，拉斐德也有拉斐德精心准备的演出。

一路小跑出了帐篷，待到再次现身时，已是跨下白马，威风凛凛了。原来，为英姿飒爽地骑马入场，拉斐德特意将爱马藏在了凯旋门下。

观众席上欢声雷动，震得人耳朵都疼了。不，就连之前，找到祭坛上自己的旗帜时，一劲儿流泪的联军士兵行列，也都握拳高举，突然地热烈起来！弥撒仪式烘托出的庄严与神圣一扫而空，整个战神广场再次卷入了暴力性的兴奋之中……

轻击地面的马蹄声由远及近，不，实际上，根本听不到声音，马蹄声，只是随那跃动感而来的想象。不管怎么说吧，英姿飒爽，令人迷醉的拉斐德先驰马奔向了执法权的那座小帐篷。

来到帐前，拉斐德滚鞍下马，启奏国王，可否下令联军士兵起誓！

一俟国王欣然恩准，便又心情大好地一路小跑，噔噔噔拾级而上。待站到祖国祭坛之上，拉斐德唰啦一声拔出腰间军刀，宛如古代十字军骑士一般定得身之后，这位国民自卫军总司令高声宣誓：

我宣誓！

永远忠于国民！

忠于法律！

忠于国王！

"我宣誓！"

多达五万之众的联军士兵继之高声唱和。大地轰鸣一般的浑厚大音，令塔列朗不由一阵惊慌。

拉斐德继续高声道：

我宣誓！

坚决维护议会制定，国王恩准之宪法！

"我宣誓！"

找宣誓！我宣誓！

尽管自己也被最终卷入唱和的巨浪之中，但终于，塔列朗也能回过神来，咂一下嘴了。喊！拉斐德这家伙，是不有点得意忘形了？喊！一脸我才是今日之主角的样子，是不有些自大过度了？

——哼！就因这即兴滑稽剧引人注目了？……

塔列朗把主教冠摘了下来。直到刚才还小心翼翼地戴在头上，但现在却突然感觉，这真是愚蠢至极。何止如此，塔列朗甚至感到了一种屈辱。啊！果然如此啊！我是被这身教袍贬低了，而不是被拔高了呀。只是领会到教袍不敌军装，那也无法卸下背负一生的沉重的十字架。

塔列朗想强迫自己换一下心情。哼！越是高高在上的偶像，暴跌速度也就越快。但即便如此，还是无法摆脱如影随形的羞耻感。啊！真不该主持愚蠢的弥撒！想来，这并不符合自己的性格。自己本就不适于抛头露面。这种事，一直都是全盘委于米拉波的。

——米拉波这家伙呢？……

当天，米拉波只满足于作为众多议员中的普通一员，没露面。想露面……也露不了？还是心在别处，躲起来了？不管怎样，应该说米拉波这态度才是对的。事到如今，塔列朗已经是羞臊得满面通红了。

——这样的庆典，根本就毫无意义！

没人会真心感动。现在这会儿，在这儿，再怎么心醉神迷，也会马上回归自我，并把自己保护起来。人嘛，就是这样的动物。不过如此。刚以此番感想了结掉复杂的心情，一种不断加重的担心又突然涌了上来。

"说好了哦。的确是说好了哦。"

布瓦热兰提高声音提醒道。重新审议设置法国教会会议的有关日程，在联盟庆典前，确实可以烦请大人知会的吧。我是说万一，要是这约定万一出了差错，欧坦主教大人，您可听好了：

"鄙人自有办法哦。"

塔列朗耸了耸肩。这个臭布瓦热兰，走投无路之下不会去投奔罗马吧。当然，感动于今天的联盟庆典，就会因七月十四日的美好回忆而控制住丑陋的执拗，就会主动为法国牺牲——如此廉价的感伤，布瓦热兰也是不会有的，可是……

10

报纸的使命

一七九〇年七月十四日，在全国联盟庆典中，法国国王路易十六仍然是最后一个登场的。

"朕以法国国王之名义，在此宣誓。为维护由国民议会制定、经朕批准之宪法，朕将行使国家根本大法所授予之一切权限。"

宣誓时，路易十六脚下沾满了污泥。虽没明显感到国王受辱，但也无法否认，该说是不出所料吧，所谓国王，不过是附带性出席而已。

——至少，祖国祭坛，还是应该登上去的。

直到现在，德穆兰的这一意见都不曾动摇。啊！尽管只迈出帐篷半步，但也不应像低声念稿子一样草草了事。应该让他站在高搭的祭坛之上，在来自四面八方的法国人民的注视之下，让他的声音在战神广场雄浑地回荡……

实际上，听说米拉波曾向陛下进言，且也做过议会的工作。

"国王应该走出帐篷，登上祖国祭坛。"

但路易十六并未明确答复，至少，议会方面并未接受。取而代之的，是安排了一场意想天开的即兴滑稽剧——让身为国家元首的法国国王，给年仅五岁的皇太子穿上国民自卫军的军装，然后抱起太子，只有在此时，才能高高地展示给战神广场里的观众。

——这也难怪。归根到底，这是全国联盟的庆典啊。

主角不可能是法国的国王。这是来自全国各地的联军士兵或国民自卫军的庆典。

话虽如此，可所有士兵都不过是连名字都无人知晓的民兵。说起来，或许，作为一种象征，只有总司令一人在众目睽睽之下英武亮相，也是这次庆典的必然结果。但即便如此，压根儿就是为夸示而企划的痕迹也太重了。

——一言以蔽之，这场隆重的庆典，就是为拉斐德举行的。

自打看穿这一点的那个瞬间起，德穆兰就难抑心头的怒火了。

想出风头的家伙又出了一次，绝不能就这么算了！要站在第三者的立场冷静观察也并非易事。因为，七月十四日的革命一周年，德穆兰是以非同寻常的深入思索认真对待的。

不是皮卡第人，不是布列塔尼人，也不是普罗旺斯人，而是所有人，都作为良善法国之国民共济一堂，名副其实的兄弟之情将因此而得到强化。正因如此，作为革命一周年的企划，举办全国联盟庆典，即全法联军总集合，德穆兰也不曾有过异议。可是，若只是炫耀资产阶级民兵的存在感，且很必然地，只有拉斐德大显威风，这可就值得商榷了。这不对头。如此荒诞的庆典无以坐视。

——为什么？这是七月十四日！

在一年前的巴黎，这可是攻陷巴士底狱的日子！既如此，一年后的纪念日以联盟庆典以示庆祝，就只能说这本身存在着矛盾。因为攻陷这一要塞、这座牢狱的，是贫苦的巴黎庶民！

富裕阶层也并非不在场。但数日后，被称为国民自卫军的资产阶级民兵，当天却并未出动。以法国自卫军为代表，若排除事后编入的部分例外，那国民自卫军中，就没有一位是巴士底狱一战中的勇士。

不用说，这位拉斐德当天正在凡尔赛，脚都没踏入巴黎！

——巴士底狱一役彻底结束后，这才恬不知耻地现身！

仅此而已之人，同样未曾出力的资产阶级倒是深有同感，并即刻把他捧成了英雄。

——是这样的！

事后的政局归事后的政局，德穆兰也并未视而不见。啊，议会也好，巴黎也罢，政权争夺战异常激烈，令人眼花缭乱，无力预测。此后的事态发展，是拉斐德快速浮出，就此夺取了政权。这是事实，也并非坏事。

——尽管如此，可唯有这七月十四日，另当别论！

这一纪念日的主角，绝不是国民自卫军。绝不应是拉斐德。因为，在那个炎炎夏日激战巴士底的，另有其人。

——我卡米尔·德穆兰也是其中一个！

虽不出众，但作为货真价实的七月十四日的英雄，我更有几倍丁斯的资格登上祭坛！正因有此自负，德穆兰也就无法不较真儿了。

一听说无人持有异议，也就不能不感到纳闷儿了。为什么不生气呢？为什么连个疑问都没有？

——或者说，这正是联盟庆典的目的所在？

自七月十四日起，整个巴黎无日无夜，节庆的喧闹至少持续了一周。包括路费花个精光，一文不名的外地人，所有人都是今朝有酒须尽欢地吃喝不停……虽是因资本家们大摆筵宴，热情款待，但一个个勾肩搭背，载歌载舞，以至到最后，醉汉们竟胡言乱语，说什么我们，我们拉斐德，将作为法国的华盛顿，成为新的国王，不，不是国王，按美国的规矩，应该叫总统……

德穆兰越是鄙视，内心就越加地焦躁，甚至会感到痛苦。因为，感觉像在我们的祖国法兰西，目击了古罗马帝国那臭名昭著的恶习。

——即所谓"面包与马戏团"。

只要让民众吃好玩好，他们就不会忤逆。尽管这很荒诞，但人们又的确会支持哄自己开心的当政者。啊！是的！不是在纸糊的战神广场，而是在真正的圆形大角斗场大搞娱乐活动，备下成千上万桌盛宴大肆款待，恺撒才得以施行其独裁。明明民众中隐藏的力量非同小可，一旦爆发，什么样的恺撒都会立成飞灰！但同时，民众又是容易上当受骗，也易于驯服的。

——全国联盟庆典，也不得不予以警惕。

在法国，若政治性庆典的魔力也会让人民中毒，丧失判断力，那纸糊的恺撒也就无人能阻止了。想到这里，德穆兰浑身战栗，但却并未就此绝望。恰恰相反，一股斗志在他心中燃将起来，且越烧越旺。当然他也知道，这场仗没法儿打。

一味高喊原则论的"左派"战法毫无用处。说到能与拉斐德对抗的高人，可能也只有米拉波了。这个米拉波一意力挺的，是法国国王路易十六。啊！在法国，国王依然健在。即便在大众的支持之下，横空出世的那位红人洋洋自得，不可一世，最后遁入独断专行一途，但有能力毅然阻止的权威，还在！

——所以，我德穆兰也要投入战斗！

德穆兰的确是在这样的振奋中走笔如飞的。在自己那份报纸——《法兰西与布拉班特革命报》最新一期，德穆兰以古罗马将领、政治家，被胜利冲昏头脑的埃米利安努斯作比，暗示拉斐德正是将法国人民的庆典毁于一旦的罪魁祸首。这是事实。文中提到的埃米利安努斯，在战斗中抓获了请降的敌军国王，并在泥泞中将之拖到了战车之下……

——啊！我没做错什么。

德穆兰再一次对自己说。啊！如果人们意识不到，那让他们意识到，也是报纸的一种使命。若咬住这点不放，那就是咬人的人不对。反过来说，这种行为本身，就是想一直隐瞒真相以图明哲保身的卑劣行径。

而这个卑鄙小人，就是皮埃尔·维克托·马鲁埃。此人，为奥弗涅大区里永辖区代理官之子，在海军中从事监察工作，五十来岁。说到底，也是一位被送入全国三级会议的议员。虽为第三等级代表，但近几个月，右倾倾向却突然强烈了起来。

这也难怪，乡村就是乡村，讲究的是同乡之谊。贵族代表议员拉斐德侯爵，也是来自同一选区，即奥弗涅大区的里永选区……

——一言以蔽之，此人，就是国民自卫军总司令阁下的代言人。

哼！什么马鲁埃，名字都没听说过。明白了，不过是某人一手栽培的亲信罢了。拉斐德也是，要有不满，自己说就好了嘛。八月二日，德穆兰就是带着这股气势走向杜伊勒里宫练马场附属大厅的。他在二层的旁听席中找好了位置。这也是考虑到，要能居高临下俯视整个议事会场，那边演讲台上看起来小小的议员等，就更不是问题了。

——此人的派头令人深感意外。

马鲁埃身上，透着一股不可思议的威严。尽管身材不太高大，但富有穿透力的声音也很有说服力，且一旦带上勃然大怒之色，甚至还有居高临下训斥的气魄。而现在，马鲁埃正以这一气势，指名道姓在议事厅中继续抨击。呃……以埃米利安努斯作比，这是何等充满恶意的表达方式啊。蓄意让人误解为对国王的无视，这已无异于教唆人民武装起事！

"是的！德穆兰先生对读者的呼吁，也无异于此。无须遵守议会制定的什么法律。大家一起来，一起推翻什么劳什子宪法！"

不折不扣的曲解！你的表达方式，才是充满恶意吧?心里虽如此忿忿，但德穆兰仍是三缄其口，并未反驳。

没有开口反驳的勇气。治不好的口吃毛病让他自卑，本来就不愿意在人前说话。不，像革命的时候，一旦情势危急，也能慷慨激昂地高声演讲。但也只是在心里这样想想，现在，还没到这份儿上。

从根本上来说，他也不容许自己毫无准备地出言不慎。德穆兰被告发了。

11

告发

七月三十一日，马鲁埃就像拉斐德的看门狗一样，在议会上告发了。

而告发的对象，就是让-保罗·马拉《人民之友》七月二十六日号，和卡米尔·德穆兰《法兰西与布拉班特革命报》提前加急发刊的二十七日号。

接到告发后，国民制宪议会即日决议，通告皇家沙特莱裁判所检察院，对马拉、德穆兰及与二者报纸发行相关的记者、印厂、销售、投递业者等，以颠覆国家罪提起公诉。

——或许，也是为杀一儆百吧。

此事，德穆兰也曾这样理解。七月十二日，《教士公民组织法》表决通过，十四日，全国联盟庆典举行，全都值得一书，报纸就不可能不活跃。但是，一旦各报为特讯大战而激烈争夺，这些家伙也就难免神经过敏。也可以说，难免有所亏心。总之，这些家伙都会反过来非难对手。

要全都在意，不是说不可能，但也真就无法做事了。即便是此前，与报道内容有关的投诉和抱怨也不是没有过。啊，就是这样一种买卖吧！虽然也不是没有破罐子破摔的心情，但从另一方面来说，告发就是告发。如不采取相应措施，就会有牢狱之灾。

这一天迟早会来。德穆兰有精神准备。稍早些时候，这里那里，就能零星看到言论压制的征兆。之所以说并非与己无关，是因身边的同伴中已经有牺牲者了。

——马拉他……

因檄文被追究，今年一月被迫亡命伦敦。偷偷返回巴黎后，待到事件冷却下来的五月，《人民之友》就复刊了。可这张报纸再一次被人告发。

但是，该说不愧是惯犯吧，马拉应对起来也是炉火纯青。立即就以激昂的笔致写好辩文，登上了报纸，并且火速加印了刊载辩文的报纸。马拉采取的做法是，通过报纸与大众结为统一战线，在此基础上加以反击。

——那我呢？我该怎么办？

就是德穆兰，也未因突如其来的告发而惊慌。但因对方是国民制宪议会，他也坚定地认为，应对时诚意必不可少。啊！顽固的对决姿态，不一定总是好的。

德穆兰写了一封申诉信，寄到了国民制宪议会。告发人马鲁埃所给的定罪依据，只是最新一期的报道。只要让他们读一读上一期、上上一期的报纸就会一清二楚，所谓不要遵守议会制定的法律，所谓要颠覆宪法，所谓要挺身而起发动反革命暴乱之类的煽动意图，纯属无中生有。若需将所有往期报纸都送去审查，我德穆兰也会欣然同意。事实因果，来龙去脉，务请议会详查。

写有上述内容的辩文，今天，八月二日审议伊始，便被宣读了。要说会场中的反应，可能是因为早上刚到议会，还没完全睡醒吧，至少，议员们并未给人义愤填膺，严词以拒之感。

感觉这根本就是小题大作的议员也不在少数。对德穆兰先生的告发就暂放一边吧，议会也曾试图就此转换话题，但有人对此深感"遗憾"，不惜离席登台了。此人，正是告发者马鲁埃。这个……不应两眼昏花，如此姑息，被糊弄过去了。不要理会什么辩解，议会应坚持三十一日的决定。呃，说什么德穆兰没有想过写的东西会被告发？

"既如此，那卡米尔·德穆兰就无罪，能这么说吗？"

如此直呼其名，连先生都不带，看来，马鲁埃终于是难抑怒火，喷涌而出了。详查往期报纸？根本用不着这么费事。议会应将卡米尔·德穆兰作为证人，传唤其本人。是的。就在这议事厅，让其本人亲口证明自己无罪。

"当然，我会以卡米尔·德穆兰有罪予以回击！这一确信毫不动摇不说，我同时还认为，若有为这混蛋辩护之辈，也同样有罪！"

话是向会场说的，但马鲁埃却仰起脸来，往旁听席上瞅去。

之所以往这边瞅，或许是想让我畏惧拉斐德之威？不对。议会今天的旁听者也在百人以上，从那么远的地方，不可能分辨出来。可一想到不怕一万，就怕万一，德穆兰都想把头缩到上衣领子里藏起来了。

对马鲁埃来说，德穆兰沉默是再好不过了。他继续说道：总之，传唤证人吧。还是让其本人为自己的行为找个正当化的理由。这个……卡米尔·德穆兰不可能说不愿意。不，我也不会让他说他不想这么做，不会让他发牢骚说这太难了。显然，自我辩护这点事，他还是能做到的。

"如果说，真不是出于恶意……"

"啊，就是出于恶意。"

即使说辞有些迁强，就不能批评你们拉斐德之流了吗？有人在议事厅内起哄了。当时，慑于马鲁埃的气势，议事厅内鸦雀无声，这话也就听得非常清楚。

不用说，应该也传到台上告发者的耳朵里了。德穆兰提心吊胆地抬眼看去，但见马鲁埃满面怒容，内心的情绪表露无遗。他双眼发红，瞪视着旁听席，依然气势不减。只是一会儿往左看，一会儿往右瞅，似乎要拼命找到那个毫无规矩，在议事厅内出言不逊的人。

——可哪能找得到啊。

旁听席上的人可不是一个两个。而起哄的人也不会自己举手承认。

实际上，马鲁埃不可能把那人找出来。但是，当他的目光移动到一个地方，便停下来紧盯不动了。

笔直刺穿而来，不偏不倚，正盯在自己的脸上！两人四目相对，德穆兰知道。但马鲁埃呢？他不可能知道。他不知道我长什么样子。嗯？莫非他知道？听哪个人一说，记住了？

"德穆兰，你这混蛋！"

"嗯？"

"无法无天的家伙！终于，你连议员发言都要搞破坏啦？！"

马鲁埃甚至直接用手点指。啊，露馅儿了吧！德穆兰，你果然是颠覆宪法之徒！一定在背后偷偷摸摸搞策划，图谋颠覆国家！

这一非难只会令人失笑，夸大解释也是有限度的。但是，不得妨碍议员发言，又的确是议会旁听的大前提。

当然，法不责众，若是不特定多数的起哄，想制止也制止不了，但至少，若是因自己被告发，为自我辩护而打断议员发言，那就是明显的违法行为了。

——可我……

一句话都没说啊？这一点必须澄清，及时作出说明！不，要在旁听席上发言，那就是自认过失了。来回兜圈子地自问自答中，德穆兰感到眼前一片发白。而这时候，新任议长丹德莱也毫不容情地下令了。守卫在吗？守卫！

"把旁听席上的卡米尔·德穆兰抓起来！"

一股粗暴气息在议事厅内出现了。台阶上响起了跑步而上的脚步声。但这脚步声接着又被完全淹没了，因为旁听席上已是哄然炸锅。开玩笑！就因插句嘴，这就抓人？想得美吧！守住！大家一起守住！不是德穆兰，而是我们的言论自由！一定要守住！

"趁乱快跑！卡米尔！"

在耳边响起的这几个字，德穆兰还是能理解的。一惊之下抬头一看，耸立在面前的，是一个庞大无比的身影。

"丹东……"

像是故意提高音量，那大嗓门儿还在喊，疼疼疼！疼死我啦！你们要干嘛？这混蛋守卫，上来就打啊你！对老老实实的旁听人施暴？好疼，疼死我啦！不是骨折了吧？

"不就轻轻一警棍嘛！"

"什么？轻轻一警棍？"

"都是你这混蛋碍事！"

"你说碍事？"

"啊，把路让出来！"

"我可没挡你路，你这什么意思？个子大也犯法啊！"

任性撒泼般的这番斗嘴话音未落，守卫的身体可就飞起来了。婴儿脑袋一般大的大拳头横扫过去，那还能不飞？大家也都看到了吧！我可只是拼命自卫啊！这是正当防卫，是吧！

12

介入

"啊！吓死人啦！快吓尿我了！"

装疯卖傻地耍着嘴皮子，丹东看起来颇为开心。

会场守卫前仆后继拥了上来。见同伴被打昏，他们也是没人犹豫，至少，警棍还是能不假思索举起来的。这什么态度啊？但见对面的丹东左拳在前，置于颚下，右拳后摆，正经拉开了架式。

"挑衅无辜市民，一句不敬可不能完事！再怎么说，主权在民，我们是主权者。并且，我们才是纳税人！"

而其拿手本领"法式拳击"，比嘴皮子还猛！

警棍从正前方一砸下来，眼看要将眉心砸裂时，守卫膝盖内侧就被踹碎了。另一守卫见状，警棍就由下往上抄了过来。丹东上身往后一仰，大长胳膊同时就挥了过去，守卫的腮帮子就被其拳背揍毁了。

眨眼之间，三名守卫便已然是人事不知。丹东这可怕的臂力，让在场所有人战栗不已。不只是陷入混战的旁听席，就连议事会场，都完全被吞入到了战栗之中。议事厅内再一次鸦雀无声。

在这时候还能开口说话的，大概也只有对此等豪迈大汉多少有所免疫的人了。

"请住手！请住手！"

会场内响起的声音不同此前，高亢，尖锐，但又不因其尖锐而给人以柔弱之感，相反，瞬间感知到的是一种独特的敏锐。啊，是的！最近突然见长的，就是敏锐。甚至能让人感到一股宛如利刃般的恐惧。

"我叫罗伯斯庇尔。"

尖锐的声音继续说道。请求发言，请求发言！可以吗？议长阁下！

"准许发言！"

议长答道。或许，在履任议长时日尚浅的丹德莱看来，若不准许，这场混乱将无法收拾吧。若等丹东的"法式拳击"将所有守卫全都撂倒，身为议长，那才叫颜面扫地，而作为议会，也是权威尽失。

"我是想请议长先听我一言。刚才，阁下下令抓人，但是否应采取这一措施的讨论，我们不应省略。"

一片混乱的旁听席也恢复了平静。等守卫们扛起同伴撤下去，人们也就各自扶起倒下的椅子，放回原位，坐下来继续旁听了。

白袜子都露出来了。丹东也回到了自己的座位。坐下的时候一整上衣，结果，那又长又大的下摆呼啦一下子盖到了德穆兰的头上。

虽然不明所以地一屁股跌到了地上，但也是跌得恰到好处，让丹东给藏起来了。我说卡米尔，干什么呢你。

"还不快跑！"

干脆猫腰离开会场！丹东压低声音命令道。德穆兰心想言之有理，但却并未依言行事。

罗伯斯庇尔的发言不能不听啊。会是什么样的发言呢？虽说对此有些兴趣，但更为强烈的，反而是满腹的狐疑。

——马克西姆为什么会站出来？

他到底想干什么？德穆兰皱起了眉头。就感觉来说，对他有种说不清的不喜欢，也能感到明显的愤怒。尽管是始于路易大帝中学时代的老朋友了，但最近，跟罗伯斯庇尔的交往也并不融洽。

现在的德穆兰也没有强烈的自卑之感。而要说到七月十四日的纪念日，那现在的德穆兰可自负得很：我才是革命的主角！

不仅已是巴黎的名人，还办了自己的报纸。啊！自那个夏日起，我就是英雄了。自信明明已经恢复，可一周年纪念一到，却成了被议会告发、偷偷摸摸避人眼目之人！

——这可就奇怪了。

罗伯斯庇尔呢？却至今坐在盛大隆重的议会会场之中。还成了雅各宾俱乐部的头号辩论家。且在平民中，也享有极高的威望。尽管在那个七月十四日并没有点滴贡献……兼具革命英雄一面的，是我！

——难道，胜利属于成为议员的人吗？

德穆兰想一问究竟，七月十四日没有意义吗？如果不在革命前的那个五月，作为全国三级会议的议员被召到凡尔赛，那其后，无论如何奋斗、努力都得不到认可吗？

归根到底，在法国这个国家，失败者就没有站起来的机会了？一旦输了，就只能输下去吗？就只能被先行胜出的踢落下去？可是，无论如何努力都得不到回报的国家，又如何能以民主主义殿堂自居？

——这也太荒诞了吧！

罗伯斯庇尔向演讲台走去。第一声，就让德穆兰的心脏怦地一跳。这个……接下来，我们就这一措施的是非对错进行讨论。总之，这只是一个暂定命令，并未生效。但不管怎么样，先阐明我的观点吧。

"我也认为，议长阁下下达的逮捕命令，确有必要！"

德穆兰战栗起来了。说什么呢！何止是不友好，罗伯斯庇尔已经完全是敌人了!

看来，刚才还是该溜之大吉。德穆兰叹息着埋下头去。实际上他也想爬出来，但转眼又不安起来了，守卫们不会再一次沿台阶追上来吧?

话虽如此，要是守卫真追过来，丹东也会再一次大闹议事厅。但看不下去而介入其中的是罗伯斯庇尔，望能以此稳定会场而准许其发言的则是议长丹德莱，那么也不可能再次上演逮捕闹剧。

而事实上，罗伯斯庇尔接下来的话，也是话锋一转。这个……但是!

"轻率或思虑不周，与应接受惩罚、不能容许的犯罪，是不是不该被'一视同仁'啊?"

困惑随之在议事厅内荡漾开去。不，也有人一早就觉察到了这一发言的意图。这些人，无论是在议员席，还是在旁听席，正强忍着不让自己笑出来呢。

终于，这罗伯斯庇尔也学会饶舌了。

"是的! 的确如此! 若就此问以反叛国家之罪，理解倒是能理解，但要让多愁善感的人一直闭口不言，却也是难上加难啊。"

这一次，会场内哄的一声哄堂大笑起来。在丹东那宽大的衣摆底下，德穆兰钻得越来越深了。怕那聚到自己身上的目光啊!

羞臊得满脸通红，这可不想让人看到。

——多愁善感的人? ……

德穆兰颤抖着，紧咬了牙关。多愁善感? 是说我吗? 马克西姆用这样的词揶揄的人，是我吗? 看来，了不起的议员先生认为，路易大帝中学时代的老友，是可以当作笑料随意取笑的了?

可能是气血上冲的缘故，德穆兰甚至感觉，大脑一下子就麻木了。而这会儿，罗伯斯庇尔的话，依然在越来越响的哈哈大笑声中继续。这个……总之，对立法权有失敬意，这种事，没必要小题大作。呃……我们要发扬光大的，反而该是博爱精神吧。

"博爱与正义，是并行不悖的。因为，所谓正义，需要以照耀博爱的深思熟虑为基础。因此，我要求赦免德穆兰先生。当然，今天的逮捕令也就暂放一边吧。"

"就算要强行逮捕，但好像……德穆兰先生早就逃之夭夭了，还怎么抓啊。"

议长丹德莱这一点头，整个会场终于完全笑成了一团。打眼一瞧，连告发人马鲁埃也在那儿笑呢。德穆兰得救了。连同那对拉斐德的批判一起被取笑也已成定局。目的已经达到，剩下的就只有笑了。但对德穆兰来说，这却并非最好的结果。即便丹东想以好意解释结束此事——

"这可真是太好啦，卡米尔。"

"什么？"

"干得漂亮啊！不是给化为玩笑了嘛，马克西姆这家伙。"

认认真真，严阵以待，结果无趣得很嘛。又是逮捕，又是控告，又是坐牢，要是不愿意这样，又得逃亡海外……丹东说着，自己都豪爽地大笑起来。可德穆兰却是无法认同。

丹东这番话德穆兰明白。或许，罗伯斯庇尔的辩论确是巧妙。

——可毕竟，自己是被取笑了。

一年前的英雄，一年后就当作笑料来侮辱。这一事实并没变化。这是绝对不能原谅的。

德穆兰到底是没能笑出来。

13

身为伙伴

即使是罗伯斯庇尔也不得不闭嘴了。到科德利埃区租借的公寓去拜访，结果，德穆兰上来就是一个下马威。

"丑话说在前头，马克西姆，我可不会向你道谢。"

罗伯斯庇尔也知道，德穆兰说的是八月二日议会那事。不过，罗伯斯庇这次来，当然不是要德穆兰感谢。啊，议会中那次介入，也不是为了想让你感谢，或是想卖你人情。

——只是因为，没办法抛弃自己的伙伴。

并且，还是学生时代的老朋友，那就更不能坐视不管了。就是现在，罗伯斯庇尔都想说，实际上，卡米尔，你当时的处境很危险啊。

卡米尔·德穆兰的确是免于抓捕了。且不只如此，连提起公诉的命令都撤消了。

罗伯斯庇尔的演讲让议事厅内的紧张化于无形。而继之出场的则是左派同志佩蒂翁。在其提案之下，三十一日的决议也得以重新审议。

议会对亚历山大·德·拉梅特及卡米尔等人之事进行了追加讨论，最后得出的结论是，依据人权宣言精神，就公共事务及现象所写之文章，不应使用武力。

——但也作了如下补充：指名道姓之中伤文字除外。

所以，你当时的处境真的是很危险啊。不，卡米尔，现在也很危险。罗伯斯庇尔心里这样想着，但却只能一动不动地站在门口，注视着坐在窗边的书桌前，一脸不高兴的这位曾经的学弟。

卡米尔·德穆兰的《法兰西与布拉班特革命报》每发刊一期，读者都会随之增多，如今，在泛滥巴黎的众多报纸中，可以说是很出色的一份。诚然，在成为热门话题的同时，载有"指名道姓之中伤文字"的版面也是不少。

——既如此，纠纷也就没完没了。

就在这个七月，德穆兰还被民事代理官塔隆告发过。刚被诉以损害名誉罪，索赔一千二百里弗尔，本月发刊的最新一期，又被里昂辖区议员贝尔加斯缠上了。

——真就感觉，随手一抓，到处都是啊！

当然，言论不应被管制。必须对言论自由予以最大限度的认可。从这层意义来说，包括更为辛辣的马拉的文章，也必须尽最大可能不予限制。对此，罗伯斯庇尔也完全同意，但对德穆兰参与其中的个人攻击，却又不太赞同。

而其攻击的论据，也不像马拉那般确凿，同样，切入方式也不像马拉那般尖锐。只是堆砌激越词藻的德穆兰，有时会给读者以有失品格的印象。

如此一来，罗伯斯庇尔就不是赞不赞同，钦不钦佩了，而是慢慢发展成了一种担心。因为真正来讲，以德穆兰的为人，他做不到如此毒辣。虽有点胆小，但有以天性诚实为武器稳步前进的理想家气质，这才是过去在学校里一直谈到天亮的那位学弟。

——卡米尔，最近不太对劲啊。

究竟怎么了？近来，正有心这么责问一句。之所以感觉心有芥蒂，是因为最近一段时间，两人的关系不是太融洽。德穆兰既是无话不谈的老朋友，同时，作为雅各宾俱乐部的同志与科德利埃区的有志之士来说，又是一位辩友。当然，这种关系至今也没有变化，但罗伯斯庇尔也并非感觉不到，两人之间，已经出现了一道裂痕。

压下这些不愉快前来探望，可以说是不出所料吧，德穆兰一脸的不高兴，甚至都不想掩饰。像对待上门讨债的一样，开口第一句，就是"无意表示感谢"。再说一遍，作为我来说，并不是想要你感谢。可也不得不认为，被如此刻薄地对待毫无道理。

本来，八月二日，试图在议会上维护德穆兰时，也在心里暗自祈愿，老朋友间的那份友情，会不会就此恢复，会不会像原来一样，无拘无束地交往。感谢啦，恩情啦，卖人情啦，不是这样的。只是，作为自己来说，已然心碎到了如此地步，可是卡米尔，说到你，为什么会是这种态度呢？

罗伯斯庇尔慢慢有些生气了。甚至都悔不该来了。也慢慢感觉，特意跑这一趟，就跟个傻瓜一样。可也不能因此就痛快淋漓地训斥一番便扭头而去。

"听说，你跟米拉波比较亲密，是吗？"

罗伯斯庇尔先开口了。不过是顺口一问，并无什么意图。只是在什么地方不经意听到过，这会儿想起来了。但是，这一问或许恰到好处。说到米拉波，自己也认识，或许能谈些什么，眼前的尴尬会就此化解也说不定。

"哈哈，我……不太善于跟他打交道啊。伯爵那里，有娇艳之极的女子嘛。说实话，会不由得发慌啊。"

"是说朱莉·格劳吗？"

"听说，是某人的夫人……"

"女演员。还上过塔尔马主演的舞台，那个《查理九世》吧。"

"哎？他在巴黎，跟女演员一起生活？"

"不。他已经从格劳女士那儿搬出来了。"

"哎？"

"只是有段时间，突然跑人家里去了。米拉波现在在绍塞·但丁路那边，自己租了个气派的宅子住着。"

"是、是嘛。"

这一惊之下，话题也中断了。不行，不能让话题中断。罗伯斯庇尔强行把话说了下去。哈哈，哈哈，总之，奢华依然啊米拉波。

"对了。卡米尔，你也偶尔会去吗？那个……什么来着，绍塞·但丁路，那个新宅子。"

"去啊。并且，次数比偶尔多吧。"

德穆兰的话多起来了。说到米拉波，似乎有些喜形于色。好！好！罗伯斯庇尔说了下去。哎？好像比我想的还要亲密啊。

"不好吗？"

不客气地抛出这句，德穆兰的脸色又阴沉了起来。罗伯斯庇尔慌了。不，我不是要评判其好坏的意思……

"不。实际上，说不好的人也是有的。"

穷奢极侈，美食饱餐，甚至还有指派的用人伺候。这样的生活，再怎么说也是太过浮华了呀，以炫耀卖弄为乐的这种贵族趣味，是不是有失谨慎呀。看来，一定是被王室收买了呀，不，是倒卖国有财产收受的谢金呀，等等，说什么的都有。结果，跟米拉波交往的人，没资格谈论当今政治这样的说法都有了。德穆兰站起来，张开两手，越说张得越大，气势汹汹，像是要打架，又像在厉声谴责。到最后，就是拿手的"指名道姓"了。

"特别是那帮左派。"

"你说的虽是左派，可这种事，我可根本不知道哦？所以卡米尔，我并没有指责你的意思。"

"既如此，那说什么米拉波干吗？"

"干吗……因为有传闻说，最近，你们像是很亲近……"

罗伯斯庇尔无力再说下去了。没有要责备的意思。也无意刨根问底。真的是没有别的意思。可尽管如此，为什么会成这个样子呢？

德穆兰轻易镇静不下来了。也就是说……是那件事喽？

"是不是你也听到有人大骂说，最近，卡米尔·德穆兰与米拉波走得很近，不会也是右派吧！"

"这样的话……"

"不。没什么，马克西姆。作为我来说，既无意做右派，也无意做左派，抓住这种事，怎么风言风语，悉听尊便。"

罗伯斯庇尔没有接话，闷头想了一会儿。德穆兰的确是既非右，也非左。虽然写文章骂马鲁埃这样的右派，但也并非因此就赞同左派，实际上，《法兰西与布拉班特革命报》里，非难左派的报道也不少。

那到底是什么样的政治信念呢？虽然老早就感到奇怪了，其原因尽管不太清晰，但似乎也能看出来。啊！说起来，议会围绕宣战议和权限争执不休的五月，《法兰西与布拉班特革命报》是明言支持米拉波的。报纸上跃动的，也是过度的溢美之词，什么当代狄摩西尼、赫拉克勒斯·米拉波、圣米拉波、雷米拉波……

德穆兰并不理会罗伯斯庇尔的沉默，断然说道：

"米拉波，真的是一个令人倾倒的人！"

"作为政治家，确实有手腕超群之处。这一点，我也欣然同意……"

"可不只是手腕。在思想信念方面，米拉波也堪称卓越。不像右派那样顽固不化，可也不像左派那样脱离实际，其政治哲学，有一种均衡之美。"

德穆兰一停不停地说了下去。啊！一起谈得越多，就越是难抑共鸣。右派冥顽不灵，对变化唯有恐惧。可左派，对资产阶级又过于敌视。即便是为了不让议员成为又一特权身份，国王大权这一牵制力量也是不可或缺的。伯爵的这一一贯主张，也很有吸引力啊。啊，啊！从我内心里勾画的理想来说，也与米拉波接近。

"尽管不太清楚是要做大臣，还是要由议会设置新的职务，但我认为，有一点是确凿的，在不远的将来，法国将由米拉波来领导。"

罗伯斯庇尔张口结舌了。德穆兰与米拉波的接近，已经超出了此前的想象。不，不如进一步说，更像是紧紧贴在了一起。

——可是，这是为什么……

米拉波的接纳，不是不能理解。不如说，"庞大"的米拉波，不会拒绝主动靠近的人吧。若德穆兰靠近前来，即便心里轻蔑或是厌恶，也一定会不露声色地诚恳相待。啊。他是能做出来的。其天性便是这样有定力。

令罗伯斯庇尔不解的是德穆兰。像个孩子一样，丝毫不会掩饰自己的感情。把自己的想法藏起来跟人交往？这样的精明他是力不能逮的。看来，实在是没办法了。

——说起来，以前，你不是讨厌米拉波吗？

至少可以看出来，德穆兰此前不太善于跟米拉波打交道。虽说是同在巴黎的作家同行，德穆兰似乎很早就知道米拉波这个人了，但两个人之能亲密交谈，却应该始于自己的引介。若只从这一点来说，那罗伯斯庇尔的感触就是，德穆兰的确不善于跟米拉波打交道。连单独见面，直接用语言交流都会发怵，恨不能抓住自己的袖子。

——可从什么时候起……

罗伯斯庇尔想到，卡米尔之言行暴烈，会不会与此有关？激越的诽谤中伤文章，会不会也是米拉波促使的？

——不。不是的。

要说思想信念，卡米尔的确是比以前右倾。听他这一说也明白了，显然是受到了米拉波的影响。倘如此，那些激越的文章，就也是来自议会头号雄辩家的影响。可尽管想这样说，但那些文章，又抹不掉有失精致的印象。

在罗伯斯庇尔看来，米拉波要发动攻击，那就不会如此不痛不痒，而一定是更为大胆，一针见血。是一击之下，就让对手连站起来反击的力气都会失去的决定性的一击。

——看来，米拉波与此无关。

既如此，那卡米尔失控的原因，又是什么呢？罗伯斯庇尔左思右想不得其解这会儿，德穆兰的嘴也一直没停。啊！米拉波是超一流的。所以，不想听任何人的所谓忠告，说什么不要跟那样的人交往云云。我不想听二流、三流之辈的责备。从政治信念来说，对米拉波的支持也无更改之意。

"嗯……要是信念的话，那也是没办法……"

罗伯斯庇尔接话，只是为了迎合一下，并没有特别的意思。对了卡米尔，就像我一直在重复的，并没有责备的意……

话没说完，罗伯斯庇尔便倒吸了一口冷气。因为，德穆兰突然抓起墨水瓶子砸了过来！幸好砸偏了。但却是如此突然，且像是用尽全力，玻璃瓶子猛砸到墙上，立即粉碎，只留下了放射状飞散的墨迹。

"卡米尔，你、你这是干什么！"

"你是说……没办法？"

"嗯？"

"刚才，你是说没办法吗？马克西姆！"

"啊！不！可是，要是信念的话，就是没办法啊。"

"要这样想，那就不要对我写的东西说三道四！"

"……"

"我一直是在聚精会神，心无旁骛地写，任何时候都是如此。并且，不要挑完毛病还要求登什么更正启事！我说的是这个啊！"

这一刻，罗伯斯庇尔的心被刺得更痛了。是因为这个啊……卡米尔之所以讨厌我，是因为这个啊。

14

暴躁的原因

事情发生在五月。

当天审议结束，罗伯斯庇尔与佩蒂翁走出议事厅，穿过杜伊勒里庭园。身后是一群记者和旁听者，所以看上去像一支小规模的游行队伍。

从杜伊勒里宫的窗户里，传来了拍手的声音。抬头望去，是刚满五岁，天真烂漫的小太子。可能是感觉好玩才拍手的吧。

这只是一件再小不过的小事。但也有人见状说，将来的王位继承人，为最具革命性的议员送来了赞赏，这一定是祝福君主立宪光辉前途的象征。当时，确头有人开过这样的玩笑。

刚好，德穆兰也在场。想就此写一则逸闻那也没什么特别。德穆兰也真写了，刊登在《法兰西与布拉班特革命报》的第四期。但罗伯斯庇尔读后，却并不愉快。

——为什么这么写呢? 我怎么可能如此轻率?

在德穆兰的文章中，罗伯斯庇尔跟庭院里的人们说:

"哦? 啊呀! 高贵的小王子这是在祝福什么呢? 明明刚刚作出可恨的决议。可恨的决议啊。啊，窗边那个孩子，还是让他尽情地拍手吧。就算是个小孩子也知道，自己会比我们干得好! "

看到自己根本没有说过的这些话，罗伯斯庇尔也不得不抱怨。

"既是议员，我自会在议会里慷慨陈词。但在公众面前，出言怎么可能会如此思虑不周。报纸是读物，多多少少的虚构或许也在所难免，但把我写得如此轻率，就我来说，感到非常意外。"

而德穆兰听完这番抱怨，也确实在《法兰西与布拉班特革命报》第五期刊登了启事，更正并致歉。

"是啊是啊。真的是非常非常抱歉。活像身裹长袍的古罗马元老院的议员们，引领今日之国民制宪议会的罗伯斯庇尔大先生，当时真是无礼之至，失敬失敬！"

"如、如此令人不快的态度，没必要吧，卡米尔！我只是说与事实不符，只是不希望读者误解，所以，若能在启事中稍示歉意，就可免于非难，这才求你……"

"什么稍示歉意？你钻到这里那会儿，啊，马克西姆，可是满面通红，勃然大怒哦。"

"这、这是，也许吧……不，你也不对啊，卡米尔。啊，我是生气了。可生气不也是理所应当的？"

"所以，就用权力说话了，是吗？"

"嗯？"

"我听说，议员要是生气了，那用他手中的权力来压制言论也没关系！"

罗伯斯庇尔无法回答。他知道，如果回答了，无论说什么都会成为辩解。啊！实际上真无此意。不如说，这番口角，是缘于老朋友之间才会有的无所顾忌。原以为，若对方是卡米尔，一说就会明白。用议员权力说话？对自己不利的文章就想一把撕毁？哪会有这种想法啊……

"哼。简直是可怕啊。不管怎么说，马克西姆，你可是巴黎最受欢迎的平民英雄啊。哪天被你盯上，会被暴徒袭击都说不定。哦！真是可怕，可怕呀。像我这样的，只有浑身发抖的份儿啦！"

"卡米尔，再怎么也用不着这么说话吧。"

"又想威胁我吗？"

"我不是说过了……"

"成议员了，多少能发言了，我说马克西姆，不要因此就产生错觉啊。实际上，这事要换成米拉波，绝不会像你这么小肚鸡肠。而是会稳稳拉开架势，反手一击，将计就计哦。"

那才是超一流的人物！这番话撂出来，德穆兰想说什么，罗伯斯庇尔也不是觉察不到。不要洋洋自得。你这样的，不过是二流而已。威胁处于弱势的报纸，一下子就沾沾自喜，你不过是个微不足道的议员小混混。

而在觉察到这些的同时，德穆兰态度粗暴的原因也一清二楚了。被硬逼着去做致歉更正，这个学弟感觉自己被侮辱，被轻视了。他感觉被人抛到了一边——不是议员的人不足挂齿！非常非常不甘心，但要正面反驳又需要勇气……

——所以，才会接近米拉波吧。

不管是不是有意识这么做的，但总之，德穆兰像是为得到勇气，决定去借狮子之威了。

如今，虽然全都看清楚了，但罗伯斯庇尔到底也没说出来。因为自己也有相同的经历。没有自信，不知不觉就想找个人依靠，结果，刚好就有个人站在那里，他的出现，就像是等待你去依靠……

那时候自己还是个胆小鬼。今天看来，不过是撒娇罢了，既如此反省，那被人当面追究的痛苦，也不是不能想象。

"说白了……是我不好。啊，卡米尔，我道歉。我的确是侵犯了言论自由。这是可耻的卑劣行为。”

“卑劣？我可没说得那么严重……”

语气一弱下来，德穆兰的目光中便又闪出了怒意。到底是无法与社会为敌的人啊。既不能像米拉波那样，即便是与我相比也只能说，到底是性格软弱。尽管心里这样想，但罗伯斯庇尔还是佯装并未留意到对方的狼狈。不，的确是我卑劣。退一步说，那也是心胸狭隘。对，你说得没错，要换作米拉波，决不会要求什么致歉更正吧。

“只是……我想，即便是那个米拉波，要是听说了你的事，也是会提出忠告的哦。”

“你、你说什么呢？马克西姆。”

“还用说嘛，我是说，不要让露西尔太担心。”

“……”

“卡米尔最近有些可怕，作为学兄，能不能帮我找他谈谈……我就是应这一请求来的。”

这不是瞎话。一钻牛角尖，什么大胆举动都能做出来的露西尔·迪普莱西，到直抒己见、激烈论战的雅各宾俱乐部来了。罗伯斯庇尔被她叫出来，说卡米尔最近的样子让人害怕，不知道他在想什么，好像眼里根本没有自己。

“喊！你说什么？露西尔她……”

“这回，你也要去责怪她吗？那个可爱的人？”

“不，不是，责怪倒是不会……”

“啊，卡米尔，不要责怪她。要是你的焦躁是我的错，那道多少次歉都可以，就此结束，不要再责怪露西尔了。”

不知为什么，感觉累极了。一回到玛黑区圣东日路租借的住处，罗伯斯庇尔真是精疲力尽了。

垮了一样倒在床上，一时间再也没有力气坐起来了。要是就这么睡着了，上衣会给弄皱的。还是换完衣服再睡吧。尽管平时一直严守这一规矩，但有时候，也只能就那么躺着了。

"真是累死了……"

最近，独自这样叹气的时候突然多起来了。

罗伯斯庇尔也会想，这太正常了。再怎么说，革命都已迎来了一周年的庆典。全国三级会议召开，是在革命前的一七八九年五月，从那时算起，作为议员，经受这一繁重职务的考验已经有一年多了。

——很充实。

为了法国的改革，向议会力陈己见。即便被推翻，被拒绝，那也绝不放弃，而是带回雅各宾俱乐部，与同伴们一起，以绝不妥协的讨论切磋琢磨，提炼之后再一次提交议会讨论。这一切，都将通往令法国不断向好这一价值非凡的伟业。罗伯斯庇尔也想过，每一天都过得如此充实，很幸福。可是，作为这一幸福的代价，身心也是极度疲惫。

——疲惫，却连个抚慰都没有……吗？

在床上一翻身，罗伯斯庇尔不由想到，这会儿，卡米尔也是跟露西尔在一起吧。那么焦躁对不起啦，让你担了很多心啦……一边满怀歉意地甜言蜜语，一边抱住她弱不禁风的肩膀，搂进怀里……

"嗯，嗯，知道了。嗯，嗯，马克西姆，让你也费心了。"

德穆兰也向自己道了歉，最后，态度也缓和了下来。到底是个好人啊。到底不是血战到底的性格。嗯，嗯，别愣着了，快去见一见露西尔吧。我不是在躲避，包括对你也不是。啊，马克西姆，就是现在，你也是我独一无二的最好的挚友。

"对了。过几天，咱们吃个饭吧。把露西尔也叫上，一起。不，三个人说起来怪怪的。啊，对了，把阿黛尔也叫上。噢，实际上，露西尔有个姐姐，感觉挺聪明，还是个美人呢。"

美人吗？罗伯斯庇尔低声自语道。而右手，也同时摸向了内裤的深处，握住了令人气息不匀的那个地方……啊，不是讨厌女人。我也一样，并不像人们想象的那样坚强。并且，也已经三十二岁了。

——娶妻成家也没什么奇怪的。

罗伯斯庇尔翻身面向另一边。啊，结婚也不坏啊。我是为法国工作。有个女性在旁边，支持我，鼓励我，安慰我，嗯，真的是不坏啊。一边嘟嘟哝哝地嘀咕，右手也是动个不停，实际上也并非没有快感的征兆。啊，任其摆布就行了。议员结婚成家，并不是坏事。

——不，不是的。

罗伯斯庇尔突然起身，急急地扑向了桌子。但要找的东西并不在桌上。虽然一下子脸色发青、浑身颤抖的感觉袭来，但还是半路想起来了。啊！那封信，放到上衣口袋里了！要去探望德穆兰，因来信人跟他同是埃纳省人，想问问是不是略知一二，就把信带去了。

一想起这事，要找的纸片果然就在自己怀里温着呢。书信来自一位热烈的支持者，要往大了说，就是寄自皮卡第，那也是自己的故乡。

"在专制主义及阴谋之激流冲击下，扶祖国大厦之将倾的尊敬的阁下！与神一样，只能将您之现身称为奇迹的尊敬的阁下！在解救可悲可怜之故乡于水火的伟业中，鄙人恳请与阁下结为一体，为此，鄙人不惜将身家性命献于阁下。

"虽未亲见阁下，但阁下堪称伟大！阁下不唯是代表地方之议员，阁下实为代表人类万民，即代表国家之议员。

"莫笑鄙人之愿为盼。"

虽然感觉这太夸张，但作为罗伯斯庇尔来说，心情并不坏。无意骄傲自满，但心中，也涌起了一股全新的热情，为不负此等赞誉，非更为努力不可！

——啊，不努力是不行的！

啊，就算是有点累，但我罗伯斯庇尔也绝不能颓丧、消沉！在这伟大工作结束之前，绝不能追求舒适的安乐，逃进女人的温柔乡。罗伯斯庇尔这样劝告着自己，把信叠了起来。不，是把叠好的信又打开一半，最后确认了一眼。

"埃纳省选举人：路易·安托万·莱昂·德·圣·茹斯特"

这就是书信末尾的那个署名。

15

发型的不同

布里索这个人实在是有趣。只看那张又细又长的脸倒也并不显眼，甚至可以说，毫无风采可言。可一旦让他开口说话，那可就实在是风趣极了。

——反过来说，要是谈吐无聊，那可真就麻烦了。

德穆兰也是有心这样子冷嘲热讽的。雅克-皮埃尔·布里索·德·瓦鲁贝尔是自己的同行，办了一份《法兰西爱国者报》，相互争夺数量有限的巴黎读者，且不得不说，还是个不好对付的竞争对手。

《法兰西爱国者报》创刊于一七八九年七月二十八日，至今未曾中断。社会评价也很高，认为无法忽视其见识。当然，缺乏见识的大众评价一般，但却受到了有识阶层的喜爱。换句话说，这张报纸，议员及选举人会热心浏览。

布里索自己现也是巴黎的选举人，还是雅各宾俱乐部的成员，在论辩家中的评价也是越来越高。虽尚非议员，但有时候，议会的法制委员会都会请其出席，请教意见。

——话虽如此，但也应该说，这都是偶然沾了革命的光吧。

他是沙特尔一家外卖店主的儿子，家境本就殷实。出身不贫苦不说，还接受了良好的教育，并具有相应的学识。但尽管如此，直到最近，也就是三十五岁办报之前，布里索还只是个寻常之辈。

自称作家也好，自称记者也罢，总之是没有一个堪称切实的生计。但也没有无所事事地虚度光阴，要么游学英国，要么到美国参观，可谓见多识广。这也是他谈吐风趣的原因之一吧。他还是法美协会的会员，黑人之友会的创始人之一。可是，尽管看起来风光无限，社会却一直对他报以冷眼。

实际上，一七八九年之前，办报社，报社垮了，出书，却又是债台高筑，参加全国三级会议议员竞选，像要起死回生了，结果还是惨遭落选……真是令人无奈，狼狈不堪的人生啊。

——不过，我也没资格去说别人……

正因引为同类，德穆兰与之拥有的，才不仅仅是同行之谊。是说废物凑堆儿呢，没有其他熟悉之处可去呢还是什么，布里索一旦要寻根究底，也是往米拉波伯爵那里跑。

并且，就像德穆兰一样，这也不是最近一两年的事了，眼看都快十年了！在米拉波的捧场者中也是老人了，可谓意志坚定。

——所以才有意思。也许，这才是准确的说法。

米拉波的这位头号大弟子，要用最近的话说，似乎就是政见未必与老师相同。但也正因如此，他的谈吐中加入了独创的妙趣，自然锤炼了用词的技艺。

在最新一期的《法兰西爱国者报》中，布里索同样展开了一番具有独创性的评论。即所谓男子发型，也有革命式与反动式之分。

据说，适于爱国者的，是不戴假发，亦不撒发粉，就连烫发钳都不会用的本色短发。自然，且又省事，因此而无发型之扰，并得以专注于社会改革。

相反，要是取出沉甸甸的假发，打起蜿蜒起伏的波浪卷，或将额前发丝高高立起，又或如模仿中国人，编起长长的发辫拖垂于背，那就不过是所谓贵族式虚荣与颓废的象征了。为表面修饰忙碌不堪，而无暇思考法国之根本性发展。

——听这一说，似懂……又非懂……

不用说，如此主张的布里索当然是一头冷酷的短发。但要说这德穆兰，虽是不戴假发的本色头发，也不撒发粉，可也并未剪短，但却用不着加热的烫发钳，因为生就了一头顽固打卷的卷发。既乱蓬蓬任其疯长，那就是长发无疑。倘如此，这头发也就不是革命式的了？

——倒的确是不修边幅……

但又说不上这是有贵族之风或颓废之感。德穆兰只能半是苦笑地吭吭哧哧挠起了那头成了问题的长发。一边挠，一边又打量起了旁听席。

一七九〇年八月三十一日这天，用于审议的杜伊勒里宫练马场附属大厅，也是一早就座无虚席了。

吵吵嚷嚷中，人们互相交换着信息，或是评点议事进展，又或者试着再现雅各宾俱乐部的讨论，富有革命性的家伙之多，真就是不胜枚举。为检验一番，留心这一打量，还真是短发者居多。为整理手边的笔记用品埋下脸去，像在强调冷酷的短发脑袋的家伙，并非最前列的布里索一人。

德穆兰又把目光转向了议席。与旁听席相比，因没有先到先得，后到无座之忧，入席方式也就舒缓多了。但既已接近 9 时，议员们也基本都到齐了。

——议席这边，远以长发者居多啊。

特别是以保守著称的右列，全是长毛假发。这些家伙本就多是贵族代表，或许是无法摆脱昔日癖好吧。并且，像是撒了大量的发粉，看上去，脑袋周围似有一层薄薄的白雾一般。

到了正中的平原派，可能大半都是质朴刚健的资本家之故，虽是既戴假发又撒发粉，但却显得极为恭谨、矜持，卷起的波浪也只是耳上一两层即止。在理当引领新生法国前行的议会中，所谓革命性的天然短发，直到把目光移往左列的革新派才能看到，且也并非全部，只是混杂其中。

或许，也有读了布里索的文章特意改掉发型的。话虽如此，但也不能因此就说，充耳不闻、假发依旧，就是背叛平素高喊之理想的反动派。不然，身为正确言论斗士的那位打不倒的论辩家——马克西米连·罗伯斯庇尔，可就要被指责有贵族之风了。

路易大帝中学的这位前辈，那天也是一头白色的假发。又是革命式，又是贵族式，拿这可笑的标准看着看着，德穆兰差点没噗嗤一声笑出来。

他想起了这位老朋友改名的事。因为"德"是贵族用的，所以就把自己的名字改成了"马克西米连·德·罗伯斯庇尔"。一问这"德"的由来，老友一脸的不快。由此推测，这根本就是令人意外的虚荣的证据。这事虽有失脸面，但暂时还是喜欢戴着假发出门。可见，尽管思想信念并非贵族，但或许，对贵族心怀憧憬与向往的成分，还是有的。

——如此评头论足，又是……居心不良？可能吧。

不要再说罗伯斯庇尔坏话了，德穆兰心里也下了这样的决心。能基于自身的誓言慌忙起身辩护，那这白色假发本身，也就是披落在脖子周围的小物什，微不足道。与其说是对贵族的模仿，不如说是司法者的仪容要求。要说摆脱不了的癖性，或许是律师时代出庭激辩养成的习惯吧。

骨子里，他为人真挚而又质朴。身裹黑衣，严丝合缝，脖颈上的领巾一丝不苟，左右两个蝴蝶结打得一模一样，甚至都到了神经质的程度。周身装束讲究到此等地步，不规规矩矩地戴上假发，心也沉不下来吧。

看来，这样说长道短真是毫无意义。发型与政治性主义主张，未必就有关系。

——可要是到了军队……

似乎，就能以发窥心了。德穆兰呜呜噜噜念叨着，又想到别的事上去了。

要是到了战场，那就戴不了假发了。戴盔披甲的，即便从实际效用来说，士兵也只能是短发。但这理论也仅限于士兵。

实际上，即便是军队，自军官以上，头戴夸张假发就是普遍现象了。无所谓会不会在战斗中碍手碍脚，因为，即便这帮家伙到了战场，也不会去枪林弹雨的前线。且不只会最大限度地避开危险，为随时返回凡尔赛，甚至连一点污泥、一粒灰尘都不想沾身。

——既如此，那就干脆再把假发戴上。

就这样，在部队中，长长的假发与天然的短发也就截然分开了。这一现象，不能归结于个人爱好与性格的不同，而是单纯上下关系的体现，不能说无关于政治性主义主张就可以一笑置之。正这样想着，议长德·杰西宣布，今日议会审议，正式开始。这个……议会议题堆积如山，闲言少叙，就开始吧。

"议会秘书送来两封书信。一封，来自国防大臣拉图迪潘阁下，信中，就修书回复布耶将军一事，知会议会。另一封是急件，寄自梅斯，就是那位布耶将军的书信。"

布耶侯爵克劳德·弗朗索瓦是东方面军总司令。哨望奥地利领土的国境线一带，划设为几处战略要冲，大量部队常驻于此。这类基地，南锡也有一处。管辖该基地的侯爵驰书巴黎，内容是关于所谓"南锡事件"的处理报告。

16

南锡事件

八月五日，南锡士兵发生暴动。且这一事态的严重程度攸关革命前途。之所以这么说，是因为它的解决，成了考验新生法国的一块试金之石。

五月，国民制宪议会作出决定，为士兵加饷。这一决议，是随一系列国政改革而来的厚遇，是以发饷之日，所有兵营也就无不翘首以待。可到最后，据说这加饷部分没到基层军卒手中。

至少，南锡兵营确有此事。军卒们私下议论，一定是被那群军官克扣贪赃了。去问上级，似乎也只得到了这样的答复——物价昂贵，加饷微不足道，早就因加量供应的面包花光了。

真相如何放到一边，下面无法信服也是无须多言。自此，兵营中一分为二，一方是军官，一方是军卒，一天又一天，你瞪我我瞪你的日子开始了。特别是瑞士雇佣兵联队，军卒的不满更是日甚一日。因其都是古堡人，这支联队就被称为古堡联队。军卒们对长官的露骨反抗愈演愈烈，拒绝敬礼，不服从命令，最后发展到要监视参谋部行政。而一当明白这一要求根本不可能被接受，整支联队终于一举暴动……

瑞士雇佣兵固守兵营，这场抗议叛乱也就此长期化了。这当然引发了整个南锡的恐慌。八月十六日，国民制宪议会针对这一事态作出决议，叛乱军卒以叛国罪论处。继之，八月十八日，南锡兵营北邻——梅斯驻地总司令布耶侯爵便接到出兵命令：武力镇压南锡暴乱。

"法国步兵三千人，德国骑兵一千四百人，外加南锡国民自卫军七百人，进军南锡兵营。此一作战部署，于今日八月三十一日执行。因此，提请议会派遣两名全权代表，以作善后处理。这就是布耶侯爵在书信中提出的要求。"

德·杰西议长在议事伊始所作的报告结束了。就在马上要进入审议环节时，像要打断这一进程一般，旁听席上传来了一声大吼。

"有这么混账的吗！"

出其不意全盘否定的，是丹东。什么布耶的武力镇压？能认可吗？如果议会要派代表，那也不是事后处理，而是事前调查吧！谁听了都明白，南锡事件的真相只有一个！

"一言以蔽之，不过是士兵没向贵族的肆意妄为低头屈服！"

丹东语气中，并无勉强听众叹气的巧妙用意。但因其猛烈，且措辞中带有的强大气势，这要是一举控制全场气氛的演讲技巧，真就无人能出其右了。这一次也是如出一辙，议事进程一被旁听席打断，议长德·杰西再想挽回可就不容易了。因为，发言权一被这好汉夺走，搭便车的就你方唱罢我登场，层出不穷。

"就是！只有人民单方接受惩罚，有这样的法律吗？"

"还是说……怎么？议会跟贵族站在一边？在你们心里，我们这些贫苦庶民，被随意践踏也是理所当然？"

资本家老爷们不也是薄情得很吗？南锡那里，国民自卫军出动了对吧。那是资本家的部队吧。明明同是第三等级，这是要向可怜的穷人开枪吗？"

"啊！真是可耻哦。说起来，一七八九年七月十四日，攻陷巴士底狱那天，这支古堡联队也被动员到了巴黎啊！但却并没向我们开枪！"

"说什么呢？"

有人反驳了，像是在斥责。这一声，似乎是从议席中传来的，但到底是谁，却又无法马上分辨出来。但至少知道来自右列。

"啊。又是贵族，又是平民，更别说又是富人，又是穷人了。这都全无关系！布耶侯爵要执行的任务，是惩罚叛乱士兵！"

说到这里，混杂在右列中的这位议员，也从椅子上站起来了。梅斯辖区贵族代表，好像是叫屈斯提讷，一位伯爵。可能是想为常驻自己选区，私交深厚的布耶将军辩护，也可能是想赶紧了结此事。可另一方哪会轻易买账。

"要说的就是，这不是叛乱！"

是布里索。应该说是不出所料吧，既无风采可言，又并非以新锐辩论家而知名的人，就会这样出场。屈斯提讷伯爵甚至都无需戒备，而是直接正面相迎，与之论战。

"不是叛乱？那是什么？"

"革命！"

布里索答道。又是士兵叛乱，又是最初的不服从上级，这都不过是表面现象。实质上，这次武装起义，是南锡的士兵们自觉追随巴黎革命，为实现理想而迈出的伟大一步！与巴黎人冲向巴士底狱那一步完全一样！

"为什么这么说？那群军官一个个儿全是长发！也就是说，全是啰啰嗦嗦一头假发的贵族！相反，军卒却都是短发，因为他们全都是平民！"

布里索没有停留于概念，而事实也的确如此。旧制度下，部队军官一定是贵族，而军卒则一定是平民。虽说，因所谓中世纪骑士血统，贵族们偏爱军职，但其军旅生涯，却不是从一名普通军卒起步的。他们充分调动人脉，去做高官的工作，好拿到军官的一纸任命。而这纸任命，就是他们步入军营的第一步。

相反，平民呢？不管你积累了多少实际经验，也不管你立下了怎样的功勋，至多，也仅能成为一名下级士官。若为富有资本家之子，则会进入军校，专业学习如炮兵、工兵技术，学成后带着这些专业知识入伍，运气好，或有可能晋升至军官。要说例外，那也不过如此吧。

"既志愿做一名普通士兵，那基本都是贫苦庶民。在划分上，虽是瑞士雇佣兵，但古堡联队的士兵却来自瑞士国境边的城镇，说的也是法语。也就是说，他们是在穷乡僻壤，无职可就的法国年轻人。如此平民意志，才必须被作为市民权利而切实加以保护！这个大前提，作为国民制宪议会这一国家机构，还需明确为好。"

议事厅内，响起了雷鸣般的掌声。从旁听席传来的，则是连鼓掌加跺脚的激赏。右列，包括屈斯提讷伯爵在内，一个个的表情是苦不堪言，但议席中的左列，却是毫不吝惜的热烈掌声。

且呼应布里索的喊声，也是上有旁听席，下有议席，交相辉映，飞舞在了议事大厅内。

"实际上，南锡士兵的举动并无不当。反而应该说，是鼓起勇气捍卫自身正义。不管怎么说，他们面对贵族榨取，勇敢地采取了正面抵抗！"

"太对了！克扣揩油这样的贵族特权，早就成往事了。这种事，早就全给废止了！"

"不如说，连贵族本身都没了。等级制度已被废止，现在，所有人都是平等的市民。又是高喊不服从命令，又是宣称叛乱，从根本上说，所谓贵族的话必须听，这类义务早都给废了！"

或许，以不容置辩的发言闹将起来的，应该说是雅各宾俱乐部的那些成员。说起来，绝不退让的态度，也不只是针对南锡。只是，恰巧是南锡引燃了这股烈焰。若要追根究底，实际上，这是俱乐部地方支部以军队为目标发起的一场运动，已扩展至所有军队驻地。

"不过，军队终究是军队。只要上级还是上级，部下还是部下，南锡军卒所染指的，就是严重的违反军纪。"

屈斯提讷伯爵回击道。南锡的军官们不是作为贵族去命令士兵，而布耶将军，也不是作为贵族出兵镇压。

"最初似乎是因为薪俸少，即不过是钱的事。哼，就算是为理想挺身而起，但也不是为大义而拿起武器。南锡的士兵们，是因为想拿到钱而忤逆上级的。如此卑鄙行为，不值得特意用革命之类措词——美化……"

"不，我是说由贵族出任将校这事本身就怪异荒唐。"

布里索再次站了出来。上级外衣之下，是对贵族制度的姑息。而人民，则被部下这一脚镣铐住，至今在遭受欺凌。令我们愤怒的是，为什么部队的这一恶习不予纠正，却要十万火急地单方面处理士兵！

"怎么是单方面呢？这不是基于公平原则彻底讨论的结果吗？"

"哼。就算是玩笑，也望能适可而止。你们搞彻底的，只是阿谀奉承吧。"

"你什么意思！"

"我是说，全天下尽人皆知。"

"问你呢，到底什么意思？"

"这个……"

"拉斐德在幕后操纵！"

在布里索也不禁踌躇起来时，勇于作答的，又是丹东！啊，下令武力镇压南锡的，就是拉斐德吧！不如说，布耶将军，也是来自奥弗涅的同乡贵族吧！不仅如此，还是血肉相连的表兄弟吧！

"就因是拉斐德的表兄弟，议会连个像样的讨论都没有，便草草决定支持布耶将军。实际上，就是这么回事吧！"

听着朋友这番话，德穆兰一连眨了好几次眼。真说了？不是听错了吧……以胆大豪爽闻名的丹东，真的……说起来，暗示一下就足以让大家明白的。明言到这个地步，可不能算是了不起的举动。

——要是无人不知，不言自明，那就更是如此……

既然连国民自卫军都出动了，那位总司令就不可能不知道。能作出镇压南锡叛乱士兵的决定，并下令布耶出军的，除了拉斐德还能有谁？很简单，就像议会在宣战议和权限归属的纠纷中所表明的，现如今，国王已经不能自由地调动军队了。即便他擅自下令，但若没有议会的许可，一兵一卒都不会动。

"相反，操控议会的人，军队也是形同其手足。"

就像前些日子，在全国联盟庆典中看到的，拉斐德，已是国家第一人了。连国王都屈居其下！作为国民自卫军总司令，享有全国资产阶级民兵的绝对忠诚，同时，作为巴黎方面军总司令，或者说，作为人脉资源遥遥领先的世袭大贵族，对国王的正规军也拥有莫大影响力。这样的人，同时又是议员，在国民制宪议会中的发言能力也不小。

"真就是，这世界就是拉斐德的玩物，任其为所欲为。"

不自觉地，像是说出声来了。

"这么说，什么全国联盟庆典，就是一派谎言了。"

哎呀！上当了。上当了呀！隐身于大吵大嚷的旁听席中，讽刺家马拉接话挖苦道。呵呵，呵呵，当然，我可没上当。卡米尔，就是你，也没上当这一说吧。不过，七月十四日那天，大半法国人可都上当了哦？

"哼。什么'我发誓'。什么'永远忠于国民！忠于法律！忠于国王！'。拉斐德效忠的，只是他的个人欲望吧。"

德穆兰急急点头。正是如此啊，马拉。也就是说，此人无法将自身利益与人民利益结为一体。要为自己着想，那就要为资产阶级着想。要为自己着想，甚至要与反动贵族结为同党。要为自己着想，就会面不改色心不跳地将无权无势的人民抛而弃之。

"拉斐德过早地露出了马脚啊。"

这是无法原谅的欺瞒！把有名无实的英雄拖下来！一面贬低国王，一面又不可能为人民谋利的拉斐德，真就是两个世界的英雄，根本就是双料叛徒吧。这样想着，说心里话，德穆兰也想以最大的音量高喊了。而实际上，他都深吸一口气准备大声疾呼了。可就在即将开口的一刹那，他又改变了主意。啊，别了。

——这刚被人告发过。

针对七月三十一日的告发，德穆兰所作的说明被议会受理，不过是南锡事件三天前的事，即八月二日的事。

说实话，德穆兰此后的心情无法平静。在任由不安疯长的过程中，甚至患上了窒息般的强迫症，就感觉自己马上就要大难临头了一般。告发被安然取消的现在，德穆兰更为自重了。

"肃静！肃静！"

德·杰西议长试图收拾一下局面。议席与旁听席的激烈辩论，弄得整个议事厅内混乱至极。可是，布里索也好，丹东也罢，这样子吊起嗓门儿喊，是好事吗？这不就是要被拉斐德盯上的蠢举，不是吗？

——我还是不出声为好。

稳妥起见，还是别出声吧，德穆兰一次又一次在心里默念。啊！是的！就像南锡的士兵们，为不让枪口对准自己……

17

奋斗

议事厅内的平静一俟恢复，左派议员亚历山大·德·拉梅特便第一个要求发言。他提议，急于表决徒劳无益，应将布耶侯爵的书信转交军事委员会详细讨论。

不用说，这一提议遭到了右派议员屈斯提讷伯爵的反对：没理由反对布耶阁下的申请，无需向军事委员会征求意见。对这一点，屈斯提讷紧抓不放，议会讨论似乎由此进入了胶着状态。

这时，果敢打破这一状态的，是马克西米连·罗伯斯庇尔。

"是的。不错。所谓转交委员会讨论，的确不是要害所在。"

这话，似乎是把左派意见给推翻了，但如是切入之后，罗伯斯庇尔继之提出的，却是更为彻底的要求。

"因为，看阁僚的书信，即便眼睛睁得大如圆盘，但能从中得到的信息，本身就是有限的。是的，南锡事件的全貌尚不清晰。如果说必须形成决议，相应采取某种措施，那就必须小心谨慎地查明真相。刚好，受布耶将军带信之托，南锡国民自卫军中的两个人来到了巴黎。"

而罗伯斯庇尔的提案，就是传唤两人到议会，火速听取情况汇报。

提案交由议长判断时，占据上风的意见是，这无疑会被否决。至少，旁听席中如此。并且很快，就有愤慨之声传过来了：那群阴森森的平原派是不会动的，如此，拉斐德的肆意妄为就会畅通无阻！

但继之要求发言的米拉波明言支持，罗伯斯庇尔的提案被采纳了。理由是，向南锡国民自卫军兵听取情况并无坏处，议会可从中得到新的信息，议员会更加确信，以尽早形成决议。如此，试一下也并非全无用处。

罗伯斯庇尔的提案被采纳之后，上午就传唤两名士兵来到了议会，但从结论来说，听取情况汇报也并未得到多有价值的新的信息。相比之下，布耶将军的书信反而更为详尽。总之，离查明真相还相当遥远。可是，讨论至此也已然穷尽，下午，议会便作出决定，征求军事委员会意见。

军事委员代表虽是第三等级代表，但还是一位梅斯选区的议员，名叫艾姆利。他的提议是，应针对布耶将军的请求公开发表议会宣言。

"就布耶阁下寄阅国防大臣之书信，国民制宪议会已作详查，并依军事委员会所提报告宣言如下：

"一、为重新构建南锡市之和平，陛下所颁圣明旨意，议会悉数遵从，绝无违信。

"二、布耶将军已为及将为之事，皆为奉国王之命，或执行议会决定之举。议会予以认可。

"三、议会同意，如有引叛乱士兵为同党者，一律与士兵同罪，武力追讨。且叩请王命，为重建南锡市之和平，省政府需向布耶将军提供一切必要之帮助。"

宣言内容，应该说与当初预定的毫无二致，即支持布耶将军的裁决。可如此一来，议会就不可能顺利通过。宣言中，国王名义徒有形式，这也令人怒火中烧。就算大半议员迫不得已赞成，但唯有这左派，不作抗辩是绝不会善罢甘休的。

起身走向演讲台的，果然又是罗伯斯庇尔。

　　只见他目眦欲裂，神色冷峻，既然这一结果是自己的提案被彻底讨论所带来的，那他周身上下的这种气势就更是难以压制。呃……有一点，需要事先确认。南锡事件的实质，是公共治安问题。既如此，就没必要被憎恨、愤怒之类丑陋情感所驱。要采取何种对策，只要基于热爱和平之心，或尊重法律之心考虑即可。若基于这一观点对艾姆利提案加以探讨，又会得出什么结论呢？

　　"该提案，支持国王陛下与布耶阁下之决定，即武力镇压叛乱士兵。从军队来讲，可以说的确做得很好吧。可从公共治安的角度来看呢？动用武力了呀！士兵冲入市区了呀！弄不好甚至会开枪的呀！南锡的混乱是一定的。而市区，也未必不会遭到破坏！"

　　这番话，把人们的想象调动起来了，议会会场内，一股不快之情迅速蔓延……无论是议席还是旁听席，大部分人都亲身经历过一七八九年的那个七月。军队陆续集结，说不定，今晚就会冲入凡尔赛，冲入巴黎……那种紧迫感，即便是现在，只是回想起来都令人窒息。

　　"有人听到这样的警告会更加确信，布耶阁下作出了最佳判断。对这样的人，我不会再说什么。可是，哪怕只是稍有疑问，我就想请各位考虑一点。这就是，对宪法的尊重。也就是说，像革命前一样，不以法为上，而是连公共之幸福都拱手委于阁僚之手，任由其随意裁决，是否合适。"

　　说到这儿，罗伯斯庇尔顿了顿。就在这暂时的停顿中，传来了像是咂嘴的声音。接下来，甚至还感觉到有人在嗤之以鼻。

　　马克西米连·罗伯斯庇尔已是一名知名辩论家了。特别是在雅各宾俱乐部，作为屈指可数的理论派，那是数一数二的。可一到议会，就被当作只会讲大道理、理论脱离实际、看不到现实的空谈家而惨遭无视，有时，甚至也不是不会被取笑。

——一当如此,这位老友总是愈挫愈勇,迎难而上!

不退缩,不畏惧,一往无前!默默看着演讲重新开始,德穆兰心里全无讥讽之意,而是坦率地认可了老友的英勇。脱离实际也好,空谈家也罢,总之就是要发言!罗伯斯庇尔的勇气,委实令人感佩。

"呃……明说吧。整体上来看,很明显,那边所谓的叛乱士兵都是爱国者,这边布耶阁下的部队,则不过是受雇于专制主义或贵族主义的雇佣兵,这样的图解,也未必不能成立哦。"

格外尖锐的高音一当在大厅内回响,旁听席上随即喊声一片,犹如爆炸一般。没错,罗伯斯庇尔先生!说得好,罗伯斯庇尔先生!是的,是的,罗伯斯庇尔先生!

"您才是市民的楷模!"

被四面八方的声音裹在中间,德穆兰想,人们的称赞是理所当然的。无论多羡慕都是理所当然的。因为,罗伯斯庇尔绝不只是学习好,也不只是工作认真得到认可而被选为议员,而是深信自己的理想是正义的,并以此锲而不舍地拷问社会,这才是他赢得如此赞赏的原因。

——我能做到吗?

能!就算是我,也能做到!正因如此断定,德穆兰才一边以报纸为诉求手段,一边尝试发言的。可现在,却又是无心发声了。虽说是始于被告发之后,但心确实是完全萎缩了。

也就是说,自己只是源于竞争意识的逞强,实际上,根本就不是发言的料。根本就没有确信无疑、能与人言的理想,也没有值得一夸的正义。

在被告发之前便已言行不定,这就是最好的证据。罗伯斯庇尔要求登报订正时,内心的焦躁自己都感觉异样,当时的愤慨也是毫无来由。现在想来,焦虑的来源,无疑是不能像这位前辈一样如己所愿。尽管一直在虚张声势，但可以说，实质是已经感觉到了自身的极限。

——啊。我这真是……

再说会场中的罗伯斯庇尔，已是终于要发起动议了。呃……我并不想提出脱离现实的要求。只是说，国民议会应派四名代表前往南锡，进一步查明事态全貌，包括两名国民自卫军兵所作证言是否属实。这期间，应停止军事行动。至少，应置于议会代表的管理之下。

18

抗议集会

目力所及，全是短发。既然已几无立锥之地，那动员四万人的所谓豪言，也未必就是吹牛。

九月二日，巴黎群众大举涌向杜伊勒里宫。

宫殿庭园内人山人海，就连周边地带也已被群众占领。虽不至于把道路两边的树木都要推倒，但如大粒的砂石，却是被毫不客气地乱踩一气，铺路石踢不动，就用靴底猛踩，像是实在不耐烦了。吵嚷声中，也间或爆发出高声的怒吼。正逢秋老虎时节，群众中散发出的热浪，似乎让这难耐的暑热更为凶猛了。

再看埋入人海中的德穆兰，只见汗珠正顺着下巴直流而下，一边擦，一边嘘地打了个唿哨。也只能打个唿哨凉快一下了。

——实在是干得漂亮!

群众的愤怒不无道理。

八月三十一日，国民制宪议会激烈争论后决定，废弃军事委员会提交的宣言，即所谓艾姆利提案。左派因此而大为振奋，继之将雄辩家之名日隆的新锐议员——安托万·巴纳夫送上了演讲台。而全场一致表决通过的，就是巴纳夫提案。

"国民制宪议会宣言如下，为鼓励秩序恢复，犯罪者不分阶级、地位，一律严正惩处。但，罪状未决期间，所有士兵、市民，均应以国民名义加以保护。又，本宣言应由两位确有爱国心之使节，带往南锡兵营。若使节判断确有必要，不排除酌情行使武力。"

该提案虽将布耶将军请求纳入其中，有折中之意，但主要内容却是贯彻了左派主张。所以，巴纳夫的这一提案被议会认可，本身就意味着已经取得了一定的成果，且可以说是初战告捷。因为，权倾朝野的拉斐德也不得不因此而自我克制。议会无异于向其宣告，无意委你以全权，但也未必不欢迎你法国版华盛顿。既如此，也就并不认为他会硬来，会诉诸强硬手段。

——南锡，什么都不会发生。

不只是敏感于维护人民权利的左派，就连一向多一事不如少一事的中间派资本家们也被争取了过来，实际上，就是因为这种安心感。

即便是旁听席上的人们，也能带着某种成就感回家了。但作为报社来说，却因失去了以激烈措词走笔如飞的必要而颇感无聊，明知这样想不失审慎，但无聊终归是无聊。

——结果……

九月一日，南锡便传来了令人震惊的消息——布耶将军强行动用了武力，镇压了叛乱士兵！听说，挑起叛乱的古堡联队士兵半数被杀，半数被捕。

而被捕的半数之中，断定为主谋的二十人又被处决，其余四十人，则被送入了帆桨军舰，充当划桨手。他们被锁在军舰之上，成了法国海军的活的动力，即苦役囚犯。但这一切均为即日裁决，并无正式审理的迹象。

在巴黎，"南锡事件"已被改称为"南锡屠杀"。

至少没有自我克制。议会代表或使节是否已经抵达南锡，不得而知，但按理说，无论如何，布耶将军都要等他们到来之后再作打算。作为一名前线总司令，即便作战行动在预定之中，但若行动，也应事先得到议会认可。现在，就算是代表最高执法权的法国国王，不确认议会意向也不能擅自行动。

——如果有人能如此行动……

那就只有一个——拉斐德。既然有国政第一人的命令和允诺，布耶将军也就不会在意议会的意向了。这一事实关系，几乎已是不言自明。

但尽管如此，国民制宪议会却未能迅速应对。因为大部分议员真是做不到。或者说，因为根本就不想应对，所以只在那里徒劳无益地反复自问：

"不会吧？真的镇压了吗？"

国王与议会全被当作配角推到了一边，拉斐德侯爵则极尽专横之能事。以开明派贵族与资产阶级的支持为坚强后盾，新生法国成其个人私物了。不如说，德穆兰一直保持着警惕，要将事态阻止在真正发展到这一步之前。为此，他夸张地嚷过，如此下去，人民幸福将遭到损害，市民权利将遭到侵害；甚至狠狠地批驳过，"美国海归"之美名不过是假象，救世主之伪装已然露出马脚。等等。但从其他方面来看，却又不容乐观。

——只要先发制人，他就不会乱来。

左派议员一定也这样想过，而作为德穆兰来说，也一直充满自信地认为，若因恐背恶名而生自制之心，这，就是对报社的最好回报了。

——说白了，天真了，幼稚了。

自己都觉得幼稚。可是，之所以不从这一幼稚中走出来，也是因为对拉斐德一直保有一份信任。因为，被誉为"两个世界的英雄"的人，不会践踏革命精神，因为，他的确是一七八九年的核心角色。

——可就是他，调派布耶将军……

得知南锡事件原委后，德穆兰一时间不由愕然了。可也不能一直这么茫然自失。因为，牺牲者虽是国境线一带的士兵，但也都是人民中的一员。因为，这次的武力是为贵族利益动用的。

此等行为绝无支持之理。并且，沉默被视为容忍也令人憋气。即便这一次的决断令右派开心，中间派资产本家也认为再好不过，但唯有左派，以及支持左派的巴黎群众，是绝不会沉默的。

"啊！动手那就赶快！杀了俺们试试！"

"了不起啊，俺们可是在塞纳河边建巴黎港的人哦！要被送到帆桨军舰作划手，那可真是太好啦！"

"没错！没错！要是说，为保卫与生俱来的权利而战是不可饶恕的大罪，那什么惩罚俺们都接受，是吧？"

对决姿态表露无遗，怒吼之声沸反盈天。见议会指望不上，便回身鼓动巴黎群众的，正是雅各宾俱乐部。而拉梅特兄弟　来打招呼，就去号召各街区实力人物，为组织抗议集会奔走的，则是科德利埃俱乐部的丹东。

该俱乐部的正式名称为"人权及民权之友会"，是由科德利埃区的伙伴们于四月二十七日新成立的俱乐部。正如因其会费便宜——每月二苏——而为人所知一样，较之雅各宾俱乐部，可以说，该俱乐部是平民化的，也更具革新性的团体。

不同于议员众多的雅各宾俱乐部，因无法通过会员讨论、琢磨推敲来向议会提交动议，其主要活动着力点就放在了更为直接的政治活动上，如请愿、示威、集会等大众运动。因此，或许应该说是街区自治活动的延伸。

作为科德利埃区的首领，老早就为其建立奔波的中心人物，就是乔治·雅克·丹东。其东奔西走的努力，便化为了九月二日杜伊勒里宫的四万人大集会。

"来吧？开枪试试！德尼少爷！"

"啊！你们要跟贵族站在一边，那反正革命也就完了，活着也是无路可走，啊！啊！就用那枪把咱也毙了吧，博德纳夫老爷！"

群众在挑衅的，是巴黎的国民自卫军。他们奉命赶往国王与议会所在的杜伊勒里宫，与皇家侍卫队一起进入了警戒护卫位置，可无论身上的军装多么威武，群众一方也是毫无惧色。

原因在于，几乎所有的国民自卫军兵都是富有的资产阶级。在南锡，他们或许能向可怜的军卒开枪，但在这首都，却是无法向平民施暴。

巴黎的意志未必是上传下达的。正如巴伊市长的软弱所表明的，就算"大人物"下达命令，有时也会惨遭无视。现在，一切动向已是由下而上，即由下层发动，并将上层卷入其中。

杜伊勒里宫大集会，也是处于社会末梢的街区充分发挥其实力的政治事件。

"这么说吧。那身多了不得的军装，还有拿来威胁人的火枪，压根儿就不卖给我们？"

"啊！给你开天大的好价钱呐。要是那废纸一样的什么指券可以的话！"

"这纸片儿是什么玩意儿啊？说什么能跟金币银币一样用，可哪有当金币银币去接的店？连面值的一半都不到！"

人们将话题扩展到其他事情上去了。虽与集会目的无关，但这至少是巴黎大众的苦恼，也是愤慨之源。

一七八九年十二月发行的指券，最初是以教会财产作担保的国债。但一七九〇年四月，议会决定，该债券也可作为纸币流通。理由是，正值货币不足之时。既然没有金币银币，代之以指券进行买卖就可以了。但事与愿违。

根本原因在于，人们并不相信什么"纸币"。"纸币"不过是一张张纸片的感觉根深蒂固，不言而喻，拿这种东西跟金币银币这样的正经货币交换，那就实在是"恕难从命"了。

货币少，人们就不舍得花，或者干脆藏起来了，而代之大量进入流通的指券又未能维持其币面价值。可尽管如此，抛售指券所得的四亿里弗尔国库收入，却在这个八月见底了。为解决此一财政困难，又要发行相当于四亿里弗尔的指券……

指券即将暴跌。经济活动的混乱在所难免。

"真是，尽干些不着边的事，所以才连士兵都怒了。就是南锡事件，一开始不也是钱的问题？"

"到最后，要是跟贵族一伙，重返旧制度，那就先把指券收回去，把钱还给我们！"

"静一下！静一下！"

试图介入的，好像是丹东。不，就德穆兰的位置来说确认不了。在他身前，形成了数重人墙，很难看到。人们个个大声喊叫着发泄不满，连声音都听不清楚。

即便那人是丹东，但今天面对的可是多达四万人的群众，身躯再庞大，声音再洪亮，介入困难那也是毫无办法。正这样想着，头顶上方有了新的动静。

杜伊勒里宫庭园内，有一座高高堆起的巨大假山。去年夏天，巴黎市民毅然起义时，德穆兰就是以这座假山为阵地击退德国骑兵的。但现在，在高处拉开架势的英雄，已经是雅各宾俱乐部和科德利埃俱乐部的人们了。

要站到假山上，还真是能引起人们的注意。嘈杂虽未退尽，但群众的目光却已投向了假山的高处。如此，对丹东来说，百分之一百二可以喊话了。啊！又是喊开枪，又是喊杀了我，最后，又是指券不过是纸片，又是想办法控制物价高涨，一个个这么嚷也没用。这么胡来，只会模糊掉我们的诉求。今天，我们只有一个要求。啊，就是那个！大家一起喊！

"让大臣们下台！"

就是这个！丹东雷鸣般地高喊一声，猛地把大大的拳头举向了空中。而群众也以接连不断的高呼予以回应。让大臣们下台！让大臣们下台！

"居然跟贵族站在一边！乱下命令的那帮家伙，一律革职！"

"是的！说到底，全怪大臣们个个无能！"

"到重新组阁的时候了，是吧，国王陛下，这次可要依靠为民谋利的内阁呀！"

"所以，由议会组阁就好啦！由议员兼任大臣就行啦！"

不管怎么说，阁员任免权在国王手里。而议会又可向国王施加影响。正因如此，群众才会赶到杜伊勒里宫大举集会，想同时向国王与议会施加压力。因为路易十六和家人住在这里，因为国民制宪议会的会场就是练马场的附属大厅。

19

现实

"让大臣们下台！"

"逼也要把他们逼下台！"

"不如说，以贵族为同党之辈，就不能让他们活！把那帮家伙的头给我们！尸身吊路灯上！"

也有人顺口喊出的话令人骚动不安。但在群众的喊话中，却听不到拉斐德的名字，也听不到布耶的名字。

这也难怪。抗议集会的目标，锁定为让阁员辞职。所以，会出现国防大臣拉图迪潘的名字，而不会出现一介将军的名字。

——不，是不能出现。

其中的原委，德穆兰也揣摩到了。阁员任免权虽在国王手里，但路易十六并无实权。实际上，这一权力已被夺走，任免权现已无异于捏在拉斐德手里。这个拉斐德……谁能把他拖下来？

如果说他是敌人，那这个敌人就太强大了。政府、议会、法院、军队等各个领域全都安插了他一手栽培的人，一切都在其操控之中。一旦出手，想不被报复而安然了事，纯粹是痴心妄想。

更棘手的是，一般来说，他也并未被视为革命的敌人。对拉斐德保持警惕的，还只是一部分人。比如左派议员、报社记者，或者是街区内的活动家。且即便是这一部分人，也是乐观论占了上风，认为还不到指名道姓的地步，他并没犯下要指名道姓的过失，并未将枪口指向巴黎市民。

从根本上来说，如果当真认为现正面临危机性事态，那就不可能不对国民自卫军心生惧怕，不可能组织策划如此漫不经心的集会。总之，是姑且提醒一下拉斐德。这种轻松的心情，即便在警惕意识较高的这部分人中，也是为数众多。

——大众就更不用说了。

在他们心里，甚至依然将拉斐德视为英雄。啊，依然是一七九〇年七月十四日，全国联盟庆典中目睹到的，那位跨下白马的救世主。这也难怪，距离毫不吝惜地把掌声送给他的光荣，还不到两个月。

即便揭发，人们也不会相信。越揭发，就越会被理解为不过是因嫉妒英雄而萌生恶意。

倘如此，只怕是连组织抗议集会都困难了。不只如此，雅各宾俱乐部反而会受到责难都有可能。若被大众当成了敌人，不要说提醒拉斐德，连推动议会奋发有为都不可能了。

"推动议会，向国王施加影响，以此实现大臣的更迭。"

通过大臣的更迭，间接给其以打击，促使拉斐德自重，下不为例！这就是雅各宾俱乐部拿出的现实性方案。

"是的。这就是我们现在能做也应做的一切！"

假山的"演讲台"上，发言的已经换成了布里索。继这位朝气蓬勃的记者、崭露头角的会员之后登台的，是三头派迪波尔、拉梅特与巴纳夫。

罗伯斯庇尔也是毫不客气，又上场了。希望发表演讲的，并非只是雅各宾俱乐部的人们。而来自科德利埃俱乐部的，也并非丹东一人。就连菲翁、罗斯塔洛、埃贝尔等散播过激言论之辈也拉开了架势，非要向大众发声不可。

应该说，巴黎，到底是一座火热的都城吧。啊，正因如此，她才是革命之都。成就了一七八九年七月十四日的革命之都。所以……啊！找到了！找到了！

"卡米尔，你不演讲吗？"

"嗯？"

回头一看，但见发问的人一脸浅笑，驼背得厉害。他一边从人墙中挤近身前，一边接着说，丹东说，要是想演讲，就赶紧到假山上来。

"马拉，你不演讲吗？"

虽然马上作出了如是反问，但德穆兰自己都感觉这一问不太对头。说起来，还从未见马拉演讲过。虽多次在科德利埃俱乐部看到他说话，但回头想来，在公共场合面向群众演讲的情景，却是至今都没遇到过，一次都没有。

"演讲不符合我的性格啊。我是专事写作的那种。"

这就是马拉的回答。德穆兰只能点头。啊！这就是马拉。没有任何的不好。演讲之类，没有特意一试的必要。

事实上，马拉的文笔大胆而又辛辣。

"大将军，两个世界的英雄，永生的、重建自由之人。既享如此盛誉，若疑其为反革命领袖，疑其为为害祖国之一切阴谋之中心，会否惨遭责骂！"

抛给读者的最新一期《人民之友》，无异于是点名拉斐德了。不怕误解，作好招致反感的精神准备，把想写的内容，以想用的文风，自由奔放地一一道尽。这就是马拉！啊，这就足够了。在这革命的法国，这已是了不起的个性了。

要说超群，那丹东的行动力也是非同寻常。而说到罗伯斯庇尔，则是坚如磐石的信念。无论是团结一心、牢不可破的三头派，还是精神世界丰富的布里索，还是以几近下流的真心话见称的埃贝尔……如此想来，脱颖而出，显露头角的人，各自都具有强烈的鲜明个性。

"不过，你不一样吧。"

马拉这一接话，德穆兰的心被刺痛了。

"卡米尔，虽然你确实是在办报，但演讲也是你的拿手本领吧。"

"不不，我也是专事写作那种的……"

"瞎说。在巴黎皇家宫殿，以演讲打响巴黎革命第一枪的传奇人物，就是谦虚，也要有度哦？"

"不。因为，那是、那，怎么说呢……"

德穆兰无言以对了。说实话，从未感觉自己擅长于演讲。因为口吃的毛病，演讲反而是自己的弱项。但是，若有人问，既如此，那就是擅长于写作？是因专精于写作而显露头角，并构筑起了今天的地位？要回答，德穆兰感觉，同样不能满怀自信地点头说，正是如此。啊，我写不如马拉啊。明白了。要是没在巴黎皇家宫殿演讲，我写的那些东西也没人会看，更别说能自己办报了。

——我这个平庸的凡人，竟……

最近，德穆兰慢慢感到了恐惧。恐惧新闻检查。恐惧告发。恐惧官府衙门。要说尤其恐惧的是什么，那就是，是不是自己一脚踏入的，是本来绝不允许像自己一样的平庸之辈踏入的世界……一被这样的不安抓住，那等待自己的，就是浑身上下颤抖不止了。啊，我本不是这样的人。不是可与罗伯斯庇尔、丹东、马拉等被上天选定的那些人比肩的料。

实际上，有时候也会感觉，对拉斐德的所谓愤怒，不过是有形无实。

啊，他想出风头，让他出不就好了？他想操控法国，让他操控不就好了？当然，被他为所欲为地肆意践踏时也会生气，但没有哪个社会一尘不染，多多少少有这种事也是毫无办法。又是写扰乱人心的文章，又是发动武装起义、暴乱、叛乱，但只要不公然采取反体制行动，就能还算说得过去地平安无事地生活，这不也没什么吗？

——啊，没什么的。只要自己那小小的幸福不被破坏……

马拉继续说道，我说卡米尔，赶紧来演讲啊！

"嗯？"

"群众就是现在这时刻，也在期待着巴黎皇家宫殿的英雄啊！"

"不，这……"

作为德穆兰来说，马拉越劝，他就越想打退堂鼓。不，不是想想而已，而是真的后退了几步。可是，虽只是几步，但退路，却被叉开两腿，宛如一面墙的大个子挡住了。

丹东从假山上回来了。可能是半路听到了他们的对话，一插进来就挖苦说，马拉，怕是任你怎么劝都不成啊。

"卡米尔那腰给吓软啦。"

"没这么说话的……"

"要不这么说，那就是把力气用到了别的地方，还用过度了吧。"

"这么说就更讨厌啦。"

嘴里虽这么说，但德穆兰也并非不认同。

跟露西尔的婚事已经定下来了。父亲大人克劳德·艾蒂安·拉尔东·迪普莱西先生终于答应了。

这个月，德穆兰家里那边，父亲也要从乡下进京，打算就结婚所必要的种种与那家谈一谈。若一切进展顺利，或许在日历翻到一七九一年之前，德穆兰与露西尔两人就会正式结为夫妻。

——所以，虽不能说是怯懦……

但德穆兰也不得不去想了。自己的愿望到底是什么？什么才是幸福？仅有一次的人生，应该追求的到底是什么？

——那就是……露西尔。

答案马上就自己出来了。啊，多想跟露西尔结婚啊。这份真爱，无论如何都想要一个完美的结局。到如今，根本无需确认，这，就是所有一切的动机。想以文笔立身……做议员候选人……在巴黎皇家宫殿作煽动性的演讲……

并且，不止步于革命，连自己的报纸都办了，这一切，全都是因为想跟露西尔结婚，这就要得到迪普莱西先生的认可。尽管对此心知肚明，但有时候，德穆兰自己都会忘记。要么，是为社会正义而战的昂扬之感，要么是谁会输给罗伯斯庇尔，怎么能落到丹东的后面，再不能让马拉遥遥领先，拉开更大的距离……总之，完全是被这类想法牵着鼻子走了。

——一言以蔽之，希望自己是特别的。

正因如此，德穆兰现在就不得不问。为了这些而牺牲露西尔，值得吗？在回答此问之前，先要回答的是，这些是自己真正想要的吗？虽说想做一个特别的人，可你天生有那么特别吗？

——有一个自己真心爱着的妻子，将来再有一个孩子……

这不就足够了？正因这样想，德穆兰才无心工作了。啊，什么拉斐德，无所谓不是吗？虽然南锡事件的牺牲者让人可怜，但就自己的立场来说，这样的悲剧也并非自己的责任。不如这样说，即便我这样的折腾一番，整个社会又会有什么变化？明摆着，我又不是马克西米连·罗伯斯庇尔。也不是乔治·雅克·丹东，也不是让-保罗·马拉。我，只是卡米尔·

德穆兰。

──更何况……

德穆兰转身走了。身后，杜伊勒里宫那里，群众一片沸腾。假山那边，有能力笼络人心的新的英雄又诞生了吧。

这种事，自己也无心否定。啊，抗议集会在继续。只要在继续，就会有人得到机会，一展身手。对这种事，也不是没有兴趣。何止是有兴趣，今后，还会一直报道下去。只是，已经无心再在孩子气的梦想──自己就是这种英雄之类──里玩耍了。虽会转身回望，但德穆兰到底是没了返回去的心思。

20

追究

大众的压力，议会无法忽视。

九月三日，审议伊始，议长德·杰西便亲自宣读了三封书信。一封来自布耶将军，一封来自拉穆埃尔特省政府，而另一封，则是来自国防大臣拉图迪潘，告知国民制宪议会传阅这两封信。

来自国境线一带的两封书信，都是成功镇压南锡士兵叛乱，南锡秩序已经恢复的报告。

——但恢复秩序的方式有问题。

德穆兰想。而九月三日审议面对的命题，就是对布耶将军，或者说对南锡事件，国民制宪议会该示以何种态度，发布何种宣言。

像往常一样，在旁听席上占了个位子，坐下便一个劲儿地叹气。一边作笔记准备，一边也不由会想，虽说努力有了结果，南锡事件得以重新审议，但一场激烈的辩论也是在所难免。说不定……巴黎，不，是整个法国，又将经历一次强烈的震荡。

众所周知，人民大众的要求是阁员辞职或更选。不只是抗议集会，左派也一定会在会场上原封不动地向议会提出这一要求。罗伯斯庇尔等过激派甚至出现了要求解除布耶将军职务的动向。

——当然，议会是少数服从多数，显然，左派将被摧毁。

右派的反对自不待言，即便是被称为平原派的中间派资本家议员们，也没理由特意赞同。搞不好，还会将责难引至国民自卫军所采取的行动，倘如此，议会争论甚至会波及到自身的权力基础之一——资产阶级民兵的是非。

——退一步说，他们也不想与拉斐德为敌。

正如全国联盟庆典的关键一幕所示，作为国家第一人，其地位甚至已凌驾于法国国王路易十六之上。不但无视社会舆论的反对，甚至已不惜动用武力。

不会有人大胆进言说什么别太得意忘形的。如果说，在当今法国，还有人能与拉斐德同台打擂……

德穆兰干咽了一口唾沫。随着议事进程在议长主持下推进，喉咙也干渴起来了。不，不禁小心翼翼屏住呼吸的，不是一个人。一当发言得到允许，那强有力的脚步声在大厅内响起，屏住呼吸，干咽唾沫的，不是旁听席，不是议席，而是议事厅内的所有人！啊！不出所料，这个时候能够站出来的，非他莫属！

——米拉波伯爵登台了。

德穆兰不由低声嘟哝道，这回，后果不堪设想啦。为什么？这不是左派尖锐高亢、声嘶力竭的汪汪闹腾，也不同于右派醉话般不得要领的啰嗦絮叨，更不是中间派资本家的以稳妥为本，一见争论就溜之大吉。总之一句话，这是米拉波！当前能与拉斐德过招的唯一一人！

——以南锡事件为导火索，终于，要双雄对决了吗？

两虎相争，必有一伤，也总有一方有望获胜。注视着继续迈向演讲台的那个庞大的背影，德穆兰想。拉斐德与米拉波，都有一样的野心：占据法国的最高地位。一方，是美国归来的英雄，一方，是议会首屈一指的雄辩家，各自都具备足够的政治家所需的领袖魅力。政治能力也是不相上下，一方，自身身居要职，或将一手提拔的亲信安插入要害部门，稳稳地将实权操在手中；一方，则以千里眼般的洞察力大胆活动，且操纵大众也是得心应手，应付自如。

——要说不同，那就是对国王的态度吧。

尽管政见的大框架一样，都有志于君主立宪，但拉斐德却有轻视国王之嫌。相反，米拉波则是尊重国王，且与谋求守护旧制度的所谓右派泾渭分明，在拥护人民权利、否定贵族等级，或者推动教会改革等方面，反而是一往无前的革命先锋。但唯有王权的存续，却是寸步不让。

对德穆兰来说，要实现应有之美好社会，到底哪一方的态度才是捷径，是无法轻易作出判断的。但毫无疑问，只要这双雄对决，其结果，必将左右今后的革命进程。

——真就是决定性的场面啊。

要用时下的力学原理来说，双雄对待国王的不同态度，对双方而言也说不上有利无利。或者可以说，截至目前，一直是有利于拉斐德的。正因为轻视国王，他才能"是我""是我"地自觉冲上前台。他的这种浅显易懂，与其第一人地位的支撑——深受大众欢迎直接相关。

——但也正因如此，缺点也是一目了然。

比如这一次的南锡事件。其一举手一投足都会引人注目的结果，就是哪怕只是一个小小的瑕疵，也有成为致命伤的可能。不知道，与我无关，不是我，这样是行不通的，结果只有一个，那就是在责难逃。

——而要追究这一责任，米拉波能够办到。

因为，一到紧急关头，就可以把国王推向前台。既然国王权威的永续也受到宪法的保护，那么，与这位时日尚浅的英雄为敌，其权势也未必就令人恐惧。

并且，只要能让人们想到这一点，那么，右派自不待言，就连资产阶级中间派也会支持米拉波。如能扳倒拉斐德，仅此一点，左派的决定也会与米拉波步调一致。不用说，要笼络所有人难比登天，但若议会首屈一指的雄辩家出手，未必就无此可能。

——要出大事了。

通常是一片嘈杂的议事厅内鸦雀无声，所有人的目光，都盯在了终于登到台上的庞大身躯之上。拉斐德一党脸都白了，可万没想到！

"首先，我想表明自己的谢意。"

米拉波开始了演讲。这个……向完美平息南锡叛乱的布耶将军及兵团的努力，向鼎力协助的拉穆埃尔特省政府，以及南锡、吕内维尔市当局。还有，必须特别致谢的，把资本家本职工作推后，参与作战行动，受苦遭罪的国民自卫军。

"不用说，一系列的决断无可厚非。叛乱，就是叛乱。罪犯，就是罪犯。这一次的事件与等级无关。搬出人权，只会令人感到奇怪。因为，在基于社会契约建立的国家，威胁公共之善者必须受到惩罚。窃贼、杀人犯，必须作为窃贼、杀人犯接受处罚。"

为理解这些话的意思，德穆兰多少花了点时间。之所以不反反复复咀嚼一番就难解其意，是因为这番发言完全出乎意料。啊！这怎么可能？米拉波支持了布耶？进而站到了拉斐德一边？

"是的。没错。这是理所当然的。比如，即便像我这样的，生而为贵族，当然，等级制度已被废除，现在，已跟大家一样，都是法国的一名市民。也就是说，我，也有人权。跟各位拥有人权一样拥有人权。换言之，我，也理应受到保护。不能说因为原来是贵族，明明在正式审判中未被认定有明显过失，也要接受被定为罪犯的'待遇'。倘如此，可就让人受不了了。最后，被污言秽语地辱骂、冷不防被殴打的那天，不控告施暴者也绝无可能，不可能不希望他们受到处罚。能认为，心怀此愿的我是偏执吗？各位，这样的我真的是怪人吗？"

此一问，令会场无以作答，在制造了毫无反应的效果之后，米拉波作出了结论性的发言。是的。在南锡发生的事件也是一样的。

"生为贵族也好，不是贵族也罢，军官们也都是市民，既如此，那他们就拥有人权。同时，既同为市民，士兵们就绝不能侵害他人的权利。至少，必须遵守法律。不遵守就要接受处罚。在南锡，也执行了这一处罚，这是事态发展的必然结果，仅此而已。"

米拉波没将发言转向他处，而是就此作结了。呃……只是，这一工作很困难。对方是现役士兵，在市内携有武器，如此，但有闪失，南锡可能就会化为废墟，也有累及无辜市民之危。

"正因将损失控制在了最小限度，果断平息，迅速解决，我才想向布耶将军表明谢意。"

看来，不像是自己听错了。米拉波支持布耶，站在了拉斐德一边。如此说来，米拉波也是他们的同党？加入那边的阵营，今后将一起在法国专横跋扈？

——不。这是不可原谅的！

作为政治家的选择，并非无此可能。可是，选择这样的道路，米拉波将会失去大众的支持。并且，其损失要在拉斐德之上。因为，在如此众目睽睽的地方现身，却并未回应大家的期待。因为，只是调动起了大家的期待，却又转身背叛了。大众的心愿，完全遭到了无视。

会场内仍是一片死寂。这也难怪。拉斐德一党悬到嗓子眼儿的心放下来了。恐怕，右派也是心情大好，平静下来了。就连资产阶级中间派，应该也是忍不住点头，认为这再好不过。可是，作为大众的代言人，左派不可能沉默。震惊之余，若将静寂中的默许转而视为屈辱，那就必会以陡增的愤怒，发动一场如火如荼的论战。

实际上，德穆兰感觉到了空气中那股越来越紧张的气息。无疑，这股气息将化为成捆的利箭，射向台上的庞大身躯。但让人意想不到的是，就在万箭齐发，破空而去的嗖嗖声响起前的一刹那，米拉波接着说了一句犹如挡箭盾牌般的话。呃……开场白就说到这里，差不多就进入正题吧。不管怎么说，南锡事件之处理有失谨慎，这也是毋庸讨论的。

"是的，没错。必须让大臣辞职。"

作为议会，要么向阁员提出辞职劝告，要么向国王提出要求，就阁员更迭恭请不容置辩之圣断。总之，既然事件处理有失慎重，那就必须追究责任。米拉波这番话一出口，以急躁见称的左派议员们也不会突然插嘴，大喊"不对啊？等等！"了。

——因为，左派的意见并未遭到无视。

米拉波回应了大众的呼声——让大臣下台！点名责难拉斐德侯爵就不用说了，就连追究布耶将军的责任都是危险的赌注。这也正是雅各宾俱乐部经过自身调整之后划出的那道红线。啊，虽不能孩子气，但若因此就无人下台，那这事也完不了。

米拉波继续说道，只是，应该追究谁的责任，这个问题，就应该进行充分讨论，弄个水落石出了。

"我想着眼于这样一个事实，即事件的缘起——军饷问题。军卒说，是被军官克扣了。而军官说，正赶上物价高涨，全用来买面包了。真相不得而知。反正，必须就此展开调查。只是，即便不作调查也毫无异议的，就是军饷不足。这就是事件的元凶。"

米拉波的话，又向令人意外的方向推进了。但这道理本身倒也是简明易懂。对！是这样的！也就是说，如果切实支付了能令士兵满意的军饷，所谓南锡事件根本就不会发生。

"但它发生了。遗憾的是，今后，南锡事件或许还会反复出现。因为，就算是说奉承话，法国的国家奉养也并不稳定。是的。国家财政的改善，根本就看不到任何实现的迹象。"

啊！德穆兰情不自禁地叫了一声。不会吧？原来如此！要把那个人给抖出来吗？

那个令米拉波内心极度厌恶，且无意掩饰地骂他是无能的投机分子，只会捞钱的骗子，并无执政之能的懦夫的，那个人？

"是的！的确如此！只从其复职算起，也已是一年有余！可尽管如此，财务长官内克尔阁下，却依然没有任何动作，回应万民的期待！"

事到如今，甚至发生了南锡事件这一沉痛无比的悲剧，如此无为无策，应否认可？一直在罢工的大臣，应否留任？

这一声告发一传到旁听席，便立即引发了回应。

"解除内克尔职务！"

"一无所能的瑞士人之流，痛快卷铺盖回国！"

"就是！法国乱七八糟，就怪那个骗子！"

曾被仰为救世主的人物，在内阁会议中却并无容身之地，而在议会审议中则是政策被拒。雪上加霜的是，就连此前的大众拥戴都不复存在了。现如今，已经没人再谈论他内克尔。自被无视为已倒的偶像之后，若不是米拉波提醒，都没人会想起来。

"不过，听这么一说，实际上，内克尔这混蛋还真是不可饶恕啊。"

这样的话突然钻到耳朵里，让德穆兰不禁感叹大众的易变，而且易厌。再狂热的支持，也不过是在刹那之间。就是全能的拉斐德，或许，无需谁下手，下台也只是时间问题了。

——啊。是这样啊。

米拉波把脸扭向了议长。似乎是要让议长宣布，进入动议环节。

21

结论

米拉波的宣言提案几乎是全场一致通过，九月三日的议会就此结束。

"国民制宪议会宣言如下：

"一、对拉穆埃尔特省政府，及南锡、吕内维尔两市当局致力于和平之热情予以表彰，致以感谢。

"二、对国民自卫军在布耶阁下指挥下进军南锡之爱国心及恢复南锡秩序之市民勇气予以表彰，并致以感谢。

"三、将军与前线各部队圆满完成任务之功，值得称赞。

"四、此前宣布派遣之使节，按预定计划赶赴南锡，采取必要措施，持续维护当地安宁，进而彻底查明真相，以不分阶级严正处理罪犯，合理量刑。"

对此宣言，左派毫无办法。罗伯斯庇尔等部分急先锋仍试图介入，但米拉波的影响已然遍及会场的每一个角落，一切努力都成了徒劳。

——为什么呢？米拉波实现了人们的心愿。

九月四日，财务长官雅克·内克尔辞职。有人说，这是缘于三日深夜拉斐德的劝说，也有人说是他自己先一步请辞。总之，内克尔已经没有留任的选择余地了。因为，在米拉波演讲的鼓动下，群众的愤怒全都集中到了内克尔一人身上。直到昨天都被遗忘到爪哇国的大臣，今天，却是坐车出门都会被人们制止。

事实上，为回到瑞士的家——科佩城，内克尔不得不向议会申请了一张通行证。不然，又是下台，又是揍他，又是杀了他，又是吊死他，群众情绪已然过激，要被他们抓住，后果不堪设想。

听到这一事情经过，大众也满意了。丹东等人虽然表情复杂地宣布，事情还没结束，要继续活动，要求内阁总辞职，但这也绝非对米拉波所做努力的否定。

这一表态的根本原因，是大众对南锡事件的愤怒，对指券暴跌的不满等，杂乱无章地大闹特闹所致。把大臣赶下了台，并且是把最该下台的大臣赶下台，实际上，米拉波的声誉在民间正不断蹿升。

"这就是说，伯爵根本没站到拉斐德一边？"

德穆兰确认道。九月三日，米拉波的介入的确帮了拉斐德的忙。但却全然不见他元气恢复，旗开得胜的志得意满，反而是有些消沉，也有自我迷失，不知下一步该如何是好之感。

与其说站到了拉斐德一边，不如说是把拉斐德的气势压倒了。正因这一事后印象，不确认清楚德穆兰是坐不住的。

在绍塞·但丁路四十二号宅邸，德穆兰拜访了米拉波。这条路在巴黎右侧，杜伊勒里宫以北，沿歌剧院东侧延伸，无论是政治生活还是社交生活，都很方便。

不出所料，周日午后，米拉波在家。议会首屈一指的雄辩家悠然自得地坐在长椅之上，以一如既往的好心情迎接了德穆兰。

要说一如既往，那整齐侍立墙边的用人们，那悬垂于天花板之上，插以无数蜡烛的枝形灯，还有脚部全部镀金的华美家具器物，也无一不是一如既往。

从恍如白银，随意放置的烛台、饰盆、鼻烟壶等，到随意拿起一只，怕就是出自塞弗尔窑的群青色瓷器珍品，再到泊自东洋，争奇斗艳的泥金漆器……要说贵族趣味，那当今之世，奢华到如此地步的贵族趣味，还真是难得一见。

"不过啊，德穆兰老弟，你这一问，有两个错误我要指出来。"

米拉波答道。第一，不可以称我为伯爵。贵族制度已被废除，所以叫我市民米拉波或市民里克蒂才对。

德穆兰只好报以似是深感惭愧的一笑。因为就米拉波而言，也未必讨厌贵族趣味。只不过，虽并非贵族，但也不是平民。这样的人，就有令人自然信服的如下说服力——此等程度的奢华那是理所当然。

米拉波继续说道。

"第二，我确实站在了拉斐德一边。"

"为什么？"

"因为以前欠过他的人情。不还总归是过意不去吧。"

"那今后，要是狠干一场，就会有大胆之举吧。"

"需要狠干一场吗？"

"您是说无需出手，拉斐德自己就会一次又一次地失策，而只需守株待兔？"

"你说的失策，德穆兰老弟，可是指那件事？"

米拉波以面带威严的浅笑接话道。就是那个传言？不久，就会以内克尔辞任为导火索，对内阁进行大规模换血。如此，拉斐德必然会介入。弄不好，会在焦虑之下做出过火的举动。如此一来，国王就会不满。即非如此，议会也不会坐视。若手段露骨，太过明显，大众之心也会离之而去。

"如此，拉斐德的威望也会蒙上阴影。是这样吗？"

"……"

这种事，想都没有想过。这样的市井传闻也是闻所未闻。既然在办报，那就自认为消息灵通，可说实话，这事，一次都未听说。或许，米拉波就是这一传闻的源头？这样想着，一阵惊恐刹那间袭向了德穆兰。或许，与其说这是米拉波对时局的预测，不如说，为让时局如是发展，已然起而行动，展开了下一步的部署……

——米拉波，果然是不一样啊。

虽然，一开始他就与众不同，但最近一段时间，终于具有了一种只能认为是神灵附体般的敏锐。好不容易开口时，德穆兰自己都感觉想多了。

"市民米拉波的天下，马上就会到来吧。"

"这又不对了，德穆兰老弟。要到来的，是国王与人民的天下。"

"是说……贵市民只充当舵手？"

"哈哈哈哈。"

这胜似闲庭信步般的大笑，让德穆兰更加深信不疑了。看来，天下还是要成为米拉波的天下。新生的法国，最终，将由这个人来领导。啊，是的。他有这样的能力。从根儿上说，就连这场革命，也像是米拉波发动的。就是我德穆兰，似乎也是神不知鬼不觉地被拉上了大船。

"二位把我给忘了吧。"

插话进来的女子的声音，让这两位男士同时转过头去。米拉波接话道，啊，这真是鄙人人生中最失体统之事啊。再怎么说，也是置如此美人于不顾了嘛。

那天，露西尔也跟随德穆兰一起来了。也就是说，德穆兰造访米拉波也并非是为纵论当今政治。这个……是这样的。今天，实有一事相告，这才特意绕道贵府。

"我们要结婚了。"

"噢? 终于定下来啦! 哎呀! 恭喜恭喜! "

"是啊。市民米拉波，托您之福啊。"

德穆兰用力地看了对方一眼，想以此表达对米拉波的谢意。米拉波点了点头。但也只是不经意地点了一下头，并未接话。

这事，露西尔并不知情。就是德穆兰，也是直到最近才知道的。这是为谈婚事而进京的父亲从迪普莱西家听说的。好像有一天，米拉波伯爵到迪普莱西家造访，为他们俩的婚事美言过。

迪普莱西先生最终让步，米拉波的这次造访也是重要原因。被这对情侣的热情打动……不能说就没有这样的成分，但起决定作用的，还是米拉波吧。

要说这德穆兰，虽说因革命成了英雄，虽说连自己的报纸都办起来了，但要说出色，那还远远不够。不，也不可否认，随着革命渐趋沉静，对他的评价也就日消月减了。还有在议会被人告发的报道，还有近来言行暴烈的传言。看来，还是不能把女儿交给他啊。正当迪普莱西先生要示以强硬态度时，特意移步前来的，正是米拉波。

——其为人之品性，真就是与众不同啊。

即便不说其大名，那不同常人的风采，也是让人一眼便知。若是这等人物看好的青年，作为父亲，心意的确是会完全改变。因为，近段时间的米拉波才宛如神灵附体一般，无论对方是谁，米拉波都能将其整个压倒。

"所以，真的是非常感谢。"

德穆兰再一次道谢。或许应该为此感到憋屈吧。或许应该逞一下强。毕竟，不是自己得到了认可。实际上，要不是米拉波，而是罗伯斯庇尔，或许又会怒不可遏地大发脾气，骂他多管闲事，连刚刚修复的友情都会一拍两散……但这不是罗伯斯庇尔，而是米拉波。之所以说他与众不同，也是因为对自己个人来说，他也是与众不同的存在。

米拉波没说话，只是把手伸了过来。握着手，德穆兰不由感叹，好大呀！这是一只多么大的手啊！这是一个多么大的人啊！

像坐不住了一样，露西尔又插进来了。

"可以赏光的话，米拉波伯爵，能否请您出席我们的婚礼呢？"

"要是别再叫我伯爵的话，好的，这个不用说，很高兴！"

笑声再次响了起来。德穆兰感到，自己心里也明亮了起来。啊！米拉波是个大人物啊！那个不久就要料理法国国是的人！革命将平静下来。不只如此，还将圆满地开出美丽的花朵。已经没什么好担心的了。不如这样说，只要米拉波在，拉斐德也好，三头派也罢，甚至包括布里索、罗伯斯庇尔、丹东、马拉在内，已经无需他人出场了。

——所以，这就行了。

我会平平凡凡地结婚，与露西尔组建一个幸福的家庭，并坚头地守护下去。啊！这没什么不好。尽管如此，对自己的这一结论，德穆兰心里还是不由得几度确认，真的……没什么不好吗？

22

不道德

"可我讨厌啊！"

塔列朗直截了当。但马上又以干笑缓和了一下，之后又后悔，或许，就算是爆发也应表露无遗地狠敲猛打。因为米拉波的手根本没停，还在那儿写东西。他两眼一直盯在桌子上，根本都没想看自己一眼。

尽管应付似的开口确认，但那语气也让人感觉，他根本就没兴趣。哼，塔列朗，明摆着，你小子这是打发时间来了。你说的到底是谁啊？

"还用说吗？卡米尔·德穆兰！"

指名道姓之后，塔列朗不由哑了一下嘴。自己都感觉，这有失大贵族的体统，虽然后悔这与下等人无异，但也因实在着急而哑嘴不止。

——米拉波，是个能人。

对这一点，自己一直是高度评价的。正因如此，也把他视为搭档，一起走到了今天。可是，是能力带来的弊病吗？让人无奈的是，这人爱讲门面、爱讲排场。很久以前，塔列朗就有心指责了。老想摆出超越实力的大人物架势，这令人无法接受！

——或者应该说，是太喜欢照顾人了吧。

也是因为自己以作家出道，又是布里索啦，又是佩蒂翁啦，对这些无聊的下流文人的照顾也并非始于今天。可是，提起近段时间的米拉波，却连不值一晒的报社都留意起来了，像很是爱怜似的。

　　——这是快要老糊涂了吗？

　　塔列朗这样想，是因为在搭档的侧脸上，能窥到一个大大的肉瘤。

　　从右耳下方直到脖颈。听说，从这个夏天开始就大起来了。值得一提的是，并不疼痛。虽然看上去不堪入目，但本就是个丑陋的怪物，根本不在意。虽然米拉波自己如是说笑，但这塔列朗却无法不暗自猜测，不会是身体有问题吧，不会是什么重症之兆吧……要是在疾病冲击之下，连判断都迟钝起来，只做最本色的大好人，那可就无法高明料理当今之政局了。就是再喜欢让自己的信徒侍候于侧，但连卡米尔·德穆兰这样的都招揽过来，那多少，这辨别能力可就欠失过度了。

　　"居然让那种小年轻进进出出，真不知道你怎么想的。"

　　塔列朗接着说道。米拉波眼睛不离桌面，依然是让侧脸上的瘤子作答。哼，我怎么想的？为什么就非让你问不可呢？

　　"我是说，多少也在意一下我的情况。这不会遭天谴吧。因为刚才，在楼下跟那小子打了个照面。"

　　塔列朗到绍塞·但丁路的米拉波宅邸看望搭档来了。与德穆兰照面，是在门厅等候下人通报时的事。

　　那边出，这边进，虽只是擦肩而过，但塔列朗却被弄得不开心了。时已深秋，不穿毛皮外套已是难御寒气了，一把外套交给男仆，德穆兰就目不转睛地盯过来了，像鉴定毛色一般。

　　且这一次并非一人外出，同行的还有三个随从。不只是连这三个人的脸都被他一一打量了一个遍，他还傲慢地哼笑了一声。最后那表情，就像马上要开骂一样。

　　——就像在说，像你这样的无良主教，找市民米拉波有何贵干？

就塔列朗来说，要说根本没生气那是假话。啊！如此无礼的小年轻，真不想碰到。只要有可能，凡我踏足的地方，就不希望他出现。尤其不希望在自己视为搭档的米拉波的宅邸里出现。

"可……那家伙什么人啊！什么《法兰西与布拉班特革命报》，办这种胡搅蛮缠的报纸？"

"这确实是德穆兰的报纸，可塔列朗，这跟你小子有什么关系？"

米拉波还是一如既往，脸都没抬。实际上，塔列朗也没到激愤的份儿上，令他憋气的，是搭档的漠不关心。哪怕是强迫，也要让他在意一下，终于，塔列朗声嘶力竭了。这么漫不经心的！有什么关系？事情没这么简单！

"指名道姓写坏话，写我塔列朗的坏话！全国联盟庆典的时候啊，主持弥撒仪式的欧坦主教，典礼一结束便坐上马车飞奔赌场啦，押大注结果赢了五十万法郎啦，这个腐败的贵族本性不改的教士，举止不慎也要有个度啦，不管怎么说吧，写得很过分！"

如此气势磅礴一通怨气，米拉波才终于抬起脸来。呼地长长地出了一口气，虽还是一副麻烦透顶的样子，但似乎已有理睬之意了。

"可是塔列朗，七月十四日晚的赌博，不是真有其事吗？"

"这倒是。可我的义愤另有所指。"

"义愤啊。因此就怒气难消？一句话，是因了什么，跟德穆兰不睦……"

"居然说什么不睦？住嘴吧。要用这样的词，听上去，那种小年轻不是跟我塔列朗平起平坐了？"

"话虽如此，可你也没铁了心装作不认识吧。因被德穆兰怒视就以怨报怨了吧。"

"算是吧。向《法兰西与布拉班特革命报》提出了书面投诉。"

"噢？投诉什么？"

"金额不对。我只赢了三万法郎。"

"哼。这算什么义愤。反倒是欺负人吧。德穆兰的所谓揭发报道，你根本就没放在心上吧。"

"这个嘛，确实。《法兰西与布拉班特革命报》不过是三流报纸嘛。卡米尔·德穆兰之流，根本就不足为道。"

"所以，就毫不为意？哼，大贵族，到最后就是个傲慢啊。当然，你也是不会反省的。"

"反省？！有什么反省的必要吗？我塔列朗？"

塔列朗提高了声音，像是故意的。是吧，我又没干任何坏事，也没给谁添什么麻烦。赌博又不是犯罪。只要好好付账，就算是喝酒也无可厚非。就算最后心情大好抱一抱女人，他又不是她丈夫，也没被那家伙抱怨的道理。

"啊，是啊，我喜欢啊。人生乐事啊。赌博也好，酒也好，女人也好，不沾就满足不了啊。或许，所有这些都不道德，但也并非违法。只要不违法，就没有被追究的道理。我是国民制宪议会的议员，要是这样子消了愁，解了闷儿，能干劲十足地投入工作，可以说，反而是对国民有利。"

"这样子狗急跳墙地辩驳，虽说是值得商榷，不过，的确，我个人玩乐的是非，也应该与公事之成败清楚地划开，两者之间并无关系。"

"不。米拉波，明摆着，怎么会没关系呢？不是吗？有钱玩乐，正是能干的证明嘛。"

"哈哈哈哈。原来如此。塔列朗，这就是工作啊。越努力，散发番红花香的金钱就越往腰包里钻，这就是你小子的一流工作之道。"

搭档这放声大笑，就是他塔列朗，脸上也多少有些紧张了。米拉波知道了？可话说回来，就算他不经意暗示，也不值得大惊小怪。啊，他就是这样的人。正因是这样的人，被视为其朋友的我这里，才会财源滚滚。

——也就是说，米拉波被视为外交通。

米拉波所说的"散发番红花香的金钱"，指的是贿赂。那个国家以在食物上撒上这种昂贵香料的多少来表现自己的财富与权力——西班牙王国。

西班牙坐不住了。因努特卡湾问题请求援军，但却并未得到法国答复。议会只是以此为契机，围绕宣战议和权限展开了激烈争论，之后便没了消息。同承波旁家业，本应是友好国家，可那边到底怎么回事？这就是比利牛斯山另一侧的焦虑。

不是不体谅革命的混乱，可也差不多是时候以实际行动明示西法同盟之稳固了。

塔列朗恳切地听取了此番游说，而装入其腰包的大笔贿赂，就是回报。

"不过……这事，你会指责我吗？米拉波？"

"并无指责之意。"

"是吧。钱柜之中，总会散发出金钱的气息。要说你这府邸，也有浓郁的红茶茶香嘛。"

"哈哈哈。伏特加酒喝不够，酩酊大醉的家伙，这讽刺剧到底是要玩哪一出啊？"

"就是说……米拉波，一旦成为像我这样趣味高雅的人，就不会就腌菜喝啤酒了，我是想这样忠告你。"

米拉波的表情，也是大脸一歪笑了起来。哈哈哈。说到底，就是不要把手伸向大麻，你想叮嘱的，是这事吧。

23

恶评

两人以隐语交谈的，是国际间的外交拉锯战。米拉波同样收受了贿赂。往他腰包里送钱的，是英国和普鲁士。

塔列朗勒索的大堆金币，则来自西班牙和俄国。两大敌对阵营夹峙法国而立，顺境也好，逆境也罢，法国站到哪一方，哪一方就能站稳脚跟。于是，一方抱住米拉波，一方抱住塔列朗，拼命展开了外交攻势。

特别是俄国，因想南下攻入东方的异教徒国家——奥斯曼帝国，唯独不希望英国介入，正想方设法加以阻止。不，只要英舰进入波罗的海，从背后加以牵制，那也同样糟糕。哪怕法国舰队只是在该海域演习一下也好，这就已经是帮了大忙了。

——求助心切，叶卡捷琳娜女皇也认为，这大有希望。

之所以贿赂塔列朗，就因为他是米拉波的朋友。只要让国民制宪议会的这位外交委员，最有实力的议员从英方倒戈，那就等于是法国的外交方针大局已定。法国当前的真实情况也正是如此。

"所以……米拉波，或许，该称你为影子外交大臣。不，可能是总理吧。总之，英国也好，普鲁士也罢……"

"喂喂，塔列朗，这话你还是打住。"

"又没人听到。并且，国家名字之类的说出来也无妨吧。我说的，不过是世人皆知的事情。"

"不是这个。我说的，是外交大臣啦，总理啦，是这个。"

"哈哈哈。这是事实嘛，没错吧。"

"不。我是说，要是米拉波这小子对大臣之位不死心，诸如此类的恶意传言散布开去，到时候，就真不好做了。"

"噢。是这样。"

塔列朗马上就心领神会了，心里没什么特别的芥蒂。因为这言之有理。搭档这番话，完全能够不加曲解地理解。的确如此。真就是不好做了。的确，实际上，他正在做着呢。

——像米拉波这么能干的，真是没有了。

塔列朗也如是认可。说到他日理万机的繁忙程度，非真正的阁员之流可比。虽说，政治主体已是议会，但总体上来说，这边的议员也并不忙。

或者说，感觉自己很忙的议员可能不在少数，自吹自擂的左派啦，唠唠叨叨的右派啦，那帮家伙工作的样子，说不上是忙。因为没有多少实质性成果。倒是只靠多数说话，全无定见的平原派，反而颇有些实际的成就。

忙得有内容，却轻描淡写地处理工作，并以此实力推动议会，这样的实力派议员就只剩少之又少的一小撮了。丝毫不差地辨认出这一小撮的，是因无缘于革新性正义感、保守性审美意识，或厌恶极端的中庸之德等主义主张、思想信念，双眼也不会因此而被蒙蔽的驻外大使、密使及间谍这类人。

而因这些外交人员突然间声名鹊起的，不是别人，正是米拉波。要说还有贿赂到不了这大块头的手里，就只有诸如美利坚合众国的贿赂了，因与华盛顿的关系，这笔贿赂自然流向了拉斐德的口袋。

——剩下的，就是想让我去做米拉波的工作，而流到我这里来了。

值得拥有的是朋友，是否应该姑且视之为美谈呢？内心里虽如是总结，但表面上，塔列朗却装模作样地耸了耸肩。明白了，明白了。暂且不谈了吧。

"啊，米拉波，你的事不谈了，外交的事也放一放。若是国家间的悬案，反而是拖得越久，贿赂越多嘛。"

"哈哈。这可是会被英国首相皮特讨厌的噢，塔列朗。"

"被皮特讨厌？巴不得啊。这是我能干的反证嘛。啊，所以，要再回到前面的话题，那看来，到底是没什么反省的必要啊。如此能干，歇口气，再正常不过嘛。从根本上来说，从事政治工作的人，没什么清正廉洁的必要。既然掌握国家命运，或者说肩负国民幸福，要严加追究的，就更应是工作的成败啦。"

"拿道德来要求政治家，这风向确实是让人有奇妙之感啊。"

对这一点，米拉波也开始示以同感了。理应示以同感，就实力来说，自己那在法国也是数一数二，也正因如此，来自国外的评价才直线上升，可在最要紧的国内，他自己都感觉，还是没有得到相应的回报。

更直白地说，就是没有给他机会履任正式公职。原因在于，一般认为他并不合适。为什么呢？因为他过去干尽不道德之事，生活放荡，这类丑闻至今都会遭到非难。男女关系混乱不堪，而作为作家，连色情作品都写，看来，果然是恶魔般的反基督之辈。再加那"气势"逼人的丑陋容貌，人们就警戒到了毫无必要的程度。

——明明，能力如此之强……

塔列朗的目光，落到了搭档右耳下方的肉瘤上。即便是正面相对也能清楚地看到。就是这砖色的怪怪的东西，看着也不会令人神清气爽吧。但这并不妨碍米拉波依然是个能人。

相较于能力，又是道德，又是人格，要么就是清爽的形象，如果重视的是这些，也就昭示着今后之法国或将面临人才流失之危。愚蠢。糊涂。混账之极！

"话虽如此，可塔列朗，你小子还是被道德束缚一下的好啊。"

米拉波接着说道。塔列朗一脸讶异，眉梢上挑，不由立即确认道，这话可不像你啊。为什么被问以道德的只是我呢？"带着欧坦主教的头衔，总体说来，你是个教士嘛。"

"是莫污圣衣之意？"

"是的。明白说，声誉不佳啊。"

"我的好赌与教士身份不符？不是这个吧。你是说《教士公民组织法》吧。"

塔列朗又咂了一下嘴。说起那帮家伙，真是胡闹啊。哼！到底是哪个不认真？到底是哪个不诚实？《教士公民组织法》都已经在七月十二日的议会上表决通过了。七月二十日，又得到了国王路易十六的批准，接下来只待颁布了，都已经进展到这一步了……

"可事到如今，却又嘟嘟哝哝，嘟嘟哝哝，说什么要搞事。"

话虽说得如此轻巧，但塔列朗自己也深知，教士们不可能只是嘟嘟哝哝、嘟嘟哝哝搞事就会罢休。直到表决通过都一帆风顺的议会运作，就像只是个错觉，突然就怪异起来了，都走到这一步了，非难声不绝于耳了。

原因之一，是外部压力大起来了。罗马教皇庇护六世表示反感。实际上，好像早在七月二十三日就致信法国国王政府内阁，宣布《教士公民组织法》为非法了。

此事之所以被掩盖下来，是因为路易十六刚就《教士公民组织法》向议会传达了批准之意。素以信仰虔诚闻名遐迩的陛下，要是被罗马教皇劈头盖脸地厉声责难，说不定会令人措手不及地食言反悔。

但如此一来，议会可就热闹了。陷入无政府状态都有可能。

"必须设法收拾局面。"

内阁相关人等脸色大变地如是祈祷。七月二十八日，既是身为波尔多总主教的高级教士，又是身为掌玺大臣的内阁阁员，尚皮翁·德·西塞推敲拟定了一个草案，路易十六又基于这一草案修书罗马教廷……

但关于宗教问题，为与议会达成合意，目前正全力以赴之意，不单是以书信形式传达的。

继书信之后，八月一日，又严命驻罗马大使伯尼斯红衣主教，无论如何，都要动之以情，晓之以理，一定要让庇护六世就《教士公民组织法》与这边达成合意。总之，为稳妥地收拾局面，至少不要引发混乱，相关人等用尽了一切可能之手段。可与此同时，要说议会这边，那也是绝无隐忍。

在八月十六日的议会上，布歇议员一当请求发言便指责《教士公民组织法》颁布不及时。掌玺大臣西塞回答说，印刷厂太忙，顾不上。回答倒是回答了，但这边，却并未对这一遁词仅仅报以苦笑了事，而是极为认真，激愤地要求内阁作出进一步解释，真就是毫不妥协啊。此一态度既出，那就不堪设想了。

24

不负责任

一股火药味儿弥漫起来了。

八月十七日，西塞放弃了艰难的反复说明，而是向议会保证了一点，国王陛下锐意进取，正在为法令条文的颁布而努力。

这一答辩无异于态度陡然强硬，议会当然不能接受。二十日，布歇议员也再次提出了要求。可当时作答的教会委员朗瑞奈，却把内阁承受的外部压力原封不动抛向了议会：等待罗马教皇答复，查明内情！

对此，议会何止是毫不示弱，反而是愈发地怒火中烧，且更为固执、唾星四溅地质问，这是想侵害法国的国民主权吗？事到如今，互相让步已经不可能了。《教士公民组织法》必须尽快颁布！二十四日，议会如是高喊着，以投票表决的方式，强行颁布了《组织法》。结果，该法的一字一句就此万民皆知。

或许，法国教士们态度突变，就是从那时候开始的吧。

八月二十二日，既是维埃纳总主教又是阁员的勒弗朗·德·蓬皮尼昂发表《关于〈教士公民组织法〉之司牧信札》，明确了反对立场。

十月十一日，克莱蒙主教博纳要求议会，《教士公民组织法》延期实施。进而，同月二十四日，路易十六任命的最后一位主教让·勒内·阿苏利纳发表《布洛涅主教 J. R·阿苏利纳关于精神性权威之司牧训诫》，反驳中加入了神学见地，在法国宗教界引起了巨大反响。

最后的决定性一击，则是同月三十日，由普罗旺斯地区艾克斯总主教布瓦热兰主编、三十名主教联名发表的《关于〈教士公民组织法〉诸原则之公示》。

这本小册子逐一列举《教士公民组织法》所定条文，试以教会法观点加以解说和批判，对议会的单方面强加予以断然驳斥。这唤起了共计多达一百一十九人的高级教士团的公然赞同。其导入方式被视为法国宗教界活动指针，甚至有人被赞誉，相比表决通过的法令条文，《公示》为超越于其上的大原则。

十一月十一日，连《维埃纳总主教勒弗朗·德·蓬皮尼昂主教大人致俗家司祭及主教区忠实者之警告》都印刷出来了。大主教再度出版的，是《教士公民组织法》实施后的实地应对指南。

也可以说，现在，法国教士团已公然转身逆袭。

"哼，越是声誉不佳的家伙，越是会突然翻脸啊。"

米拉波接着说道。塔列朗闻言不禁苦笑。我说，你这不是在说我吧。是说《教士公民组织法》，对吧？

"如果不是这个，难不成是在说越反对就越强硬的议会？"

事实上，十一月十四日，国民制宪议会作出决定，《教士公民组织法》将于本月底实施。毫无让步之意，而是要一意强硬推行。所谓就重新制定条文展开讨论，或至少要延期实施之类根本不予考虑。

"不过呢，怎么都行。无所谓了我。"

"喂喂，塔列朗，你这人还是老样子，不负责任啊。"

"不负责任？米拉波，之前你就指责我不负责任，这可不是一次两次了。借此机会声明一下，对你的这一指责，我可是一次都没认同过。啊，就说这一次，错也不在我。啊，有一个算一个，每个人都任性妄为啊。"

塔列朗叹了口气。罗马教廷一个劲儿地厉声非难，可就算内阁设法调停，这边的议会却比罗马还强硬，还顽固，不让步，也不妥协。何止如此，连缓一缓的时间都不给。若法国的教士因此而被激怒，最终不再掩饰反感，那就可以说，事态就已经到了意外搁浅，寸步难行的地步了。

"这个《教士公民组织法》是彻头彻尾的失败啊。一定会被后世的历史学家如此非难吧。一定会将之与暴跌的指券一起，视为光荣革命之两大污点……"

"你成评论家了的话可如何是好啊，塔列朗。"

"……"

"真正的罪魁祸首是你小子啊。这时候半途而废，不合适吧。"

"既然都这样想了，还不应助我一臂之力吗？米拉波。"

塔列朗直言道，我，就是那个罪魁祸首。这个时候不能半途而废。这事，不用你说我也知道。

倒不是因《教士公民组织法》遭遇挫折，良心受到了责备。哪一个会愤怒，哪一个会为难，或者说哪一个会因此而不幸，又不归我管。可一想到，连塔列朗-佩里戈尔的名字都不得不多少沾上些瑕疵，可就让人抱憾饮恨，万念俱灰啦。啊，这可就糟了。这种事情，绝不能容许它发生。

——不想想办法是不行的。

实际上，这段时间以来，塔列朗都快要窒息了。《教士公民组织法》正可谓进退维谷。只要看不到一线曙光，就胸闷气短得受不了，连大口喘气都办不到了。可尽管如此，自己又无能为力。不如说，他从来都不认为，处理这类粗鄙之事是自己的职责。

"因此就……可为什么就是我？"

哼，高抬贵手吧。那边的米拉波哼了一声。虽说说了两句话，但也是边把目光移回刚才写的东西边草草抛出来的话。啊，的确，对《教士公民组织法》我也是赞成的。并且，从教会财产国有化时起，就一直在协助你。在某种意义上，或许可以说，我也是罪魁祸首之一。可即便如此，塔列朗，我的责任也没你小子那么严重。

"最重要的是，我很忙。像《教士公民组织法》这样的问题，你就一个人收拾吧。"

"喂喂，可不能这样啊，米拉波。你这才叫不负责任吧。"

"所以嘛。既然我也是一名议员，就会不遗余力地协助……"

"我说的不是这个啊。也不是《教士公民组织法》。我说的，是你对我夏尔·莫里斯·德·塔列朗-佩里戈尔应负的责任啊。"

米拉波再次把脸抬了起来。噢？我必须对你小子负什么责任？塔列朗故作严肃地郑重答道，简直是彻底装起糊涂来了，那可就难办了。

"这还用说吗米拉波？就因为你，我才没能当上大臣！"

"你说什么？"

"明摆着嘛。今天晚上，一会儿我也要去杰曼那儿呀！"

"杰曼？"

"杰曼·斯戴尔啊。"

"斯戴尔夫人？就是……内克尔的爱女？"

米拉波惊得眼都圆了。张口结舌数秒之后，就哈哈大笑起来。哇哈哈哈！塔列朗，不会吧？你小子！为巴结内克尔，向他女儿斯戴尔夫人求爱啦？

"别笑，米拉波。"

"哎呀。这能不笑嘛。简直了。我说塔列朗，你小子也真做得出来。

说到斯戴尔，那可是无人不知的才女啊。该说老天是公平的吧，可也是没什么诱惑力的大块头女人。找这种掰腕子都会输给她的女人，你小子啊……"

"做得出来，做得出来。联盟庆典那天晚上，确实是赢了一大笔，可接下来的赌局，却又输惨了嘛。要说债台高筑到什么程度，就算把全部家产处理掉也还不清啊。既如此，那不就只能去当与财务有关的阁员了？"

"说得好听，还'那不就只能'？还不是要侵吞国库的意思？"

"怎么能说是侵吞啊。只是预支一点而已嘛。作为对我塔列朗卓越工作的报酬。"

"无稽之谈。不过，算啦。后来，眼看人家女儿杰曼·斯戴尔就要巧妙得手，成为自己的情人了，父亲内克尔这边却下台了，全打水漂了，是吗？你小子说的，没能当上大臣，就是这事儿吧，塔列朗。"

"完全正确。只是，容我纠正一点，内克尔可不是下台，而是被人弄下台的。米拉波，就是被你那雄辩的煽动。"

"就算如此，我也没有被你小子忌恨的道理吧，说什么没能当上大臣。"

"要是这样子翻脸，米拉波，那你就不只是不负责任，而是厚颜无耻啦。还用说吗？我是真的头疼啊我。别无他法，只好临时从西班牙、俄国掏点钱，可说到你呢？却依然是把肩膀借给英国、普鲁士靠，根本不给我脸面嘛。"

"给你脸面？可那是外交问题啊塔列朗。哼。肩膀能轻易借吗？再怎么说，要让法国海军铺进波罗的海，那边……"

"别偷换话题，米拉波。你不值得做朋友，这一点还是一点没变嘛。"

塔列朗自己都感觉，最后都像孩子使性子了。但他也确信，如此，米拉波可能会让步。因为，米拉波确实是个能人。也正因如此，他才想作大人物之态。骨子里的大好人一旦出笼，就不能不提供照顾了。

　　沉思默想了几分钟之后，米拉波点头了。知道了。啊，塔列朗，知道了。或许，《教士公民组织法》真是个难题。你小子一人去推进，或许真的是负担过重。因此，啊，就由我来协助你吧。在议会上，也为你登台演讲。

　　"但有个条件，就一个。唯有此事，你可得答应。"

25

强制宣誓

十一月二十六日，议员巴拉德罗向议会提交了教会委员会报告。从内容来说等于是告发。

因为报告中有如下段落——

在布列塔尼及朗格多克等地，已出现如下实际动向：反对《教士公民组织法》的一伙人，发挥其作为教士的影响力，煽动驻军当地的皇家部队，并让他们袭击国民自卫军。他们还在酝酿阴谋，以令地方当局陷入混乱。

"这可不是意见相左那么轻巧了。只能说，这是反革命的严重事态。对《教士公民组织法》的反对，已不能视为只是表明一己之私见。因此，应要求所有教士，限其于即日起八日之内宣誓，以表明全面遵守法律条文之意。"

此一动议一出，议事厅内立时沸腾。将之理解为挑衅的右派，特别是转身反击时间已经不短的教士代表议员们，根本不可能沉默。

"这个……这动议过于感情用事。还说什么八日之内？也不现实。再怎么着，发言也要多少理性一点，可以吗？"

到底是谁感情用事！到底是谁不现实！考虑事情应该多少理性一点的，到底是谁！坐在议席上，注视着议事厅内的情形，但凡可以，塔列朗自己都想声嘶力竭地骂那帮家伙了。这都什么呀？令人费解，荒唐透顶的混蛋逻辑!

"这个……说什么要求教士宣誓？只能说，这根本就是无理取闹！"

"说得没错！所谓宣誓是神圣之举嘛！"

"唯有这向《教士公民组织法》宣誓，实在是恕难从命。就算这是宪法的一部分，教士也不能向所谓法律宣誓。不，并不是说，法律就不尊贵。但法律并非是由神制定的，而不过是由人制定的。教士要宣誓的话，对象只有一个，这就是神。"

"真是。还望你们适度理解一些为好啊。这等事，在我们的《公示》里也有所触及吧。"

"明白了吗？教士权威受之于神。受之于人？绝无可能。只要这一点得不到谅解，什么样的《教士公民组织法》都无法成立。借此机会，这一点，也希望各位铭记在心。"

"是的，没错。真是的，还没明白吗？"

句尾抬高的声音里，让人感觉到了一种蔑视——如此简单的道理都理解不了，愚蠢，糊涂，幼稚……

这可真让人怒火中烧了。就是塔列朗，也想以更为激烈的侮蔑之情，原封不动地反问回去——是的，还没明白吗？

实际上，议员巴拉德罗说的，也不只是要教士宣誓。

"呃……是的。拒绝向《教士公民组织法》宣誓的教士，应就地剥夺其教职。"

所以，以要么免职要么宣誓为条件要求教士宣誓，才是动议的关键所在。只抬头仰望云的另一边，还怎么弄？翻来覆去只说天上的神，还怎么弄？灵魂离不了肉体，这是人间之事！吃喝拉撒，两性云雨，是非此不可的一天又一天的人间烟火!

——不言自明之理,在别处。

神什么都不会给予。若非愚妄的错觉,那连一粒粮食都不会给予。会给予的,一直是人。如果说得更为具体,那就是法国政府,进而言之,就是法国的纳税人。要是这些人不答应,你们这些教士即便是得神宠爱,那也连饭都吃不上。

——应该摇尾讨其欢心的对象……

是给自己食物的人,这连狗都知道! 塔列朗没有唾星四溅地如是高喊,取而代之的,是脸上浮起的高贵之极的冷笑,就这样安静地注视会场了。啊,我说,这道理,你倒是让他们整明白啊! 米拉波!

十一月二十七日,国民制宪议会检讨了前一天的审议。这一天的会场,早晨第一个上前登台的男人,看上去庞大到惊人。

本来就属于大块头一类,可他也太大了。不如说,每吐出一句话,似乎都让人感觉其身躯也随之膨胀,不断向眼前逼近。把人的耳朵震得如耳鸣般嗡嗡直响,在天花板上数度回响的男中音,也"自告奋勇"为这一错觉造势。

——什么呀,米拉波? 这不是处于巅峰状态嘛!

塔列朗的从容,到底是没有崩溃。说到搭档,一时间还当真担心是不是患上了什么重症。右耳下面的肉瘤,现在仍然很大,或者说,比以前更大了,坐在议席上离远了看都能看到。左眼的眼睑也肿了,要说他迈向演讲台途中给人的印象,的确是有些患病在身的样子。米拉波才是我的王牌,可这到底怎么回事? 正抱头苦恼呢,但一当他开口演讲,一切就都成杞人之忧,烟消云散了。

"不不。明摆着的,所谓匪夷所思的神秘领域的话题,我一句都没讲过。"

米拉波也一样，一开始便加以强调的也是这一点，且反反复复强调，到了冗长乏味的地步。是的，三位一体的神之尊贵，我认可。也并不认为以神论事的神父大人们的金口，就是被谎言所污。只是，要改变教会这一组织。既然法国这个国家革新了，教会组织的形式就要与之相应，加以革新。这就是《教士公民组织法》。之所以谋求教区、教职等的合理化，之所以要改为国家奉养教士，进而，之所以导入由人民选举教士，还有，之所以要改变教会的组织形式，就是因为，在旧制度之下，这一切都被扭曲了，作为市民是心痛的，或者说，是难抑心中的愤慨。

"明明是这样的，可现在到底算怎么回事？那本叫《公示》的小册子？是想阻挠我们一直为之努力的工作？还是想让正直的市民再一次大伤脑筋？"

虽在如此诘问，但不容置辩的是，这番议论不过是偷换概念而已。因为那本小册子并没恶劣到如此程度。《公示》所非难的，主要是议会的单方面强迫。与其说是希望对《教士公民组织法》进行根本性修改，不如说是希望给教会方以协助的权利和机会，因为教会侍奉的是神，不是人，不要只是单方面地让教士们唯法是从。

——可是，这要认真予以回应，就推动不下去啦。

无论如何，《教士公民组织法》必须通过。既然无法像以前一样乐观地认为这只是个单纯的手续问题，那从另一个角度来说，就是一种悲观论调：如不能乘势一举收拾干净，将会棘手无比。就连审议的意外长期化这一有违本愿的结局，都令人心生忧惧了。

"没这闲工夫吧。"

这就是米拉波的想法。即便有这闲工夫，但只要被拖入持久战，从那一刻起，革命败北的几率就会加大。因为对方是教士。不瞻前不顾后地拔剑相向，只凭力气一分黑白——这种武断做法压根儿就从未想过。要坚持只以语言为武器，在把多重道理巧妙搭建到一起的同时，不知不觉施以所谓寝技①，暗中活动，令其动弹不得。

"即便如此，那也令我不寒而栗啊。所动用的是多么巧妙的手段啊。高呼的，是要为所谓神之天理依据辩护，是要求精神性权利与职能，但在这类和平解决的伪装背后，却在策划动用阴险的绝招，以颠覆宪法！"

米拉波继续说道。啊，是的。结果就是，到最后，天主教这一怪物一意孤行，靠这种做法持续至今，长达千年以上！

因为这是自己的一贯主张，塔列朗也全面赞同朋友的见解。

只要两个人一起推敲战略，结论就铁定会是强攻。啊，何止是不会一本正经地反省议会此前的态度，不会认可所谓条文修改，不会考虑延期施行，反而会加倍紧逼，更为严酷地强行推进。

"反对《教士公民组织法》之辈，在水面之下煽动武装起义或暴动之类，这一非难，一句'难说不是充满恶意的妄加猜测'，是不能了事的！"

米拉波也老调重弹了一回。不用说，这不过是与前一天在议会上作同一告发的议员——巴拉德罗一起制作的一枚劝服棋子。啊，《教士公民组织法》，哪怕再勉强，也只能强制教士接受了。啊，是啊。无论如何，非让教士宣誓不可！

米拉波尝试以演讲迈出的这一步，是抓住教士们这一无人不知的弱点，先行将他们赶入窘境，好让他们不得不宣誓。可是，为什么会成为这个样子呢？

---

① 泛指地面柔术。——译注

"不。其与恶魔无异的根源，即长期以来，令法国陷入腐败的泥潭而不能自拔的传染病一样的真面目，我不想在这议会的会场之内予以揭露。因为，不但这本来就让人民痛心，而且我也不想通过暴露丑闻，让那块圣地的权威——教会的健康一面——都远离信徒而去。"

这番话所暗示的，是没收教会财产一事。不管议会是何意图，也不管教士有何道理，但几乎可以肯定，这一次的造反剧会被普通大众理解为因一直享受至今的特权与积累至今的财富被夺，而心生愤怒之举。想到此后再不能奢侈挥霍，这才这也不行、那也不对地强词夺理，设法逃脱《教士公民组织法》的制约和限制。这就是人们的理解。

事实上，旁听席上也已经沸腾起来了。

"都用不着市民米拉波揭露。我们教区那僧侣，连高利贷都放过！"

"所有主教宫都不过是凡尔赛的翻版呐！就是说，备置了无数金屋用以藏娇，日夜酒池肉林，这都是公开的秘密喽！"

"就连市井里那些清贫神父也未必就干净啊。要真干净，改为国家奉养司祭薪俸也涨了，怎么会反对？既然反对，明白了，就是说，之前教会内部筹措的收入里，有想方设法不让信徒知道的灰色收入吧！"

一旦这种瞎猜一气的氛围支配了会场，教士们也就无法一味地高喊道理，而拒绝向法律宣誓了。

26

致命一击

一切都在按预定进行。米拉波给出了最后的致命一击。是的！正是如此！遭到公众蔑视的道德败坏之印清晰刻印其上的额头，戴不了圣冠的头饰。必须谴责的是，如此高级教士，才是反教会法之造物。因无关宗教之实，而欲入上帝羊圈之辈，正与侵略者无异！可以说，这比信仰被神抛弃，被神惩罚更可诅咒！既如此……

"同胞们基于公平原则，并以雪亮的眼睛高度评价为'可一扫如此恶德与腐败'的法律，却要冒天下之大不韪断其有罪，若不是恬不知耻到相当程度，是做不出来的！"

做不出来的，出来的……米拉波的话在大厅内回响，余音绕梁。

如此清晰可闻，也是因话音落下之后，虽仅只数秒，但议事厅内的确是万籁俱寂，鸦雀无声。就连怕已是端起肩膀，拉开架势，要破口大骂的右派，似乎也在刹那之间，一个个哑口无言了。

所有人都被气势压倒了。米拉波的声音一如既往地洪亮，但却并非勉强硬要往人耳朵里塞的怒吼。要说演讲的内容，从道理到逻辑，直到遣词用句，或许不免有毁谤之嫌，但这是米拉波，毁谤也是与众不同，这毁谤已化身成了压倒性的说服力，任何反驳都被冲刷净尽了。

——几乎无异于神灵附体啊。

塔列朗嘟哝道。啊，是的！让麻子更显其黑的黄疸相貌也好，脓液自眼角滴下、充血的左眼也罢，还有那呈砖色隆起的右颈的肉瘤……病征遍及每一个角落的米拉波，明明就是个丑八怪，可一当登台，一向会场发言，却让人莫名地感到，其周身上下完全被光芒笼罩，甚至会有一种神圣庄严之感。

"……"

这话让自己都吃了一惊之后，塔列朗便再次冷笑起来。神是不存在的。不可能存在。要是存在，那就在米拉波的躯体里。不如说，现在，人才是神，正在因这场革命而成为神。

"因此，我支持巴拉德罗议员的动议。全体教士，应向《教士公民组织法》宣誓！不能宣誓的教士，应追究其教职！

米拉波结论一出，会场随之陷入了战栗之中，塔列朗似乎感觉到，这股战栗，肉眼都能看到。

的确，这结论是具有冲击力的。从巴拉德罗嘴里吐出来时，就已经是冲击性的了。虽然同是不容分辩地强制性语句，但最终经由米拉波之口喊出来，就几近于弹劾了。

——正因如此，分寸把握才不容有误。

即便有追逼之必要，但若逼之过度，不要说致命一击了，所有的一切重新回到原点都有可能。即便是施加压力，也必须完美洞悉刚好不会反抗的那个最佳限度。

这该称之为一流的政治性关照。米拉波继续说道，是的，没人认为，各位教士会犯糊涂。可话虽如此，八日之内，时间还是太紧了。不如说，不现实。既然这一程序应在法兰西王国全境彻底实施，那就必须在时间设定上予以延后。

"即日起八日之内，这样的期限终究是毫无道理。好吧。可既然争取到了这一让步，接下来，就允许我以上天与灵魂之名，特明言如下。主教和司祭们下此痛手为难议会，没有比我更为痛心的了。因为，我希望所有教士都能自觉地基于自身的使命行动。因为，如果让教会这一组织与宪法相结合的新形式会令祖国产生不适，发生动摇，那就更希望，能以宗教的力量加以支持！"

还行吧。原则归原则，这且不提，如此，也就等于是向僧侣们下最后通牒了。身体往靠背上一躺，塔列朗呼地长出了一口气。如不向《教士公民组织法》宣誓，那就只能接受流落街头的命运了。无论对神的称颂如何虔诚，面包也不会从天而降。既如此，想都不用想了吧。

——已经是板上钉钉了。

塔列朗很乐观。不如说，是很想乐观。实际上，在敲定战略的那一刻，心就安全放下来了。但米拉波这边，却是一副慎重架势，以不啻于兜头一盆冷水的话回报了他的乐观——成败无法预料。或许，会是一场草率、粗野的赌博。

"因为，对教士宣誓，现在还只是不设期限而已。但实际上是有期限的。"

在今天，十一月二十七日的议会上，即便《教士公民组织法强制宣誓》的法案表决通过，但要作为法律而生效，就必须得到国王的批准。如此一来，要求法兰西王国全境的教士庄严宣誓的实际期限，就会落定于一条大致的时间点上，即从法国国王路易十六承认其王国法律地位起的八日之内。

"倘如此，也可以换言为，关键就是国王。"

路易十六何时挥笔署名批准，给予教士的延缓时间就会随之延长或缩短。仅此而已吗？不是的。从陛下批准本身来看，此事也并无保障。这就是米拉波的观察。路易十六为人善良，对神怀有强烈的敬畏之心，实际上，最初批准《教士公民组织法》时就非常勉强……

"批准强制宣誓法案，也必定是难有进展。"

既然作出如此分析，米拉波就已然着手发起运动了。在将法案提交议会磋商前，他就给路易十六身边的亲信梅西·达尔让托伯爵、拉马克伯爵和图卢兹总主教发去了私信，以开展事前工作。

"可是，这还不够吧。"

米拉波接着说道。啊，靠自己是不够的。即便对国王说，臭名昭著、不道德的放荡之徒打包票，这不是对神的亵渎，那他也不会相信。都无需说这番道理，说到底自己是个世俗中人啊。既如此，顽固的善人是不会听的。

"如果说有人能让他洗耳恭听，那就只有教士了。"

不用说，反对派教士们会行动起来。若强制宣誓法案表决通过，那就会连夜行动，红着眼拼命拉拢路易十六：批准这等事荒谬绝伦啊陛下！这个名无论如何都签不得啊！不，陛下，不能被那帮家伙的花言巧语所惑！即便以世俗之人的立场反驳，往好了说，他们的论点也只是好坏参半。

"真正来讲，只有理当反对的教士自告奋勇地赞成并推举，陛下之心才会动啊。"

"听你这么说……可米拉波，就是以我的品行，也是老早就遭陛下白眼啦……"

"没指望你，塔列朗。根本就没想过要让你去说服陛下。你去，那还不如我去呢。"

"这话可就让人想不通啦。不过，算啦。那会是谁呢？你的意中人？"

"布瓦热兰。"

米拉波说出了名字。

回想起以前的交涉，塔列朗也只得闭嘴了。

不如说，他这会儿都认为，这是在乱点鸳鸯谱。说起普罗旺斯地区艾克斯总主教布瓦热兰，那可是《公示》的责任主编，现已是《教士公民组织法》反对派的领袖。说服路易十六？根本就不可能配合。他本来就不可能赞成强制宣誓法案。

"不。布瓦热兰是可以谈的。跟你小子不同，人家骨子里是一个认真且责任感很强的人嘛。"

听米拉波如是评论，一想也是，实际上，那本《公示》本身与其说是徒劳无益的敌对文章，反倒不如说其意向在于和解。总之，既被如此断言，自己也无法反驳……心里这样想着，塔列朗突然一惊。咣当！咣当！议事厅内起了很大的响声。

"既对领受叙阶圣礼之教士加以此等强制，那连神之代理人都不会保持沉默！"

议事厅内，右派终于开始反击了。在教士代表议员中，莫里牧师堪称出众，是以粗暴闻名的一员猛将。

从根本上来说，其演讲就像在教坛之上布道说法，威胁信徒。就是在这议会之上，咣当咣当摇晃着演讲台进行的演讲，那气势也是十二分地奏效。一边尝试无法无天的介入，又每每让议事陷入混乱而中断，弄得议长无以挽回……就是拜这位说教者一流的说话技巧所赐。

但今天，他的对手可不好对付。连装糊涂的方式，米拉波都是炉火纯青。

"失敬，你说的那个神的代理人是……"

"不用问，是罗马教皇庇护六世圣上。"

"哈哈。您这是在威胁吗？神父大人。"

"什、什么？"

"不是吗？莫里神父大人？只要擎出罗马教皇的名字，那帮家伙也一定会害怕起来，再怎么样也不想发展成国际问题嘛。您是这样想的吧……"

"要对神心存敬畏！米拉波伯爵，你要对神心存敬畏！我是说，对教士如此不敬，才会激怒庇护六世圣上。又是搞成国际问题，又是施加外部压力，就鄙人来说，擎出教皇大人之名，并非基于如此庸俗之目的……"

"如此就好啊。"

"什么？"

"我是说，很好啊，不庸俗就好啊。"

"……"

"就算法国的教士不再上缴金币，就算此前在法国国内拥有的领地被没收，这等庸俗之事，身为罗马教皇根本不会在意。换言之，法国教会作为世俗组织，脱离自称为圣彼得继承人的意大利主教支配，罗马教皇也根本就不会在意。"

"这个……"

坐在议席上，塔列朗目光冰冷，远远地望着张口结舌的那身教服，轻轻地哼了一声。莫里这蠢货。就算你猛僧之名再响亮，但在当今时局之下，再擎出罗马教皇之名，那就可谓猛招也有效力限度了。的确，拉出罗马教廷介入，或许能恐吓议会，但也有可能伤及法国教士自身，这正可谓一把双刃剑，不是吗？

27

不容分辩

实际上，即便在《教士公民组织法》的反对派中，莫里也并非主流。高喊脱离实际的极端言论，有时甚至是有可能被谤以反革命的谬论。可以说，他的立场属于过激派的一种。

而主流派总体来说喜欢逻辑严密的讨论。是拜僧侣特有的深谋远虑所赐呢，还是令人讨厌的八面玲珑呢，总之，他们压根儿就不喜欢黑白分明的争论。

"所以，不是没有可能。"

米拉波重复道。实际上，布瓦热兰责任主编的那本《公示》，内部存在着两个大的方向。一个，众所周知，就是基于《教会法》精神展开批判，强迫法国国民议会重新考虑。但同时，也在探索另一个方向，就是高举高卢派教会一直奉行的传统自由思想，谋求罗马教皇的理解。这一点，跟高举"祖国法国至上"的议会并无不同。就是法国的教士们，也不想被国外教士指手划脚地命令，也希望罗马把自己国家的教会运作交给自己。这才是他们的真正想法。

话题之作《公示》的目标，是两面开弓，同时作战。一方面，诱使法国国民议会让步，并以此让罗马教廷认其可妥协方案。另一方面，或者反过来说，就是让罗马教廷站到自己一边，并以此向国民议会施压。

　　这之所以会成为布瓦热兰以下法国教士团的整体意见，也是因为，如此一来，既与法国这一国家保持一定距离，又与罗马教会这一国际组织保持一定距离，即实现自立。这既是高卢派教会的传统，也是其理想所在。

　　其证据就是他们至今仍在不懈努力。毕竟，塔列朗也是欧坦主教，信息也会到他那里。就在前天，桑斯总主教洛梅尼·德布里安好像还修书教皇庇护六世，再一次争取其对《教士公民组织法》的理解。

　　明白了，努力还会持续下去吧，不会停下的。这么说的塔列朗，也并非觉察不到当前情形中的另一方面。

　　——倘如此，将会发生分裂。

　　分裂，即教会大分裂。

　　这个词可上溯到中世纪。在教廷设于阿维尼翁的十四世纪，想留在南法的一派与想回到罗马的一派对立了。双方各自拥立自己的教皇，连其他各国的天主教会都卷入其中，划分为阿维尼翁派、罗马派这两大阵营。这股巨大的抗争漩涡裹卷了欧洲全境。这一事件，就是所谓教会大分裂。

　　——与之类似的情形有可能会在当代重演。

　　教士因对《教士公民组织法》的态度而分化，如此下去，教会有可能一分为二，一为宣誓派，一为拒绝宣誓派。

　　这一古老信仰能否与新时代的民主主义相融？若连这样的命题都能提出来，那其成败，就有可能会成为一个火种，令欧洲全境一分为二。

　　如此一来，可就棘手啦。因为，信徒们的信仰生活会陷入混乱。因为，连信仰本身都可能全遭废弃。正因如此，对有良知、有责任感的法国教士们而言，教会大分裂就成了最大的担忧。

　　——但是啊……

　　塔列朗只好以转折的反论说下去了。但是，再怎么努力也是白费啊。

说白了，希望渺茫哦。

实际情形也的确如此，罗马教廷会认可《教士公民组织法》？这是无法想象的。就在九月二十四日，教廷还以红衣主教会议的名义发表声明，责难法国国民议会。不，庇护六世不会愚蠢到乐见教会大分裂发生的地步——这边的教士们作如是想，并没放弃希望。但塔列朗却认为，不不，那个严重误判的教皇大人会糊涂到这个地步的。

虽非乘势攻向下一个目标，但自十一月十八日起，这边的国民制宪议会已开始认真讨论将教皇领地阿维尼翁并入法国的议题了。既然不惜故意触怒罗马的神经，那在教士公民组织法方面，丝毫没准备妥协也就勿需多言了。

法国教士团的两面开弓，彻底失败了。即便如此，唯独这教会大分裂，却是不想去引发的。若有此愿，能做的事就必定会受到限制。这就是米拉波所洞察到的。

"所谓两面开弓之类精巧的斡旋调停，教士团必须放弃。必须抛弃罗马，毅然决然投入法国的怀抱！"

在国民为主角的新时代，作为无法逃脱的宿命，教会也只能从属于法国并遵从宪法。全体法国教士如不向《教士公民组织法》宣誓，不作为一个坚如磐石、团结一心的组织，示以钢铁般的意志，那罗马也绝不会让步和妥协。又是不认可《教士公民组织法》啦，又是《人权宣言》本身犹如恶魔啦，教皇的得意忘形本身，就是有机可乘的证据。

"首先，法国要团结一心。"

米拉波虽极力如此主张，但要说切身感受，那这本身困难重重也是不言自明的。就像已经看到的，议会态度强硬。而顽固绝不次于议会的教士们，也是个个寸步不让，宪法也好，还有《教士公民组织法》也罢，都不是神，而是人制定的，不能向其宣誓……

事情纠结到如此地步，就更是无法让步了。单从印象来说，强迫其屈服的，既非理念，也非理想，至多不过是议员嘛。

"但是，若对方是国王，又会怎样？"

在一系列观察中，隐藏着米拉波特有的一贯主张。

的确，就算是国王，那也不是神，但却与神相似。即便君权神授说现在已该废弃，但国王却在兰斯大教堂举行了加冕仪式。

之所以这一仪式又被称为"涂油仪式"或"祝圣"，源自与克洛维有关的一个传说。据说，这位古代的法兰克王加冕时，神派天使前来祝福，并带来了圣油。

将圣油遍涂身体各部，这才是加冕仪式的重点所在。涂油已毕的国王，将被"祝圣"为神通广大的特别存在。虽然，即便如此他也不是神，但却与神相似，至少不是普通人。原因就在这里。

"这么一来，傲慢的教士们就会有让步之意了吧。"

关键在于国王。必须让路易十六批准强制宣誓。必须让他全面支持《教士公民组织法》。从政治力学的角度来看，米拉波制订的这一方案也堪称巧妙。要点在于，将法国国王这一象征性存在用作一种缓冲材料，以国王的仲裁实现国民议会与教会的和解。若法国举国上下团结一心，那就再无可惧之敌了。

"所以，塔列朗，你跟布瓦热兰谈谈吧。"

如果能恭恭敬敬地把这个道理讲给他，让他理解透，说不定，布瓦热兰会赞同的。若能让他站到这一边，反过来，就能让他去说服国王。所以，去跟他谈一谈，我会为你们备好会谈的地方，再跟布瓦热兰见一面，就一面。米拉波反复劝说。

然而，要说这塔列朗，却是又一次叹气了。

——说一千道一万，还是不好对付啊。

不如说……会不舒服吧。当初，以答应设立法国教会会议为条件达成协议，协助教会改革，可塔列朗却毁约了，一直到现在都……布瓦热兰还在生气吧。欧坦主教那张脸？不想看到！应该是这种架势吧……不如这样说，一反合作之态，出版《公示》等，或许也是对我毁约的报复。

一念及此，塔列朗就更不想会面了。但这一次，可是不容分辩的强制性会面啊。就是说，若拒绝会谈，米拉波就再不会帮我了。

——只好硬起头皮啦。

这会儿，已经只有议长的声音在议事厅内回响了。看来，差不多该投票了。向《教士公民组织法》强制宣誓的法案，应该会按预期表决通过。

主要参考文献

・J・ミシユレ 『フランス革命史』(上下) 桑原武夫/多田道太郎/樋口謹一訳 中公文庫 2006年

・R・ダーントン 『革命前夜の地下出版』 関根素子/二宮宏之訳 岩波書店 2000年

・R・シャルチエ 『フランス革命の文化的起源』 松浦義弘訳 岩波書店 1999年

・J・オリユー 『タレラン伝』(上下) 宮澤泰則 藤原書店 1998年

・G・ルフェーヴル 『1789年—フランス革命序論』 高橋幸八郎/柴田三千雄/遅塚忠躬訳 岩波文庫 1998年

・G・ルフェーブル 『フランス革命と農民』 柴田三千雄訳 未来社 1956年

・S・シャーマ 『フランス革命の主役たち』(上中下) 栩木泰訳 中央公論社 1994年

・F・ブリュシュ/S・リアル/J・テュラール 『フランス革命史』 國府田武訳 白水社文庫クセジュ 1992年

・M・ヴィヴェル 『フランス革命と教会』 谷川稔/田中正人/天野知恵子/平野千果子訳 人文書院 1992年

・B・ディディエ 『フランス革命の文学』 小西嘉幸訳 白水社文庫クセジュ 1991年

・E・バーク 『フランス革命の省察』 半澤孝麿訳 みすず書房 1989年

・G・セレブリャコワ 『フランス革命期の女たち』(上下) 西本昭治訳 岩波新書 1973年

・スタール夫人 『フランス革命文明論』(第1巻～第3巻) 井伊玄太郎訳 雄松堂出版 1993年

・A・ソブール 『フランス革命と民衆』 井上幸治監訳 新評論 1983年

・A・ソブール 『フランス革命』(上下) 小場瀬卓三/渡辺淳訳 岩波新書 1953年

・P・ニコル 『フランス革命』 金沢誠/山上正太郎訳 白水社文庫クセジュ 1965年

・G・リューデ 『フランス革命と群衆』 前川貞次郎/野口名隆/服部春彦訳 ミネルヴァ書房 1963年

・A・マチエ 『フランス大革命』(上中下) ねづまさし/市原豊太訳 岩波文庫

1958～1959 年
- J・M・トムソン 『ロベスピエールとフランス革命』 樋口謹一訳 岩波新書
1955 年
- 鹿島茂 『情念戦争』 集英社インターナショナル 2003 年
- 野々垣友枝 『1789 年 フランス革命論』 大学教育出版 2001 年
- 高木良男 『ナポレオンとタレイラン』(上下) 中央公論社 1997 年
- 河野健二 『フランス革命の思想と行動』 岩波書店 1995 年
- 河野健二/樋口謹一 『世界の歴史 15 フランス革命』 河出文庫 1989 年
- 河野健二 『フランス革命二〇〇年』 朝日選書 1987 年
- 河野健二 『フランス革命小史』 岩波新書 1959 年
- 柴田三千雄 『フランス革命』 岩波書店 1989 年
- 柴田三千雄 『パリのフランス革命』 東京大学出版会 1988 年
- 芝生瑞和 『図説 フランス革命』 河出書房新社 1989 年
- 多木浩二 『絵で見るフランス革命』 岩波新書 1989 年
- 川島ルミ子 『フランス革命秘話』 大修館書店 1989 年
- 田村秀夫 『フランス革命』 中央大学出版部 1976 年
- 前川貞次郎『フランス革命史研究』 創文社 1956 年

◇

- Anderson, J. M. , *Daily life during the French revolution*, Westport, 2007.
- Andress, D. , *French society in revolution*, *1789—1799*, Manchester, 1999.
- Andress, D. , *The French revolution and the people*, London, 2004.
- Bailly, J. S. , *Mémoires*, *T. 1 - T. 3*, Paris, 2004—2005.
- Bessand-Massenet, P. , *Robespierre : L'homme et l'idée*, Paris, 2001.
- Bonn, G. , *Camille Desmoulins ou la plume de la liberté*, Paris, 2006.
- Bordonove, G. , *Talleyrand : Prince des diplomates*, Paris, 1999.
- Carrot, G. , *La garde nationale*, *1789—1871*, Paris, 2001.
- Castries, Duc de, *Mirabeau*, Paris, 1960.
- Chaussinand-Nogaret, G. , *Louis XVI*, Paris, 2006.
- Desprat, J. P. , *Mirabeau : L'excès et le retrait*, Paris, 2008.
- Dingli, L. , *Robespierre*, Paris, 2004.
- Félix, J. , *Louis XVI et Marie-Antoinette*, Paris, 2006.
- Gallo, M. , *L'homme Robespierre : Histoire d'une solitude*, Paris, 1994.
- Hardman, J. , *The French revolution sourcebook*, London, 1999.
- Haydon, C. and Doyle, W. , *Robespierre*, Cambridge, 1999.
- Lalouette, J. , *La séparation des églises et de l'État : Genèse et développement d'une*

idée, *1789—1905*, Paris, 2005.

· Lever, É. , *Marie-Antoinette : La dernière reine*, Paris, 2000.

· Livesey, J. , *Making democracy in the French revolution*, Cambridge, 2001.

· Mason, L. , *Singing the French revolution : Popular culture and politics*, *1787—1799*, London, 1996.

· McPhee, P. , *Living the French revolution*, *1789—99*, New York, 2006.

· Rials, S. , *La déclaration des droits de l'homme et du citoyen*, Paris, 1988.

· Robespierre, M. de, *Œuvres de Maximilien Robespierre*, *T. 1 - T. 10*, Paris, 2000.

· Robinet, J. F. , *Danton homme d'État*, Paris, 1889.

· Saint Bris, G. , *La Fayette*, Paris, 2006.

· Saint-Just, *CEuvres complètes*, Paris, 2003.

· Schechter, R. ed. , *The French revolution*, Oxford, 2001.

· Scurr, R. , *Fatal purity : Robespierre and the French revolution*, New York, 2006.

· Tackett , T. , *Becoming a revolutionary : The deputies of the French National Assembly and the emergence of a revolutionary culture (1789—1790)*, Princeton, 1996.

· Talleyrand , Ch . M. de, *Mémoires ou opinion sur les affaires de mon temps*, *T. 1 - T. 4*, Clermont-Ferrand, 2004 - 2005.

· Vovelle, M. , *1789 : L'héritage et la mémoire*, Toulouse , 2007.

· Vovelle, M. , *Combats pour la révolution française*, Paris, 2001.

· Walter, G. , *Marat*, Paris, 1933.

· Waresquiel E. de, *Talleyrand : Le prince immobile*, Paris, 2003.

图书在版编目(CIP)数据

法国大革命物语.2,圣者之战/(日)佐藤贤一著;王俊之译.—上海：
上海译文出版社,2019.10
ISBN 978-7-5327-8025-9

I.①法… II.①佐…②王… III.①长篇历史小说—日本—现代
IV.①I313.45

中国版本图书馆CIP数据核字(2019)第141142号

图字：09-2018-082号

法国大革命物语 2:圣者之战
[日]佐藤贤一 著 王俊之 译
责任编辑/常剑心 装帧设计/徐小英 封面插图/刘少龙

上海译文出版社有限公司出版、发行
网址：www.yiwen.com.cn
200001 上海福建中路193号
上海市崇明县裕安印刷厂印刷

开本 890×1240 1/32 印张11 插页2 字数177,000
2019年10月第1版 2019年10月第1次印刷
印数：0,001—6,000册

ISBN 978-7-5327-8025-9/I·4930
定价：48.00元